Une fille
pour mes 18 ans

Du même auteur

Qiu, comme l'automne
Éditions de l'Olivier, 2007

FENG TANG

Une fille
pour mes 18 ans

traduit du chinois par Sylvie Gentil

ÉDITIONS DE L'OLIVIER

L'édition originale de cet ouvrage est parue
chez Chongqing chubanshe en 2005
sous le titre : *Shibasui geiwo yige guniang.*

ISBN 978.2.87929.500.8

À toi : jamais je n'aurais imaginé
que la vie pût être aussi courte.

Cette œuvre est pure imagination,
les deux grands intérêts de l'écriture
étant de s'abuser et de mystifier.

1. Zhu Shang

J'avais entendu parler de la mère bien avant d'emménager dans leur immeuble. Par Kong Jianguo, un vieux voyou pour qui elle était la femme idéale, une femme «unique». Lorsque j'ai vu Zhu Shang, la fille, j'ai décidé que je ferais tout pour passer avec elle le restant de mes jours.

Je n'avais aucune notion du temps : la vie, c'est l'éternité quand on a dix-sept ans.

2. Il faut bander

– Tu es trop jeune pour comprendre, mais c'est important, essentiel même, lorsque tu auras mon âge tu te demanderas peut-être si tu as, au cours de ton existence, rencontré une fille, aperçu un visage – une silhouette, une allure – qui t'ont irrémédiablement fait bander, qu'il fallait absolument que tu abordes et que tu baises. Regarde les types dans la rue : pas un sur mille ne se pose la question ! Il faut la chercher, pourtant, cette fille. Nous n'avons pas le choix. Parce que c'est ça, la force d'âme. Cela s'appelle avoir un idéal et c'est grandiose.

C'était un après-midi d'été, adossé à un sophora j'écoutais

le vieux voyou, tandis que les cigales stridulaient par intermittences pour signaler que le temps continuait de se tortiller. En dépit de quelques souffles d'air, le soleil restait venimeux, il tombait par plaques sur la terre nue, soulevant des éclaboussures de poussière sèche. Des feuilles déchiquetées de mon arbre pendaient, accrochées à de longs fils, ces insectes verts et dodus que nous appelons les «pendus» et dont les corps gras se balancent avec la brise. Kong Jianguo sortait de sa sieste, il était torse nu. Une cicatrice, souvenir de la lame d'un poignard, barrait son visage avec allégresse, et n'eût été un petit ventre rebondi au nombril profondément creusé, il serait passé pour sportif. Mais la ceinture qui tenait son pantalon militaire en Dacron était percée de quatre trous qui, tels les cernes du fût d'un arbre, témoignaient de l'expansion de son tour de taille : le plus éloigné remontait à quelques années déjà, le suivant à un lointain hiver, l'avant-dernier datait de l'hiver précédent, enfin venait l'actuel. Il dormait certainement sur le côté gauche : son flanc avait gardé l'empreinte de la natte vannée et quelques lamelles de bambou y étaient collées. Il avait le cheveu en bataille. Sa tirade achevée, il s'est allumé une cigarette qu'il a fumée en fronçant les sourcils.

Mon père raconte que lorsqu'il était enfant, on l'a forcé à fréquenter une école privée où on l'a gavé comme une oie : il savait par cœur le *Livre des trois caractères*, le *Registre des cent familles*, les *Mille Poètes*, les *Quatre Livres* et les *Cinq Classiques* dont, comme le bœuf qui rumine le fourrage avalé l'avant-veille, il n'avait entrevu le sens que des années plus tard. Il ne s'en plaignait pas, néanmoins, puisque cela lui permettait de glisser dans ses rapports des phrases du genre «Depuis le temps que les flots nous charrient, quoi d'étonnant qu'avec leur eau on s'enfuie[1]?» qui le faisaient passer pour un génie littéraire aux yeux de certaines collègues féminines (les moins de vingt-cinq ans et les plus de cinquante) qui admiraient sa culture classique – et pour un m'as-tu-vu aux yeux des autres.

Moi non plus je n'ai rien compris au discours du vieux voyou. À peine éveillé, je n'avais qu'une préoccupation : tuer les heures qui me séparaient du dîner. De mon point de vue, Kong Jianguo manquait de profondeur. Et il parlait, et il parlait, s'interrogeant, établissant des parallèles… Il était lourd, on aurait dit un prof de littérature en train de faire le malin et de fureter partout. Les nécessités pressantes, je connaissais : tenaillé par le besoin, j'avais déjà couru en quête de toilettes ; à cinq ans je trépignais pour m'emparer des galettes de nouilles soufflées, cachées en haut de l'armoire ; à quinze je rêvais d'une paire de Nike montantes à lacets blancs et œillets bleus pour mon anniversaire.

À bien y réfléchir et rétrospectivement, sans lui mes idéaux n'auraient pas dépassé ces limites : jamais je n'aurais songé à viser plus haut.

3. À l'aide !

Avec ses vingt ou trente ans de plus que moi, Kong Jianguo était un vieux. D'autant plus que chez les voyous, comme chez les chanteurs, les générations défilent, elles se renouvellent tous les quatre ou cinq ans et il est fréquent qu'un «ancêtre» finisse

1. Vers du poète Tang Xue Ying.

idiot parce qu'il s'est fait assommer à coups de brique par des
«gamins». Ou embrocher par une fourche, hop! Exactement
comme dans le show-business. Aussi, au-delà des années, l'écart
entre nous devait être de cinq ou six générations.

J'avais dans les dix-sept, dix-huit ans, l'âge où on va à l'ouest
quand les parents disent d'aller à l'est.

Quand nous avions déménagé, ma mère m'avait dûment
chapitré : nos nouveaux voisins seraient des gens bien, je devais
être gentil, leur donner du bonjour madame, bonjour monsieur, accepter les bonbons qu'ils m'offriraient, voire l'argent,
je n'en pâtirais pas. Quant à leurs enfants, s'ils me cherchaient
noise, à moi de voir. Si mon intérêt était en jeu, je pouvais y
aller sans hésitation, mais attention : jamais le visage, il fallait
viser les parties et frapper un grand coup. Avec certaines personnes cependant il convenait que je garde mes distances.

Par exemple avec les jumelles, d'ascendance coréenne, qui
répondaient au nom de Che. De visage elles se ressemblaient
beaucoup, avec leurs sourcils évoquant la montagne au printemps, leurs yeux en pêchers fleuris et leurs chevelures lâchées
dans le dos, mais l'une était menue et bien proportionnée,
l'autre robuste avec une énorme poitrine. Nous les appelions
«le petit train» et «le grand train». Se targuant de leur origine
étrangère, elles profitaient de la récente politique de réforme
et d'ouverture pour s'habiller de manière peu commune et ma
mère avait, de son regard d'aigle, repéré les bracelets d'or qui
cliquetaient à leurs chevilles.

Jamais elles ne se déplaçaient l'une sans l'autre. Passaient-
elles la porte de l'immeuble pour rentrer chez elles, je laissais
tomber les livres et me précipitais sur le balcon, m'aplatissant
sur la rambarde pour admirer leurs tenues bizarres, voir qui

elles avaient ramené chez elles et m'extasier sur la blancheur de leur peau, là où une raie nette séparait les mèches noires et brillantes. On ne trouvait pas encore de shampooing importé à l'époque, le quartier de Jingsong n'était qu'un champ où l'on pouvait attraper des libellules en été et où l'armée élevait cochons et moutons. Personnellement, je me lavais la tête avec un produit de la marque «Phare», qui me donnait l'impression d'avoir une brosse en soies de porc sur le crâne. Donc, ce dont je me souviens, c'est qu'il n'y avait pas l'ombre d'une pellicule dans leurs chevelures, qui étaient aussi vigoureuses que les pousses vertes des céréales dans une terre bien engraissée. Si brillantes et hydratées que si mes yeux étaient tombés dessus, ils auraient irrémédiablement glissé vers le sol. Lorsque mon regard effleurait leurs crinières, le temps d'un éclair il m'arrivait d'apercevoir un décolleté laiteux, et mon cœur se mettait à chanter une comptine: «Blancs, blancs, les petits lapins blancs, du coq se lève la queue devant.»

Mon père, fort occupé à gagner de l'argent pour les masses populaires, n'était jamais à la maison. Ma sœur aînée, sage jeune fille, ne réussissait pas à décrocher la première place de sa classe en dépit d'un zèle hors pair et d'une coupe en brosse laissant respirer son cerveau. À l'évidence, même si elle se rasait la boule à zéro, elle ne serait jamais le bestiau favori des garçons (le bétail étant pour nous les bonnes élèves). Elle ne levait jamais le nez de ses cahiers et redoublait de diligence. Ma mère, fille de paysan désormais ouvrière à la ville, appartenait à la classe dirigeante. Elle rapportait les gants de coton blanc distribués par les services sociaux, les détricotait et nous confectionnait des pulls rêches qui ne coupaient pas le vent. Elle aurait pu faire des caleçons qui auraient empêché ma queue de se lever – mais n'ayant pas mon imagination, elle n'y a jamais pensé. Quand elle se livrait à cette tâche, face à la chaise renversée autour des pieds de laquelle elle enroulait le fil, elle s'ennuyait ferme et cherchait un interlocuteur. Nous n'avions à l'époque qu'une petite télé noir et blanc de vingt-trois centimètres qu'elle n'aimait pas regarder, prétendant que cela rendait idiot et que les programmes mettaient de la fange dans la cervelle. Son aînée étant à longueur de journée plongée dans ses devoirs, j'étais son seul interlocuteur, et Dieu sait si je suis doué en la matière. Elle assurait que la fille qui m'épouserait aurait bien de la chance : toujours là pour parler ! Inutile d'allumer ce stupide écran, elle ferait des économies d'électricité et jamais elle ne s'ennuierait.

Lorsqu'elle décrétait que je ferais mieux de me consacrer à mes devoirs plutôt que de me précipiter sur le balcon au moindre effluve de parfum, je répondais que les oies sauvages allaient bientôt arriver. De temps à autre, pour reposer ma vue, je devais faire une pause et regarder au loin. J'en profitais pour vérifier que mon père n'allait pas rendre visite à ces dames – auquel cas j'aurais fait mon rapport. Les gens bien ne les fréquentaient pas, me rétorquait-elle. Je lui faisais remarquer que les types que j'apercevais semblaient plutôt satisfaits de leur sort et que papa n'aurait pas forcément été admis dans leur cercle. Bon, et puis elle m'interdisait de prêter attention aux jumelles ! De toute façon, j'étais le cadet de leurs soucis ! Ce sont des espionnes, moi un simple petit soldat rouge, à des années-lumière d'un chef de brigade, d'un secrétaire ou d'un directeur, et d'un grade d'une telle humilité que jamais, à moins que je sois porteur d'un message urgent, elles ne m'approcheront. Et si elles font semblant de s'intéresser à toi,

comment réagiras-tu ? Je crierai : « Maman, je suis trop petit ! »
Et si ça ne leur fait rien ? Je crierai : « Maman, j'ai peur ! » Et si
malgré tout, elles s'accrochent à toi ? Je crierai : « Au secours !
Arrêtez-les ! »

Ma mère avait encore trois paires de gants à détricoter, les
pulls n'étaient pas terminés, c'était sans fin et sa vigilance restait
constamment en éveil. Pour elle j'étais toujours un enfant, l'air
était pollué des microbes les plus divers, la rue envahie d'êtres
malfaisants. Même si ce n'était pas juste, elle tenait à déterminer qui, parmi les bons, l'étaient un peu moins, afin de leur
faire porter le chapeau et de noircir leur portrait.

Je les attendais comme j'espérais les virus – en cas de mauvaise grippe je n'irais pas à l'école, ma mère ne se rendrait pas
non plus au travail et m'achèterait des yaourts qui, à l'époque,
étaient vendus dans des pots de céramique grise fermés par un
élastique rouge et un film de papier blanc qu'il fallait percer avec
une paille, cela faisait « pop » quand on l'enfonçait. L'hôpital
sentait le désinfectant, les vieilles infirmières y étaient si vieilles
que leur peau n'était plus que rides, maigres et propres elles
ressemblaient à des sorcières, tandis que les jeunes arboraient
une coiffe blanche plantée de biais sur leurs mèches brillantes
et lisses. Au-dessus du masque qui dissimulait les trois quarts
de leur visage, jamais mon regard ne croisait le leur, rivé qu'il
était à mon postérieur. Quand l'éther s'évaporait en frais filets
sur ma fesse, « Blanc, blanc, le petit lapin blanc, du coq se lève
la queue devant », je savais que la seringue approchait. Eh bien,
vas-y, pique ! On va voir comment tu t'y prends !

Les belles espionnes aux cheveux gominés ne fument hélas
que dans les films, et jamais les sœurs Che ne m'ont donné
l'occasion d'appeler à l'aide.

4. *100 000 pourquoi*

Kong Jianguo, le vieux voyou, faisait partie des gens que je n'avais pas le droit d'approcher. Outre qu'on le soupçonnait de pervertir la jeunesse, maman trouvait qu'il avait une sale tête et l'air vicieux. N'était-ce pas un peu vague ? Peut-on juger sur l'apparence ? Moi aussi, j'avais l'œil rusé ! Ce type ne participait pas à la production, me rétorqua-t-on. Il n'était ni ouvrier, ni paysan, ni commerçant, ni intellectuel, ni soldat : inclassable. Mais il en allait ainsi de toutes mes idoles : Confucius, Jing Ke, Li Yu, Yu Xuanji, Su Xiaoxiao ou Chen Yuanyuan avaient désespérément tenté, contre le courant, d'inventer de quoi enrichir et rehausser la vie spirituelle de l'humanité.

– Il n'a pas d'unité de travail et fréquente toutes sortes de gens.

– Toi aussi !

Elle connaissait le boucher du supermarché, qui la fournissait en viande maigre et oubliait de temps à autre de lui réclamer son ticket de rationnement. Un ouvrier de la fabrique de crème glacée, d'où elle rapportait régulièrement des bâtonnets aux fruits parfumés, si colorés qu'au premier coup d'œil et de langue les lèvres se figeaient. Un postier : inutile de faire la queue, dès qu'une nouvelle série de timbres paraissait, il la mettait de côté pour qu'elle la revende au prix fort sur le marché du temple de la Lune.

– Sapristi ! s'est-elle écriée. Je suis ta mère, non ? Alors je t'interdis de traîner avec Kong. Sinon je vais te serrer la vis : si je l'interdis c'est interdit, et inutile de discuter.

En ce temps-là, ma vie était (globalement) simple et insipide.

Ma mère me réveillait au point du jour, j'avalais quelques cuillerées de porridge et un pain à la vapeur (agrémenté si j'avais le temps d'une couche de pâte de sésame et de sucre blanc), puis j'enfourchais mon vélo, direction le collège. Il m'arrivait souvent en chemin de croiser des filles de ma classe ou de mon année, leurs chemisiers en Dacron ou crêpe Georgette flottaient dans le vent, transparents dans la lumière matinale, cela permettait de savoir si elles portaient un soutien-gorge et s'il tenait par un crochet ou un bouton dans le dos ! À bien y réfléchir, il y avait dans ces ondulations diaphanes plus de lascivité que dans les cassettes pour adultes cachées au fond du tiroir.

Si la fille était laide, j'appuyais avec énergie sur les pédales pour la dépasser et lui donner à admirer mon dos élégant et mes tennis flambant neuves, à semelles en caoutchouc marron. Si elle était potable, et s'il faisait beau, nous échangions quelques phrases en roulant de front, les cheveux des filles ont une couleur différente dans les premières clartés.

Mais sauf émeute ou tremblement de terre, il fallait passer la journée à l'école. Le prof de maths, un crétin qui nous prenait pour des idiots, arpentait le sol en béton pour nous expliquer le principe des nombres négatifs : « Je fais trois pas en avant, puis quatre en arrière : de combien de pas ai-je progressé ? » La littérature était à l'époque la matière noble, il y avait trois catégories : les garçons doués pour les lettres, les filles douées pour les lettres, et les arriérés. Les enseignants adoraient l'art et la littérature, ils écrivaient en secret des romans, des essais ou de la poésie, qu'ils s'efforçaient de publier pour qu'on oublie les tares congénitales de leurs physionomies, convaincus qu'un jour les regards convergeraient vers eux et qu'ils seraient célèbres aux quatre coins du monde. Notre mentor en la matière était une petite femme âgée à l'énergie contenue et à l'expression résolue, qui portait des lunettes à monture noire, écrivait des romans d'amour et publiait de temps à autre quelques strophes de poésie obscure dans le supplément littéraire de *Pékin Soir* : « À toi : branche de cuivre et tronc de fer, tel couteau, sabre ou hallebarde. À moi : fleur rouge et vaste, ce long soupir comme une torche héroïque. » Ses préférés, assurés des meilleures notes, étaient ceux qui maîtrisaient à fond les deux figures rhétoriques du parallélisme et de la personnification. « La première sert à l'exposé, disait-elle, il apporte de la vigueur ; la deuxième permet d'exprimer des sentiments, elle fait le style. » Sur le plan de l'écriture, je ne m'en laissais pas imposer, moi qui depuis mon plus jeune âge m'amusais à modeler les mots comme la glaise. J'aimais, dans mon enfance, Mao Zedong et pouvais réciter ses poèmes par cœur – « Deux cents ans de vie, et bats l'eau sur trente mille lis » – et le fait que Bo Juyi « sache à neuf ans les rythmes et les assonances » ne m'impressionnait guère. Un peu plus tard j'ai adoré Li Bai, puisque notre président le tenait en haute estime : « Au ciel myriade de jades blancs, cinq pavillons et douze villes », qu'il avait donc raison ! Au sommet de mon ardeur progressiste, pour une rédaction sur le thème : « Racontez vos émotions lors d'une promenade dans un parc », j'ai essayé la technique de la personnification. Je n'y étais pas allé de main morte : « Dans un coin du jardin il y a un étang. À côté de l'étang un saule, dans l'étang un poisson. Je suis le poisson qui joue au gré des vagues, tu es le saule que je caresse. » La prof aux petites lunettes ne m'a pas raté : « Le style est vulgaire, le fond dénote une tendance à la dépravation et à la perversion. Nous conseillons aux parents d'interdire toute lecture sans rapport avec le cursus, de prendre un abonnement à *Pékin Soir* et d'accorder une attention particulière au supplément littéraire, ceci afin d'orienter l'intelligence de l'élève, de développer son talent et de le remettre sur le droit chemin. »

Je déjeunais à la cantine, où huit yuans par mois me donnaient droit à un plat de viande, un légume et cent cinquante grammes de riz ; après le dîner à la maison, je devais me coltiner mes devoirs. Week-end : grasse matinée, puis j'empruntais le coupon mensuel de ma sœur et partais me balader en bus. Elle était du genre costaud, moi fluet et délicat, mais la petite moustache que j'avais ajoutée à la photo lui donnait un air androgyne et lorsque je brandissais ce laissez-passer, la receveuse n'y voyait que du feu. Si d'aventure mon père était là, il m'emmenait courir les librairies : pour lui, j'étais un matériau qu'il fallait travailler. Son hobby était l'affûtage des couteaux et tout – règles en métal, barres ou tuyaux d'acier – y passait. Il les perçait de trous, leur ajoutait un manche en bois dans lequel parfois il gravait un dessin ou un vers tiré des *Mille Poèmes*. De son point de vue, me former revenait à m'aiguiser comme une lame et à me munir d'un manche !

Aucun livre ne me tentait. Les gens qui en ce temps-là écrivaient souffraient du syndrome de la joie éternelle. Pour eux la nuit n'existait pas, le ciel était bleu, les filles toujours bien plantées. Quant aux livres de vulgarisation scientifique, ils étaient faits pour la plupart sur le modèle des *100 000 pourquoi*, donnaient les deux cents chiffres après la virgule de π et, pour les retenir, des formules comme « Que j'aime à apprendre un nombre utile aux sages ». Ce talent, prétendaient-ils, permettrait de briller devant nos condisciples même si notre style était vulgaire et notre mentalité dépravée. Le vieux des *Grand-père fait travailler ses méninges* avait l'air aussi débile que notre prof de maths, on avait l'impression qu'il lui manquait une case. J'avais beau les feuilleter et refeuilleter, je ne savais toujours pas pourquoi j'aimais me pencher au balcon, contempler la peau blanche, les mèches noires, brillantes et soignées des sœurs Che et imaginer leur parfum, ni pourquoi «Blancs, blancs, les petits lapins blancs», du coq se levait la queue devant!

5. Le vieux voyou

Kong Jianguo éclairait ma morne existence.

Sans emploi régulier, il passait ses jours à traîner dans la rue ou derrière l'immeuble, disparaissant de temps à autre pour refaire surface quelques mois plus tard avec de nouvelles balafres sur le visage ou une montre neuve au poignet. Il portait comme tout le monde une veste en toile indigo, un pantalon d'uniforme vert et des chaussons à semelle de plastique, mais il roulait les manches, gardait le col ouvert et écrasait la tige de ses chaussures. Lorsqu'il se laissait aller, une lueur mauvaise dans son regard le rendait différent. Plus tard, quand je vis des mannequins évoluer avec prestance sur un podium en jetant des coups d'œil furieux, leurs pupilles écarquillées et leur air meurtrier me firent tellement penser à Kong Jianguo que je ne pus réprimer un sourire: comme si un chat castré et constipé essayait d'imiter le tigre.

Le vieux voyou habitait avec son frère et sa belle-sœur – lui l'archétype de l'individu comme il faut, intègre et taciturne,

portant à longueur d'année un bleu de travail à quatre poches, les mains pleines d'huile de graissage; elle, une femme terrible, du genre à ne rien laisser passer. L'époux partait travailler très tôt, ne rentrait qu'au crépuscule et, hormis ce lit qu'il tenait à fournir à son cadet, obéissait en tout point à madame. Ils ne disposaient que d'une pièce: même si, par principe, rien ne saurait faire baisser la tête aux honnêtes gens, comment y vivre à trois? Surtout avec la réputation de Kong. Les gamins du coin lui avaient même composé un refrain: «Le jour, vive les raviolis, la nuit, la belle-sœur dans ton lit!» Comme ils habitaient au rez-de-chaussée, en dépit des menaces du comité de quartier elle avait forcé son mari à édifier à l'extérieur de l'immeuble un abri en briques où Kong pourrait dormir. La chambre était munie d'une petite fenêtre, par laquelle la pluie s'engouffrait en été et le vent en hiver, et d'une ampoule de vingt-cinq watts, qui fonctionnait grâce à un fil tiré de chez eux, quand elle ne coupait pas l'électricité.

Comme à bien des lis à la ronde, aucun gamin n'avait jamais rencontré ni grotte, ni ermite, ni sorcier, ni brigand, ni moine de Shaolin, ni espion de Tchang Kai-chek, la fascination qu'ils éprouvaient pour les «forces étranges et les esprits turbulents» se reportait sur la personne de Kong Jianguo et sa modeste demeure. Où les discussions étaient variées: nous parlions des techniques de boxe, des exercices pour renforcer les organes internes, de la fabrication des armes de poing et de la poudre, de la meilleure manière de supporter les coups ou de frapper pour provoquer une insoupçonnable hémorragie interne, de comment se faire un nom en un combat et régner deux jours. Mais aussi: qui avait embroché qui sur sa fourche, qui s'était mis avec qui et qui avait volé la femme de qui… Quand il faisait froid, entassés dans la petite pièce aux murs couverts de *Quotidien du peuple* vieux de six mois et de calendriers pleins d'Occidentales aux gros seins et aux longues jambes, nous faisions cuire à l'étouffée, dans le haut du fourneau où brûlaient des briquettes de charbon, des patates douces. Dès que la température se radoucissait, l'odeur tournait à l'aigre, avec cette bande de gamins puants serrés les uns contre les autres, et nous déménagions sous les sophoras entre les immeubles, du moins quand nous n'étions pas dans les abris anti-aériens.

Du fond du cœur nous rendions grâce au président et aux généraux fondateurs qui entretenaient la nostalgie de leurs années de guerre, gardaient vivant le mot d'ordre : « Creusons des refuges profonds et emmagasinons les céréales », et nous avaient donné des abris. Après une courte pause aux frontières, la guerre risquait de revenir, rampant telle la marée, se faufilant telle une chauve-souris ou glissant telle une limace. Le danger existait, la violence existait, nous connaissions les abris mieux que n'importe qui. La surface du monde appartenait à ceux qui écrivaient les romans et les essais, pour qui la nuit n'existait pas, le ciel était bleu et les filles bien plantées, la vue d'une pagode leur évoquait Yan'an [1], et non un pénis, la conjoncture nationale, dopée aux aphrodisiaques, se dressait droite et raide sans jamais faiblir. Dans l'univers souterrain qui était le nôtre, et celui de Kong Jianguo, il n'y avait ni ciel bleu, ni nuit noire, ni filles solidement bâties, le temps était épais comme la glu.

1. Siège du gouvernement communiste après la Longue Marche (1935).

Nous apportions un soin extrême à la surveillance des accès aux abris qui se trouvaient dans notre périmètre. Non que la police locale ou les matrones du comité de quartier nous fassent peur : mains nues, sans armes, nos flics étaient bien trop lâches, au point qu'on avait dû peindre sur les murs du poste ces mots d'ordre : « Il est illégal de voler les voitures de police, les coups et blessures à agent sont passibles de peines de prison », « Interdiction absolue de fabriquer des armes à feu ou d'entreposer des munitions de manière illicite », etc. Dès qu'il faisait noir, ils n'osaient plus mettre le nez dehors, sauf pour confisquer sur les trottoirs les étals de brochettes et de sucreries des faux Ouïgours – les vrais connaissent à peine le mandarin et conduisent des triporteurs sans immatriculation sur lesquels ils entassent le gril, les chachliks et leurs gâteaux de riz glutineux enrobés d'abricots secs et d'amandes, et il ne viendrait à personne l'idée de les provoquer : ils ont toujours au moins deux couteaux sur eux, un cimeterre à la ceinture et une dague dans la botte, et comme ils maîtrisent mal le chinois, afin de bien se faire comprendre quand ils s'énervent, ils font parler leurs lames. Un brassard rouge attaché à leur manche gauche par une épingle à nourrice, les matrones du comité de quartier étaient les auxiliaires de la police. En dépit de seins énormes qui lui tombaient sur les genoux, la plus teigneuse d'entre elles, une certaine mère Hu, ne mettait jamais de soutien-gorge. Elle prétendait qu'en raison de leur contribution éminente à l'édification du pays, les ouvrières des entreprises d'État avaient réglementairement le droit de prendre leur retraite à cinquante ans, d'abandonner le port de la brassière à soixante, celui de la culotte à soixante-cinq, et de battre les gens sans contrevenir à la loi à partir de soixante-dix. Elle-même, âgée de soixante-trois ans, espérait ardemment rester en vie jusqu'à cet anniversaire et était d'une force prodigieuse : un seul coup de son minuscule pied bandé ouvrait une porte de qualité courante. Ce qui lui avait valu d'être inscrite dans les annales du quartier : en plein jour, pendant les heures ouvrées des organismes et des usines, elle faisait voler en éclats les serrures et surprenait jusqu'à cinq couples de maris débauchés et de femmes volages par mois. Elle était montée sur l'estrade et avait été décorée en même temps que le fameux « roi de la chasse aux moineaux » à l'époque où il était bien vu d'exterminer les oiseaux. Un jour, au crépuscule, attirée par une odeur de tabac, elle a failli pénétrer dans un de nos abris. Liu Jingwei, l'un des fumeurs clandestins, a fait preuve de présence d'esprit : s'emparant d'une torche électrique, il s'est rué vers l'entrée pour l'accueillir et a tiré la langue en laissant dégouliner un long filet de bave. La lampe lui faisait un organe d'un rouge flamboyant et une salive d'un argent lumineux, elle en a été paralysée.

Les seuls adultes que nous craignions étaient nos parents : ils pouvaient être d'une impitoyable rectitude, tant ils redoutaient notre mauvaise conduite. Il nous avait suffi de transformer en table de ping-pong la vieille plaque de fonte qui fermait l'entrée principale des abris, en plaçant au milieu une rangée de briques, et de faire semblant de jouer dessus pour qu'ils cessent de se soucier de nous. Afin de protéger les autres accès, nous avions entassé des pierres, creusé quelques trappes dans lesquelles nous avions uriné et déféqué, planté des piques de bambou acéré ou installé de gros pièges à rats. Bref, nous les avions rendus si encombrés, puants et dangereux que personne n'osait approcher.

6. La femelle du crapaud

Notre prise de possession des abris s'était accompagnée d'une étude exhaustive de leur configuration. Située à l'angle d'un groupe d'immeubles et coincée entre deux sophoras, l'entrée où nous jouions au ping-pong, appelée «grande bouche noire», ne voyait que rarement la lumière du jour et, le soir, était encore plus sombre. Lorsque nous avions soulevé son couvercle de fonte, nous avions découvert un escalier en ciment qui s'enfonçait dans l'obscurité. Là avait commencé notre exploration. Liu Jingwei, une lampe électrique dans une main et une boussole en plastique dans l'autre, portait en bandoulière un sac de marin qui contenait les piles de rechange pour la torche et auquel étaient accrochés deux marteaux, l'un à tête pointue, l'autre à tête plate : c'était son frère, étudiant en géologie, qui avait prêté l'équipement. Une dizaine d'années plus tard, Liu Jingwei m'invita à l'America's Club pour me faire admirer les Cohiba en forme de verge rangés dans les tiroirs de sa cave à cigares. Il passa et repassa le plus gros si près de son nez que les poils de ses narines (jamais disciplinés) ne purent éviter de le caresser et, tournant un regard perdu vers la fenêtre où il ne pouvait rien voir à cause de la chape de pollution, il me confia avec un sourire attendri qu'en parcourant les abris, équipé comme un professionnel, pour la première fois il avait vraiment pris son pied, la vie était géniale.

Nous avions décidé de procéder à l'exploration des souterrains par avancées de mille pas dans chaque direction, est, ouest, nord, sud, à partir de la «grande bouche». Au premier tournant, il faudrait consulter la boussole pour continuer dans le bon sens. À mille pas vers le nord se situait une épicerie qui vendait de la poudre de jujube sauvage à quatre fens et des pois au goût bizarre qui en coûtaient cinq. Si l'abri communiquait directement avec elle, nous aurions de quoi nous régaler le soir. Vers l'ouest, il y avait notre lycée, si le tunnel aboutissait dans le terrain de sport, ce serait pratique pour sécher les cours. Au sud se trouvait le parc du lac de l'Unité, nous ne voulions pas nous aventurer trop loin de crainte de nous cogner dans une porte de fer et de voir se déverser toute l'eau du lac. À l'est, enfin, une petite usine et un peu plus loin la campagne où les gamins avaient une faucille et menaient une existence si pénible qu'ils ne la chérissaient guère. Quand ils se battaient, c'était à mort. Tout ce périmètre nous appartiendrait, ce serait fantastique. La torche de Liu Jingwei n'éclairait que par intermittences, nous marchions en levant haut les pieds. Il faisait sec dans ces souterrains, le sol était couvert d'une épaisse poussière qui montait jusqu'à la cheville et crépitait quand la semelle se posait dessus. Même dans le noir j'ai de bons yeux, c'était moi qui fermais la marche, veillais au bon ordre de la formation et au décompte des pas. Mi-figue, mi-raisin, Kong Jianguo suivait la file sans mot dire. Lorsque Zhang Guodong, alléguant que la lampe n'éclairait pas assez, frotta une allumette, il se précipita pour souffler dessus et cria d'un ton sévère : « Tu vas tout faire exploser et nous enterrer ! » Peu après, la rumeur nous apprit que cinq adolescents de la ville ouest avaient fumé et fait un feu de camp dans une galerie après y avoir tripoté la poudre et que quatre d'entre eux étaient morts. Le dernier, la jambe arrachée, avait eu la vie sauve parce qu'il avait lutté de toutes ses forces pour ramper jusqu'à la sortie. Tout à fait par hasard, j'ai découvert par la suite que le vieux voyou connaissait très bien ces tunnels, et depuis longtemps. Rétrospectivement, son expression pince-sans-rire m'évoqua celle d'un guide averti. Il n'en reste pas moins que les secrets que recelaient les abris, ont nourri nos plus folles élucubrations.

Le résultat de nos premières investigations ne fut pourtant pas fantastique : dans la direction de l'épicerie, à cinq cents pas, nous sommes tombés sur un mur. Les employés du magasin avaient dû barrer le passage pour protéger leurs pois et leurs jujubes. Vers l'ouest, on atteignait effectivement le lycée et de vastes caves bourrées de tables, chaises et bancs délabrés, avec au mur un tableau noir. Et merde ! Moi qui croyais que la guerre, ce serait les vacances en mieux, puisque nous n'aurions pas de devoirs, mon beau rêve partait en fumée ! Ces caves étaient certainement des salles de classe, même en cas de conflit il faudrait aller en cours et préparer l'examen de fin d'études ! On prétend que sous les collines de l'Ouest, les abris sont encore plus grands, quelques monts y auraient été proprement évidés, au point que plus un arbre n'y pousse : certainement pour les universités. Vers le sud, il n'y avait pas de chemin, mais à l'est on pouvait aller jusqu'à la petite usine et accéder à un sous-sol où était entreposée la production défectueuse. Ce fut notre découverte la plus intéressante. Nous avons au fil des ans puisé dans cette décharge et écoulé le fruit de notre rapine à la station de récupération des matériaux usagés pour nous payer cigarettes et restaurant sans que la culpabilité nous démange : l'État n'en avait que faire, nous si. Lorsque le bruit a couru que la fabrique allait être rachetée par des Américains, nous avons eu une motivation supplémentaire : mieux valait satisfaire les besoins physiologiques de la jeunesse socialiste qu'engraisser les capitalistes. Zhang Guodong a déniché une charrette à bras et en quelques nuits nous avons emporté tout ce qui était fer ou cuivre.

Autrement, nous n'avons jamais trouvé grand-chose : quelques boîtes de conserve vides, quelques journaux en lambeaux… Tout près de la « grande bouche noire », Liu Jingwei est un jour tombé sur un petit tas de trucs en caoutchouc jaune pâle qui ressemblaient à des ballons dégonflés, ou à des doigts de gants. C'était la première fois que je voyais des capotes, j'en ai eu la nausée. Le fait de cracher, en soi, n'a rien de répugnant, mais accumulez deux semaines de glaviots dans une marmite et vous aurez envie de vomir. La menace incarnée par la mère Hu était-elle si terrible que la racaille adultérine se réfugiait ici ? Même Liu Jingwei, pourtant d'un an mon aîné et expérimenté (il prétendait avoir vu des photos de femmes nues) a exprimé un doute :

– Ici ? Dans un endroit aussi crade ? Mais bordel y a même pas de matelas !

– À part l'homme, aucun animal ne fait ça allongé et face à face, a commenté Kong Jianguo.

Je ne comprenais rien à l'époque, mais plus tard j'ai suivi *Le Monde des animaux* de Zhao Zhongxiang à la télévision, et peu à peu j'ai saisi : c'est toujours le crapaud mâle qui attrape la femelle par les reins ; l'étalon sauvage qui monte la jument par-derrière ; et Tony Leung fait la même chose avec Leslie Cheung [1]. Le lit est inutile, il suffit de trouver un endroit où le crapaud femelle ou la jument puissent appuyer leurs pattes de devant. Après de longues explorations, nous avons encore découvert, au bout d'un embranchement dans les parages

1. Acteurs hongkongais.

d'une caserne, une réserve de céréales et des montagnes de biscuits de marin, durs comme la pierre. Tout gamin de plus de dix ans qui se disputait avec ses parents pouvait se réfugier ici. L'endroit était plus calme qu'une gare routière ou ferroviaire, on n'y craignait ni la pluie ni le vent, et quels que soient vos besoins, les toilettes étaient les mêmes pour les garçons et les filles. En clair, c'étaient des soucis et de la peine en moins.

7. Être voyou : un mode de vie

À l'époque où tout ce qui ne rayonnait pas avait été banni, la lumière était si claire qu'elle perçait les yeux. Kong Jianguo en était le parfait contre-exemple : cigarette, drogue, alcool, chanteurs dégénérés, musique décadente, westerns, films X, littérature porno, BD érotiques, sorcières, sectes malfaisantes, triades, individualité, mode, vérités interdites de publication, sagesse que les professeurs ne nous enseignaient pas. Le cul du paon quand il fait la roue et la face cachée de la lune : grâce à lui nous acquérions des connaissances. Nous apprenions les différentes manières de se glisser dans les toilettes et les douches des filles. Que le pénis d'âne est excellent, mariné en fines lamelles, avec leur trou au milieu on les appelle des sapèques. Notre admiration était aveugle. Pour lui, Zhang Guodong et Liu Jingwei volaient des tickets de céréales à leurs parents, moi des tickets de viande, qu'on pouvait alors échanger contre du tabac : dans la mesure du possible, nous essayions de le fournir en « Daqianmen » à vingt-trois fens pour qu'il n'ait pas à fumer les « Jinyu » qui n'en coûtaient que huit. En des temps plus propices, et s'il avait eu en sus deux ou trois notions de médecine, les autorités l'auraient cloué sur une planche, et au bout de quelques siècles, il serait devenu un nouveau Jésus. Ou alors, eût-il été capable de formuler des sentences originales que Liu Jingwei, Zhang Guodong et moi aurions notées, éditées et publiées, il aurait pu devenir un nouveau Confucius.

Il m'a plus tard avoué avoir pleinement conscience de son âge, mais il ne lui déplaisait pas de se dire qu'il approchait le siècle : à dix lis à la ronde il était le doyen des voyous. De même, il était persuadé que la mère de Zhu Shang, presque centenaire elle aussi, restait la plus belle. Être un vaurien, c'est un hobby ou un mode de vie, comme la poésie ou l'aquarelle, il suffit de garder un cœur jeune ! Il avait beau être trop vieux pour courir les filles, il devait éduquer les nouvelles générations. Lors de nos agréables soirées dans l'abri, tous les petits morveux autour de lui roulaient de grands yeux. Le vieux voyou méprisait la mère Hu et consorts encore plus qu'eux, ces gens-là étaient des larbins. D'après lui, à une autre époque, de ce tas de gamins un fondateur de dynastie aurait émergé !

De tous, affirmait-il, c'était moi qui avais le regard le plus vif. Le blanc et le noir de mon œil étaient nets, mes pupilles agiles comme des perles, et si une goutte me pendait au nez, j'arrivais à la remonter d'un reniflement expéditif, preste et sobre, avant qu'elle ne tombe aux commissures des lèvres. La célérité avec laquelle j'assimilais les plaisanteries salaces les plus élaborées le comblait : j'éclatais d'un rire sans retenue quand les autres en étaient encore à se triturer les méninges. Mais j'avais trop de mémoire, ce qui l'obligeait à se creuser la cervelle pour en inventer de nouvelles. Avec le déclin de ses forces imaginatives et de sa mémoire, alors que les miennes étaient en constante progression, cela devenait de plus en plus difficile. D'après lui, le jour où mal à l'aise et faute de mieux il avait dû ressortir une vieille histoire, le mépris qu'il avait lu dans mon regard était évident. De ce jour, d'ailleurs, je n'avais plus remis les pieds dans l'abri.

Je ne prenais pas ses éloges pour argent comptant. S'il aidait la marmaille, Kong Jianguo n'oubliait pas ses intérêts. À Liu Jingwei et Zhang Guodong aussi, il confiait en privé qu'ils avaient l'œil le plus vif de la bande. Lors d'une discussion, je lui avais avoué qu'avec son regard éclatant, son sexe toujours raide et son énergie débordante, Liu Jingwei me paraissait promis à un sort exceptionnel. Son avidité était sans bornes et se manifestait dans les moindres détails. Quand il mangeait un esquimau, par exemple, il l'enfournait d'un coup puis le léchait lentement en remontant vers la pointe pour que d'emblée le ton soit donné : enduit de sa salive, il lui appartenait. Le vieux voyou m'avait rétorqué qu'il était trop sûr de lui, trop évident : il savait avancer mais pas reculer, vite excité et vite découragé, dès que les choses tourneraient à l'aigre, il courrait à la catastrophe. Tout au plus un embryon de seigneur de la guerre. J'avais beau écouter, je ne comprenais pas. Puis il avait ajouté que moi aussi j'étais cupide, que moi aussi j'avais un regard éclatant. Même si au fond on lisait une sourde mélancolie. Ma perplexité avait redoublé, comprenant bien que ce n'était pas un compliment j'avais bafouillé : « N'importe quoi, je ne suis même pas fichu d'avoir la moyenne en géométrie ! Par contre si tu continues à raconter des conneries, je dirai à la mère Hu que tu tournes pédé. »

Quinze ans plus tard, ses prédictions se sont réalisées. Devenu

PDG d'un groupe comprenant deux compagnies cotées en Bourse, plus une myriade de filiales et de sous-filiales, Liu Jingwei est mort dans une suite présidentielle, au dernier étage d'un hôtel cinq étoiles lui appartenant. La femme de chambre a découvert son corps criblé de blessures d'un demi-pouce de profondeur, flottant comme un poisson écaillé dans la baignoire « King Size ». L'eau était couleur sang, la surface couverte d'une épaisse couche de pétales de rose rouge. Quand la nouvelle s'est répandue, on a prétendu qu'il s'agissait d'un crime passionnel. Exaspérée par ses nombreuses aventures, sa maîtresse en serait venue à le haïr, lui aurait asséné soixante-quatre coups de couteau, puis après avoir dispersé dans la baignoire neuf cent quatre-vingt-dix pétales de rose, se serait, telle une fleur fanée, jetée par la fenêtre.

Cela faisait des années que je n'avais rien entendu de plus stupide. M'aurait-on parlé de bouquets de chou-fleur ou de pétales de trèfle jaune, j'aurais eu moins de mal à y croire. En dépit de l'éducation dispensée par Kong Jianguo, pour les femmes comme pour les fleurs, Liu n'a jamais dépassé le stade anal. Bloqué entre deux et quatre ans, il avait des besoins simples : il fallait qu'il ait l'impression d'être un géant. Aussi ne sortait-il qu'avec des filles d'un mètre soixante-dix-huit, cheveux longs, gros seins et taille fine (le genre 95 / 60 / 95), et exigeait pour leurs rendez-vous qu'elles se maquillent à outrance : l'homme qui leur jetterait un coup œil devrait réfléchir au moyen de leur en jeter un second à la dérobée. Il fallait qu'on sache qu'elles étaient chères. Moi qui les préfère souples, capables de toucher leur visage avec leur pied, je lui avais demandé si ses grandes perches étaient bonnes au lit. « Des bouts de bois, m'avait-il répondu. Mais sincèrement, quelle diffé-rence ? Aucune fille ne vaudra jamais une branlette, alors tant qu'elles sont propres… »

La sécurité, le parquet et le tribunal vinrent au grand complet trinquer à sa mémoire. Ainsi que ses nombreux « petits frères », tous sanglés dans des complets sombres aussi coûteux qu'élégants, tous ayant pris soin de s'épiler les narines. « Aux femmes bien fol qui se fie, pourquoi es-tu si tôt parti ? » pro-clamait un distique. Les temps avaient bien changé, n'ai-je pu m'empêcher de remarquer. Fallait-il désormais, avec une pègre aussi raffinée, connaître la poésie classique, *Tristesse de l'éloignement* ou *Propos de la chambre des fleurs*, pour être un vieux voyou ?

8. L'espionne

Mon admiration pour le vieux voyou atteignit son apogée après les cours d'hygiène dispensés en quatrième. Ma crois-sance venait, semblait-il, de s'achever. En tout cas j'avais subitement conscience d'avoir changé. C'était comme se réveiller un beau matin et que les saules soient verts, les amandiers rouges et que les filles aient toutes la fesse ronde. J'étais furieux : et merde, je commençais à avoir des pertes séminales.

Ce soir-là, Liu Jingwei, Zhang Guodong et moi nous étions subrepticement introduits dans la salle de cinéma de l'arron-dissement pour y visionner un film d'espionnage sans queue ni tête. En plein milieu de l'histoire, sans qu'on sache pourquoi, une espionne a surgi. Ses boucles permanentées et tartinées de brillantine évoquaient le goudron dont on couvre les routes ; pour se rendre au siège du parti fantoche, elle portait un uniforme du Guomindang, caca d'oie et resserré à la taille, et pour aller danser une robe cramoisie fendue jusqu'aux aisselles. Ses lèvres étaient fardées d'une épaisse couche de rouge qui attirait le regard, de temps à autre elle brandissait un petit pistolet pour annoncer tranquillement : « L'armée communiste a franchi le fleuve Bleu. » Quelle idiote ! Je comprenais que les cadres du Parti ne tombent pas dans ses rets. Or la nuit suivante, je rêvais d'elle. Elle avait perdu son arme mais continuait de répéter sur le même ton : « L'armée communiste a franchi le fleuve Bleu. » Encore et encore. « Tu n'en as pas marre, lui ai-je demandé. L'armée Rouge a traversé le fleuve, et alors ? Pourquoi ne prends-tu pas tes jambes à ton cou au lieu d'attendre que les soldats débandés viennent te violer, t'assassiner et recommencer ? » Elle a brandi des capotes jaune pâle (ballons dégonflés, doigts de gants) et de sa voix impassible a repris : « Produites par l'usine de plastique numéro deux de Tianjin. » Les sœurs Che sont apparues à ses côtés. Elles portaient leurs chaînettes de cheville dorées, leurs cheveux dénoués étaient séparés par une impeccable raie, d'un blanc bleuté, et de leurs mèches lisses émanait un parfum bizarre et dérangeant.

– Tu t'appelles bien Qiu Shui, mon garçon ? a demandé l'aînée. Tu habites à Baijiazhuang ? Tu n'aurais pas un message urgent dans ta ceinture ?

– Je suis trop petit, Madame, me suis-je empressé de protester.

Qu'ils étaient blancs, qu'ils étaient blancs, leurs petits lapins blancs, par-devant cela s'est dressé.

– À ton âge, Liu Hulan [1] était déjà tombée sous nos coups.

– J'ai peur, Madame, ai-je articulé d'un ton pleurnichard.

Lorsque leurs mains se sont glissées sous ma ceinture, j'étais vidé, incapable de bouger. Des doigts onctueux et lisses ont palpé et enserré ma verge, l'ont tripotée dans tous les sens. Ils étaient tendres, avec des ongles durs, ils ont pris leur temps, impassibles comme des aveugles en train de lire le poème en braille que contenait le pli urgent.

– C'est la mère de Zhu Shang qui nous envoie, ont-elles dit.

– Au secours! Arrêtez-les! ai-je crié bien fort.

Mais contre ma volonté, mon pénis s'est contracté et j'ai giclé dans mon caleçon. Je me suis réveillé transi de froid et ai brusquement réalisé que, merde! je recommençais à pisser au lit.

La chose s'est fréquemment reproduite. Toujours en rêve. Les espionnes, démones et diablesses de mes songes prétendaient être envoyées par la mère de Zhu Shang et arguaient toutes d'un message urgent que j'aurais porté sous ma ceinture. Elles me déshabillaient et me caressaient sans me laisser placer un mot. J'en éprouvais une terreur sans nom. Je n'avais pas peur que ma mère s'en aperçoive, non : après tout ce n'était pas de l'incontinence, la tache était plus petite, et puis j'avais ma chambre. Je m'étais procuré quelques caleçons supplémentaires en détournant l'argent que mon père me donnait pour les *100 000 pourquoi* et *Grand-père fait travailler ses méninges*, et en cas de besoin je me changeais et faisais la lessive, mes parents n'y voyaient que du feu. Ce qui m'angoissait, c'était

---

1. Martyre de la révolution, morte à quinze ans.

que le phénomène soit si irrationnel et qu'il se manifeste avec une absence de logique évidente.

J'en ignorais l'origine. Je pissais parce que j'avais bu. Je suais parce que j'avais couru autour du stade. Je saignais parce que je m'étais coupé. Mais pourquoi éjaculais-je ? S'il n'y avait aucun « parce que », si c'était spontané, c'était pire. Les vieux en bas de l'immeuble racontaient que les démons et succubes profitent de nos rêves pour voler l'énergie virile. Et c'était incontrôlable. Quand j'avais besoin d'uriner, je pouvais attendre d'avoir trouvé des toilettes. Si je n'avais pas envie de transpirer, je pouvais prétexter une maladie pour être dispensé de sport. Si, avec la rapidité du busard, je me détournais, évitant la pointe du couteau, mon sang ne jaillirait pas. Mais je n'avais aucun moyen de contrôler mes pollutions. La nuit tombait et si le cœur leur en disait, hop ! ces maudites jumelles et l'espionne se glissaient sous ma couette. Avaient-elles décidé d'examiner le message urgent, elles n'avaient qu'à tendre la main et tripoter à l'intérieur de mon caleçon. Les adultes sont des gens d'expérience, effectivement mieux valait les éviter ! En rêve, leur puissance était surnaturelle, démesurée et je n'avais nul abri.

J'étais donc en quatrième lorsque dans le cadre du cours d'hygiène et de biologie, le district a délégué une enseignante pour nous parler du système reproducteur. Elle s'appelait Hu et était à l'évidence une parente de la matrone du comité de quartier : ses seins lui tombaient sur les genoux. On nous a séparés : les filles à la cantine, les garçons sur le terrain de sport. Pour la première fois depuis que j'avais entamé ma scolarité, je réalisais qu'elles et nous relevions de catégories distinctes ! Nous serions interrogés séparément, et gare à nous si les aveux ne concordaient pas. Confusément, je pressentais qu'il serait question de nos émissions de sperme, mais j'ignorais ce que cela allait donner. D'un côté, j'étais inquiet : la conférencière avait-elle entendu parler des sœurs Che et du pli secret ? De l'autre, j'aurais apprécié qu'elle m'explique à quoi cela rimait et comment leur tenir tête. Quand elle a pris la parole, encore plus intimidée que nous, tête basse, incapable de nous regarder en face et les joues empourprées, ce fut pour ne rien nous apprendre. Elle s'est contentée de nous dire que, si en dormant nous mouillions nos lits et que ce n'était pas du pipi, il ne fallait pas avoir peur, c'était normal. Mieux valait pourtant éviter que cela se reproduise, le phénomène était capitaliste, rétrograde et féodal. Plus la fréquence augmenterait, plus ces poisons s'implanteraient en nous, et rien ne pourrait les en chasser, ni piqûres, ni médicaments, ni aucun régime particulier. À ce problème existaient des remèdes qui n'étaient malheureusement pas toujours efficaces. Une demi-heure avant de se coucher on pouvait, par exemple, éviter de regarder la télé. Il ne fallait pas lire de littérature pornographique, mais prendre éventuellement un verre de lait avant de dormir (pour les enfants des familles défavorisées, un bol d'eau de cuisson des nouilles). Ou courir un mille mètres puis se doucher à l'eau froide, et autres « trucs » ineptes. Pour finir, si rien de cela n'était efficace, nous devions en parler à notre professeur principal, lequel n'en toucherait mot à quiconque, sinon qu'il informerait nos parents et le noterait dans son rapport au proviseur, au district et au comité à l'éducation de la municipalité.

Mon angoisse redoubla. Je ne laissais plus tomber mes devoirs pour me précipiter sur le balcon lorsque les sœurs Che entraient dans l'immeuble. Tout objet rond m'évoquait un sein, tout bâton un pénis. Chaque fois que les jumelles cherchaient mon pli urgent, allongé sur le dos et les yeux tournés vers le plafond, j'avais une impression d'humidité cristalline. Mon cœur battait la chamade, j'avais fait un pas de plus vers la mort. Le sperme étant plus épais que l'urine et plus dense que le sang, en perdre autant (et de manière incontrôlée) n'était certainement pas une bonne chose.

Je n'osais plus dormir, il me fallait une solution. Le plus simple aurait été de les éliminer toutes les deux. Mais c'était dangereux, je ne m'en sentais pas capable et quand bien même, comment éviter que la police et les matrones ne s'en mêlent? À supposer que cela se fasse, comment être sûr que la mère de Zhu Shang ne m'enverrait pas d'autres créatures? De toute façon resterait l'espionne: impossible de m'en débarrasser, de celle-là.

Dans l'incapacité de trouver le sommeil, j'ai un soir enfilé une veste et me suis levé. La nuit était sombre, la lune une moitié d'anneau mince et courbe, à côté duquel on parvenait à discerner, si l'on faisait bien attention, le demi-disque obscur qui s'était caché. Un chat sauvage m'a jeté un œil brillant avant de se fondre dans les ténèbres, entre les immeubles les sophoras (d'un noir d'encre dans ce faible éclairage) se dressaient tels des spectres. Je me demandais si je n'allais pas descendre fumer une cigarette dans l'abri, quand j'ai vu de la lumière chez Kong Jianguo.

Pour entrer, il fallait traverser l'appartement de son frère, je me suis planté sous sa fenêtre pour l'inviter à en griller une avec moi dans la «grande bouche noire». Un léger bruit m'a retenu. Toutes sortes de rumeurs circulaient quant à sa vie privée. Zhang Guodong prétendait qu'il était comme Blanche-

Neige, capable de tenir tête à sept partenaires d'affilée sans que son arbalète faiblisse. Il disait aussi que Kong Jianguo devait avoir des femmes, sinon ce ne serait pas un voyou. Aussi férocement qu'il se batte, cela ne suffirait pas à justifier sa réputation, tout au plus le traiterait-on de brute de quartier. Myope de naissance, Zhang portait des lunettes qui lui donnaient l'air très convaincant lorsqu'il se voulait sérieux ou effectuait une démonstration. Mais même lui ignorait qui étaient les conquêtes de Kong Jianguo.

Poussé par la curiosité, j'ai récupéré quelques briques pour les entasser sous la lucarne et suis monté dessus en m'agrippant des deux mains au rebord poussiéreux de la fenêtre, puis, vacillant, lentement j'ai redressé l'échine.

Le vieux voyou était seul. Couché de côté sur le lit, il ne portait qu'un tricot blanc de sauteur de haies, avec écrit en rouge : «Jalonneur Junior». En dessous il était nu, le sexe à l'air. D'une main il tenait son membre, de l'autre un magazine en couleurs, et le regard rivé à la revue, il frottait, frottait, de plus en plus vite… Il a gémi, sa chose s'est contractée et il a déchargé sur le lit, ou plus exactement sur le *Quotidien du peuple* dûment plié à cet effet.

Je m'étais détourné et m'apprêtais à partir au galop, lorsque j'ai entendu sa voix :

– Ne bouge pas, Qiu Shui. J'arrive.

Quand il est sorti, ses jambes tremblaient et il avait toujours le magazine à la main. J'y ai jeté un œil : c'était plein d'espionnes du Guomindang dans le plus simple appareil ! Il me l'a tendu en expliquant :

– Quand la vessie est pleine, ça coule, quand il y a trop de sperme, ça déborde. Pour la pisse, on va aux chiottes, pour le foutre, on se branle. C'est tout à fait naturel et personne n'en fait un plat, sauf à n'avoir aucune éducation.

Plus jamais je n'ai rêvé des sœurs Che, plus jamais la mère de Zhu Shang n'a envoyé de putain sous ma couette, la nuit n'existait plus, le ciel était toujours bleu.

9. Brigands et beautés

Le vieux voyou affirmait que la mère de Zhu Shang était la femme parfaite, que pour elle il se serait jeté au feu ou dans l'eau bouillante. Sa fille et elle avaient déjà croisé mon chemin lorsque, le regard perdu, il m'a fait cet aveu. Je trouvais qu'il exagérait. Après avoir allumé une cigarette, j'ai orienté la conversation sur la bagarre de la veille. Ce n'était pas la première fois qu'il abordait le sujet. Son discours était un tissu de contradictions, impossible d'y démêler le vrai du faux.

C'était bien un adulte comme les autres, sur ce plan : dès qu'on évoque leurs jeunes années, ils deviennent imprévisibles. Tantôt le pays de leur adolescence est battu par les lames d'un vent acéré, avec des couchants de sang, des tempêtes de sable durant toute la journée et des champs semés d'ossements. On y meurt de faim, de soif ; si le propriétaire terrien et autres seigneurs ne sont pas nés avec un bec-de-lièvre, ils sont borgnes, portent un bandeau noir comme les pirates et règnent en tyrans sur la contrée : leurs crimes passent l'imagination. Tantôt, arrosé par des eaux verdoyantes, il croule sous les arbres et les fleurs, les loriots s'y égaient par bandes et une mousse sombre court sur les escaliers ; poissons, viandes et sucreries y abondent, les notables y sont attentionnés comme des grands frères : aux petits soins pour la plus belle fille du village, même lorsqu'elle se marie dans un autre bourg ou renifle à longueur de journée. Dans un cas comme dans l'autre, les adultes jouent un rôle unique, déterminé : en ce temps-là ils étaient jeunes et nourrissaient de grandes espérances. Leurs ambitions étaient immenses, leurs goûts raffinés, de tout cœur ils se consacraient à l'étude et avaient d'excellentes habitudes : une demi-heure avant de se coucher ils arrêtaient de regarder la télé, ne lisaient ni littérature clandestine ni romans érotiques et buvaient un verre de lait (pour les défavorisés, un bol d'eau de cuisson des nouilles), couraient un mille mètres puis se douchaient à l'eau froide. Ils ne fumaient pas en cachette, ne rêvaient ni d'espionne ni de la veuve du hameau voisin, les garçons ignoraient les pollutions nocturnes et les ovules des filles restaient à l'abandon au fond de leur corps. Peu importait ce qu'ils étaient devenus, leur passé était un modèle pour notre présent. Je ne savais ce qu'il fallait croire ou non dans ces discours.

Le vieux voyou racontait que la mère de Zhu Shang était originaire de Mizhi, dans le Shaanxi, le pays natal de Li Zicheng, le célèbre brigand du XVIIe siècle, et Diaochan, cette beauté de la Chine ancienne qui serrait les héros entre ses cuisses. Personnellement je n'y avais jamais mis les pieds, mais si Zhu Shang y était née, j'aurais aimé voir le lieu où elle avait été engendrée.

Il prétendait y être allé. Là-bas, disait-il, le vent de sable ne tombait jamais. Quand on rentrait de promenade, il fallait se laver les mains, les narines, et tout le monde, homme ou femme, se laissait pousser les poils du nez, sinon la poussière envahissait les poumons et on risquait l'emphysème, comme à Pékin aujourd'hui. La région était horriblement aride, le souverain du ciel lui refusait ses bontés et rien n'y survivait, hormis des brigands et des beautés. On y manquait d'eau (au point qu'on doive sacrifier dix vies pour creuser un puits), mais les filles rayonnaient d'un éclat juteux, elles avaient la peau éclatante et crémeuse, comme un jade poli à la graisse de mouton, si satinée sous la caresse qu'après l'avoir effleurée on ne pouvait en détacher les doigts. En eux-mêmes, les hommes les accusaient d'accaparer l'humidité. Ils n'avaient pas le choix, il fallait partir, chercher plus loin : s'ils traînaient au village, ils n'auraient bientôt plus rien à boire. Ils portaient toujours un couteau sur eux.

Pendant les trois mois qui avaient précédé la naissance, on n'avait pas vu une goutte de pluie. La terre, les arbres, les lèvres, tout se crevassait. On avait eu toutes les peines du monde à trouver une bassine d'eau et quand la petite était apparue, elle n'avait pas pleuré. On avait par contre entendu un coup de tonnerre tonitruant : l'orage avait éclaté, il avait duré trois jours et trois nuits.

La mère de Zhu Shang avait quatre ans quand son père est mort, quatorze quand sa mère, avant de rendre l'âme, lui avait conseillé : « Je me doute bien que tu ne vas pas mourir de faim, mais ne tourmente pas trop ta conscience. Use de ta beauté à bon escient. » Et d'ajouter qu'à Pékin travaillait un lointain cousin qu'elle pouvait aller trouver. Trop jeune pour comprendre cet avertissement, elle en enregistra pourtant la deuxième proposition : il y était question d'une personne concrète. Elle empaqueta quelques affaires, confia la maison à un solide garçon du voisinage en lui disant qu'elle serait de retour dans quelques jours, et sans même verrouiller la porte se mit en route. Le gaillard garda la demeure vingt ans, jusqu'au jour où, âgé de trente-cinq ans, il perdit sa virginité en épousant une ravissante idiote du village.

Le cousin avait cinq fils qui tournaient dans le monde comme des loups affamés et acceptaient les coups et insultes prodigués par leur père en échange de trois repas par jour. Son épouse ressemblait à une serpillière et passait son temps à raconter qu'elle avait autrefois été fraîche comme une fleur, sinon comme une pivoine au moins comme une renoncule, enfin elle avait eu éclat, beauté, jeunesse et santé. C'était la faute de ses méchants enfants si elle était fanée. À ce point, il était fréquent que le cousin intervienne pour attester que sa femme avait effectivement été jolie, mais que les années s'étaient enfuies, et avec elles son transit intestinal : elle était constipée. L'heure qu'elle passait accroupie dans les toilettes de la ruelle à bavarder avec les autres matrones était le point culminant de sa journée. Dans ces commodités de quartier, la cloison qui sépare les hommes des femmes coupe la lumière, pas le bruit, aussi était-il souvent donné au cousin d'y entendre un rire jovial et familier.

Lorsque la mère de Zhu Shang arriva, il préparait un ragoût de porc aux vermicelles et les cinq fils, déjà attablés, la dévisagèrent d'un air laissant entendre qu'ils l'auraient volontiers ajoutée à la marmite (plus de viande et une bouche de moins à nourrir). Ils n'eurent ensuite de cesse, pendant les repas, de la dévorer du regard et lorsqu'elle quittait la table, c'était à l'épouse qu'elle se heurtait. Si le cousin faisait l'effort de lui adresser la parole, sa femme se mettait à laver les légumes en faisant couler l'eau si fort qu'on ne s'entendait plus, et peu lui importaient les injures, elle endurait la bordée avec complaisance et largeur d'esprit.

À peu près du même âge qu'elle, les garçons divisaient les choses en deux catégories : celles qu'on pouvait manger, et les autres. Ils s'empiffraient de ce qui relevait de la première, engloutissant céleri, tomates, pommes de terre, lard ou têtes de poisson. Puis ils découpaient en lanières les pneus qu'ils volaient sur des bicyclettes, les faisaient bouillir pour obtenir une gélatineuse bouillie couleur sang de porc, dont ils enduisaient les pointes des perches de bambou qui leur servaient à attraper les criquets. Une fois la tête, les pattes, les ailes et le ventre coupés, des insectes il ne restait que le corps, à peine une bouchée de viande maigre, qu'ils mettaient à frire avec un peu de sauce de soja et de sel dans une poêle pour se caler l'estomac. Jamais elle n'a entendu les cigales striduler chez eux. Ce qu'ils ne pouvaient pas manger, ils le tuaient. Lorsqu'ils avaient deux fens ils s'achetaient du sucre au bazar et le savouraient lentement, jusqu'à ce qu'il soit complètement fondu, puis crachaient les dernières gouttes sur une fourmilière et concentraient avec un bout de miroir récupéré dans un tas d'ordures les rayons du soleil afin de réduire en cendres les insectes qui s'aventuraient à goûter leur salive.

Comme ils ne pouvaient ni tuer ni manger la mère de Zhu Shang, étant trop jeunes (la moustache n'était encore que duvet au-dessus de leur lèvre) pour sentir comme leur père leur sexe se raidir en la regardant, ils la martyrisaient. Cela n'allait pas jusqu'à la blessure, si leur père s'en était aperçu, ils auraient passé un mauvais quart d'heure, mais ils redoublaient d'imagination pour la faire souffrir sans que cela se voie. Comme elle ne disait rien, ils ne craignaient pas d'être dénoncés.

Vint le jour où elle comprit qu'elle n'avait plus le choix.

Si elle ne s'enfuyait pas, ces garçons allaient l'assassiner ou la cousine l'empoisonner. Par un bel après-midi de printemps, ayant à ses trousses les garçons en train d'agiter avec ardeur des gourdins enveloppés dans du coton et de vieux torchons, elle quitta la maison.

Dans la ruelle quelques adolescents (qui couchés sur le guidon de son vélo, qui affalés sur la selle) commentaient la sanglante bataille qu'ils avaient livrée la veille et au cours de laquelle un fameux «crâneur» s'était fait assommer par deux talentueuses nouvelles recrues. La fille qui passait leur sembla avoir un cul et des seins si gros que c'en était obscène, il aurait fallu la dénoncer dans le cadre de la «lutte contre le féodalisme, le capitalisme et le révisionnisme». Elle prit bien soin de les contourner : dans les yeux enfoncés de celui qui avait les plus gros biceps et le nez le plus droit, elle avait lu la brutalité foudroyante de l'aigle. En dépit de la température encore fraîche, les jeunes gens ne portaient qu'une veste militaire légère plus ou moins neuve, dont ils avaient roulé les manches. Au moindre souffle de vent les pans se balançaient, dévoilant leurs nombrils crasseux et leurs pectoraux en plein développement.

Elle partit en courant. Sur le gigantesque soleil rouge et la porte de la Paix céleste qui décoraient l'enceinte, quelqu'un avait gribouillé à la craie «Li Ming est un connard, sa mère une Marie-couche-toi-là». Un instant elle crut que la lumière allait lui brûler les yeux. Des amandiers fanés et des hibiscus en fleur montait un parfum bizarre. Dans le ciel deux ou trois nuages vagabonds changeaient doucement de forme sous l'œil de vieillards enveloppés dans leurs vestes, qui avaient sorti leurs tabourets pour jouir du soleil.

Elle est retournée se jeter droit dans les bras du garçon le plus musclé, celui qui avait un regard féroce.

– Emmène-moi, lui a-t-elle intimé d'une voix calme et déterminée.

De ce jour, son renom n'avait cessé de s'étendre.

10. Le thermos de bière

Les yeux rivés sur la bedaine de plus en plus voyante du vieux voyou, je lui demandais si c'était lui, ce garçon aux bras musclés et au regard féroce. À quoi bon poser des questions ? me dit-il. Je ferais mieux d'écouter. Tant de vertu laissait planer le doute quant aux relations qu'il entretenait avec la mère de Zhu Shang. J'aurais franchement préféré qu'il me raconte l'histoire de l'adolescent, la fille lui était tombée dans les bras comme une fleur, moi j'aimais les arbres et aurais voulu savoir comment on devient un homme. Le visage ridé et couturé de Kong Jianguo le faisait ressembler à une veste de cuir élimée, son regard avait l'éclat de la boule de cristal dans laquelle je tentais de lire mon avenir. Serais-je jamais un homme ? Une femme comme la mère de Zhu Shang se jetterait-elle dans mes bras ? Quand ? Quel jour de quel mois de quelle année ? Où l'attendre ? Comment refermer mes bras sur elle ? Verrais-je en baissant le regard la peau de son crâne ? Sentirais-je son parfum ? Ma main glisserait-elle le long de ses mèches ? Mon petit sexe se dresserait-il ? Et après ? Jamais il n'a abordé le sujet.

Kong Jianguo n'était pas un bon conteur. L'histoire de la mère de Zhu Shang n'a pas été narrée en une fois, il a dû souvent y revenir, la sortir par bribes, parfois contradictoires.

Jamais il n'en parlait si nous étions nombreux (et surtout pas en présence de Liu Jingwei). Jamais sans cigarettes. Jamais sans son content de bière.

En bouteilles et canettes, c'était une denrée rare. Comme l'eau-de-vie, il fallait aller la chercher avec un thermos au Pour le peuple, le restaurant d'État en face de la poste. Elle n'était distribuée qu'une fois par jour, à trois heures de l'après-midi, et vite épuisée. C'était fermé le week-end, en plus. Comme s'ils ne rapportaient qu'un tonneau par jour de la brasserie et que, lorsque celui-ci était vide, il n'y en avait plus. C'était une vraie bibine. Fade et plate. Malgré tout, c'était de la bière. Malgré tout, elle moussait plus que l'eau. Et était plus alcoolisée. En boire nous donnait l'impression d'être comme les brigands d'*Au bord de l'eau*, qui buvaient l'alcool dans des bols à soupe, se gorgeaient de viande et une fois la panse pleine, se répartissaient les filles à gros seins rapportées de la vallée dans des sacs de jute. À mon avis, il ne devait pas y avoir grande différence entre leur gnôle et celle du restaurant d'État. Au bout de dix-huit bols ils marchaient encore droit, étaient capables de travailler leur jeu de jambes et ne s'étonnaient pas d'être en mesure de flatter les postérieurs dans les tavernes.

Comme l'offre était limitée, la grosse brute noiraude chargée d'assurer la vente avait tendance à se prendre pour un dieu. Il ne se sentait plus quand il décidait du bonheur des cent familles à dix lis à la ronde !

Tous les jours vers trois heures, après avoir dormi tout son saoul, il s'aspergeait la figure d'eau en tendant l'oreille pour écouter le brouhaha venant du guichet. Il traînait dix bonnes minutes avant de retirer la plaque de contreplaqué qui l'obturait et affronter la foule qui faisait le pied de grue. Premier de la queue, nez à nez avec cette immonde face de porc dès que le guichet ouvrait, j'étais en pôle position pour admirer les poils, vigoureux, épais et raides comme des branches de prunier, qui s'échappaient de ses narines. Il puait le vieil alcool. Ce salaud s'était certainement offert un petit coup en douce avant la sieste ! Un thermos géant dans chaque main, Zhang Guodong et Liu Jingwei se trouvaient juste derrière moi. Il nous soupesait du regard en grognant : « Encore vous ! L'argent ! » Les poils de ses narines tremblaient et sur le plus long (et le seul qui bouclât) de la morve sèche était collée.

Le gros était un ancien de l'artillerie. On racontait qu'il avait étudié les arts martiaux et que même à trois ou quatre il n'était pas question de l'approcher. Je n'y croyais pas. Lorsque sa femme le traitait de bon à rien quand il prenait le frais l'été sur son banc au pied de l'immeuble, au lieu de se mettre en colère il baissait docilement les yeux et, la graisse détendue et étalée, continuait de s'éventer. Nous ignorions pourquoi elle l'injuriait, mais cela nous mettait du baume au cœur, à nous qui chaque après-midi à trois heures, du lundi au vendredi, voyions cette masse molle se donner des airs de dieu vivant.

Elle disait qu'à l'armée il était cuisinier et s'était contenté de se la couler douce en se gavant discrètement. Je n'imaginais rien de plus lamentable : un cocu avec une marmite noire qui regarde les autres tirer au canon.

11. La castration de Sima Qian [1]

Le cercle où circulait le nom de la mère de Zhu Shang était large, mais bien circonscrit dans l'est de la ville. Pékin est aujourd'hui cerné par les deuxième et troisième périphériques, à l'extérieur desquels de grands travaux ont été entrepris. Même dans les banlieues les plus éloignées, on s'empresse de construire près de la fosse d'aisance des lotissements des nouvelles campagnes socialistes qu'on vendra aux étrangers en tant que cités-jardins. Le centre ne compte plus que de rares quartiers de maisons basses, dont celui de Houhai, le repaire de la jet-set. Dans les trois quarts des cas, il s'agit de vraies résidences à l'ancienne, où se succèdent plusieurs cours. On y trouve des poissons rouges dans des aquariums sous l'auvent, des chiens bien nourris, des plaqueminiers, des pieds de vigne, et de plantureuses beautés au décolleté profond et à l'épais parfum de lait. Pendant leurs loisirs les glorieux habitants de ces demeures comptent les rayons du soleil qui dardent entre les feuilles. Du pont Yinding, ils admirent les collines, au restaurant Kaorouji, ils se saoulent à l'erguotou. Et au clair de lune, font admirer aux élégantes les lotus du lac Shisha pour engourdir leurs sens. Du côté de Dongdan et de Chaonei ce serait plutôt le domaine de l'habitat collectif, même si quelques célébrités y ont résidé : leur passage remonte à l'époque où elles étaient des gens comme les autres, avaient

1. Sima Qian (135-93) : auteur des *Mémoires historiques* et premier historien chinois. Ayant déplu à l'empereur Wudi et mis en demeure de choisir entre la castration et la mort, il opta pour la première.

juste assez d'argent pour hanter le lit de minables putes de province, où elles étaient logées à la même enseigne que le reste du monde.

Pour atteindre la porte d'un foyer, il faut zigzaguer entre les diverses cabanes que les habitants ont édifiées dans les cours immenses. Ces allées serpentent comme dans la forêt, au milieu des bêtes sauvages, les sentiers envahis par les lianes évoluent pour se conformer à la configuration environnante. Que de vie, que d'animation en ces lieux : le matin, quand tout le monde se lève, à la main un pot de chambre rempli à ras bord d'un jaune gélatineux, on se fait des politesses : « Non, non. Après vous, je vous en prie. » Puis on va acheter aux gargotes ambulantes des galettes farcies ou des gâteaux de blé à la sauce de soja. La « rue des fantômes » et la « rue des bars » ont repris ce principe de la terrasse, issu de manière organique du petit peuple. Le quartier produit des voyous carrés, francs et ouverts, le jus de cervelle leur dégouline comme de la sueur le long des joues et quand ils rient, c'est d'un air mauvais. Quant aux filles du voisinage, lorsqu'elles sont en colère, elles ne font pas semblant, toutes griffes dehors elles insultent le monde à en faire frémir le plus affreux des fantômes. Bien articulé et lâché à pleine gorge, le « Tu t'es vu, pauvre con ! » est la preuve d'un talent maîtrisé et d'une origine familiale distinguée.

Un thermos de bière dans l'estomac, Kong Jianguo laissait des fleurs de rhétorique s'épanouir entre ses lèvres. Il disait qu'autrefois, dans le quartier de la porte Chaoyang, vivaient neuf dragons et un phénix, et que ce phénix, c'était la mère de Zhu Shang. Lorsque vingt ans plus tôt on se battait dans le périmètre, c'était généralement à cause d'elle. Les jeunes filles de bonne famille et les jeunes brus colportaient en grignotant leurs graines de pastèque les anecdotes les plus diverses à son sujet, les gros bras qui traînaient dans les gargotes évoquaient son visage en s'imbibant. Et si les aristocrates de la voyoucratie braillaient son nom en articulant des serments définitifs, les petites frappes imaginaient son corps lorsqu'ils se glissaient la nuit sous la couette, le sexe à la main.

Finalement, elle épousa un blanc-bec. Un type aux lunettes cerclées de noir et à la face blafarde, pauvre et talentueux, sachant écrire et peindre, rédacteur du journal mural et des affiches de propagande de son unité de travail, qui interprétait sur une estrade des ballades de sa composition. Il avait tout du lettré raffiné, avec sa taille élégante et ses joues rose pâle. En bref, le genre d'homme qui depuis toujours recueille les faveurs des femmes – raison pour laquelle j'approuve entièrement l'empereur Wudi d'avoir fait châtrer Sima Qian.

Un jour de grand soleil, elle était sortie dans la rue et du bout des doigts lissait la mèche le long de son oreille – si noire qu'à la lumière elle paraissait dorée, éclatante. Ses cheveux tombaient en un rideau fin et net sur sa veste militaire et son décolleté. Elle avait une cigarette à la main et Kong Jianguo s'apprêtait à lui donner du feu, lorsque le futur père de Zhu Shang avait d'un geste vif arraché la cigarette en bousculant le vieux voyou. Il s'en était tiré avec trois côtes cassées, mais lui avait fait promettre de ne plus toucher au tabac, avant de s'évanouir. À l'hôpital, où elle l'avait gavé de porc aux racines de lotus, il avait trompé son ennui en regardant les nuages évoluer par la fenêtre et en remâchant ses souvenirs de la Bible, dont le passage où l'on dit qu'Ève est issue d'une côte d'Adam. La femme serait donc l'os entre les os de l'homme, la chair de sa chair? N'y avait-il pas, mystérieuse et indéfinissable, une relation entre son squelette abîmé et les saveurs qu'elle lui mitonnait ? Il se revoyait adolescent, lorsqu'il avait lu *Sans titre* de Li Shangyin, un poète Tang, et que le chaos sentimental exprimé dans les vers avait sauté les kilomètres et les années pour semer dans son esprit un trouble tel qu'il avait craint de le perdre et que sa queue s'était dressée comme une flèche. Inondée de lumière à côté de son lit, l'œil clair mais un peu vague, le cheveu brillant et soyeux comme l'eau, la mère de Zhu Shang était la parfaite illustration de ce qu'il avait pu lire sur la femme. Plus ardente encore que le soleil, sa verge brûlait dans son caleçon sous la couverture de l'hôpital. La suite de l'histoire, c'est que leur fille avait été conçue là, du premier coup.

Il n'y a pas à dire, les malfrats de haut vol ont de la classe : ils marièrent la mère de Zhu Shang comme une petite sœur, se montrèrent unis, généreux, très mâles. Huit limousines, dont les numéros se suivaient, convoyèrent la famille pour le repas de noces, fort animé : les grosses marmites de porc servies aux dix tables avaient un fumet que le vent offrit à la ronde trois heures durant, et la bière achetée en devises au magasin de l'Amitié coula en suffisance. Même la police locale débarqua, en voiture de service, pour se mêler à la foule. En cadeau ils apportaient une couverture en brocart dont les motifs étaient des canards mandarins. Pour parer aux risques de mortalité, il n'y aurait désormais plus qu'à envoyer la mère de Zhu Shang et ses pairs arrêter les violeurs, parieurs, Ouïgours de comédie et autres paysans qui voudraient vendre des œufs sans licence. L'eau-de-vie leur chatouillait le gosier, la gaîté ambiante leur était montée à la tête et en secret ils se réjouissaient de leur tranquillité à venir. À dix lis de distance on considérait qu'il s'agissait d'un tournant historique, comme si de ce jour, plus aucune histoire de meurtre ni de fesses ne courrait jamais par les rues et les ruelles.

Kong Jianguo avait gardé le costume noir qu'il arborait pour la circonstance. Un complet en pure laine qu'il s'était fait rapporter de Hongkong et qui devait être de bonne marque : il avait trois boutons aux poignets et pas un seul caractère chinois sur l'étiquette. Mais comme après la noce il n'en avait plus eu besoin, il l'avait balancé sous le lit dans la chambrette où s'accumulait la poussière.

12. *Les Plus Importantes Techniques militaires*

Je me suis planté sur l'estrade du terrain de sport et j'ai clamé mon idéal : je serais un voyou, le pire des coureurs de jupons, celui qui les tomberait toutes. Je me sentais aussi grand que si l'univers à mes pieds avait été l'Europe du Moyen Âge, obscurantiste et à la botte du Vatican.

Zhang Guodong et Liu Jingwei n'étaient pas assez mûrs pour réaliser l'ampleur de mon ambition, mais ils n'ignoraient pas que courir le jupon, c'est embêter les filles. Or les filles, ça ne se mange pas, ça ne se boit pas, et ça ne se laisse pas facilement importuner : la plupart ont une langue de vipère et le cœur venimeux. Dormir avec elles ? Pourquoi ? La couette suffit, non ? Leur savoir était puisé auprès de vieilles badernes (le genre à se bourrer de médicaments pour fortifier le yang) qui prétendaient que c'est mauvais pour la santé. Et puis il y avait ces vers sur un tableau appartenant à Kong Jianguo, qui datait paraît-il du début des Qing et montrait un tigre tout en crocs avec une femme à moitié nue, cheveux au vent, seins et jambes à l'air, à califourchon sur son échine : « Sous des dehors innocents, les femmes vous sucent le sang ! » Aussi l'affirmaient-ils : avec le temps, en admettant que je n'en meure pas, j'allais devenir un légume. Je n'avais aucun avenir.

J'ai alors parlé de la conspiration. Celle qui faisait que des différences structurelles, au départ inexistantes, étaient au fur et à mesure que nous grandissions apparues entre nous et des filles comme Zhu Shang ou Émeraude. Celle qui faisait que nous devions fréquenter des toilettes et des salles de bains différentes, sinon la mère Hu et la police allaient intervenir. Il semblait que nous soyons désormais plus dissemblables d'elles que des chiens et des chats – qui ont le droit de nous suivre dans les lieux d'aisance. Pourquoi admirons-nous une pivoine épanouie ? Pourquoi Zhu Shang nous semble-t-elle adorable quand elle rougit ? Pourquoi, alors que l'une et l'autre sont également belles, ne bandé-je qu'à la vue de la seconde ? Pourquoi, est-ce elle, entre toutes, qui a cet intolérable impact ? Est-ce qu'elle est au courant ? Qu'est-ce que cela m'apporterait qu'elle le soit ? Peut-être n'est-elle qu'un élément, même pas complice, du complot.

– Tu es malade, m'a rétorqué Liu Jingwei. Et tu n'es pas le seul que Zhu Shang fasse bander, moi, même les arbres me font de l'effet. Le coup de brique que ce type du lycée de Baijiazhuang t'a collé l'autre jour a dû t'embrouiller les idées.

– Tu es malade, m'a rétorqué Zhang Guodong. Arrête avec tes « nous », « nous ». Les types comme toi, le comité municipal les envoie à l'hôpital Anding.

– Ça ira pour cette fois, a repris Liu Jingwei, tu n'es pas

responsable de tes actes puisque tu es fêlé, pendant la prochaine bagarre, c'est toi qui feras mordre la poussière à l'ennemi.

Lorsque du regard je suivais les ondulations de la chevelure lisse et brillante de Zhu Shang, j'enflais de partout, dans mon esprit la confusion était totale et mon pénis se dressait comme une flèche. Au moindre cri je risquais l'explosion. Allez vous faire foutre, me suis-je dit. J'ai les sœurs Che, aux mèches lustrées et soyeuses, j'ai l'espionne et j'ai une revue illustrée pleine de culs et de chairs luxuriantes. Je me branle, je fais du jogging, je me douche à l'eau froide. Et tout ça pour quoi? Dix secondes plus tard, en imagination je flotte au gré de sa crinière et hop, c'est reparti : ma tête s'affole et mon sexe aussi. Comme si je n'avais que ça à faire! Quand il me reste encore dix problèmes de géométrie et une rédaction à terminer. Sujet : une rencontre qui vous a profondément marqué. N.B. : interdiction de décrire ses parents, un prof ou un total inconnu comme un mutilé de la guerre du Viêt-Nam.

– Quelqu'un a déposé dans nos corps une bombe à retardement qui se déclenchera à un moment donné, lorsque nous rencontrerons certaine jeune fille. Si nous tenons à notre existence, à nous de déterminer à quel moment le dispositif va se mettre en branle et quelle sera la rencontre qui fera tout exploser, ai-je dit.

J'hallucinais sévère, me répondirent-ils d'une même voix.

L'idéal de Zhang Guodong était de devenir un scientifique qui fabriquerait de la bière, de la crème glacée et de la poudre. Savoir brasser lui éviterait de faire la queue au restaurant et de se retrouver face à ce gros porc basané avec ses poils de narines retroussés. La poudre? Pour réduire en charpie un ennemi trop fort pour lui. Il assurait que son grand-père, prétendument brigand de grand chemin, possédait une recette secrète dont les ingrédients pouvaient être achetés dans n'importe quelle droguerie et qu'il avait, au péril de sa vie, gardée cachée dans sa culotte pendant la Révolution culturelle. Ayant peine à le croire – n'avait-il pas affirmé à des voyous d'un autre quartier que son père était chef d'état-major, alors qu'il était contre-maître à l'atelier numéro trois dans la même unité de travail que les nôtres ? – nous lui avons mis une telle pression qu'il a fini, le regard embué et les lèvres tremblantes, par sortir de son sein un livre à la brochure traditionnelle intitulé : *Les Plus Importantes Techniques militaires* qui puait effectivement la pisse et les excréments.

– Les ingrédients de base sont toujours les mêmes, a-t-il dit, mais suivant les adjuvants on obtient des effets différents : incendiaire, fumigène et toxique. Regardez : « Sept cents grammes de soufre, trois cent cinquante grammes de sulfure noduleux, deux livres et demie de salpêtre, cinquante grammes de racine de chanvre, cinquante grammes de laque sèche, cinquante grammes d'arsenic, cinquante grammes de céruse, cinquante grammes de racine de bambou, cinquante grammes de minium, cinquante grammes de cire jaune, un demi-gramme d'huile pâle, vingt-cinq grammes d'huile de tung, soixante-dix grammes de résine et un demi-gramme d'huile épaisse.

Quant à Liu Jingwei, il rêvait de devenir maître d'art martial.

– À force de scier, la corde bois rompra ; à force de goutter l'eau la pierre fendra, disait-il. Pour un homme, l'essentiel est de persévérer. Il faut avancer pas à pas et méthodiquement dans la direction de son idéal. Pour t'entraîner aux arts mineurs, par exemple, tu commences par sauter d'un trou de trente centimètres et tu en rajoutes cinq tous les jours : c'est facile, mais trois mois plus tard tu bondis par-dessus les toits et les murs.

Cela semblait rationnel, aussi ne comprendrai-je jamais pourquoi il s'est arrêté aux compétitions scolaires de saut en hauteur (un mètre quatre-vingts passé en rouleau et une médaille d'un joli jaune caca d'oie), lui qui à force de s'étirer les muscles des cuisses avait appris à faire le grand écart assis ou debout ! Zhang Guodong ne voulait pas croire que c'était vrai : « On a beau être souple, ça ne sert à rien de se mettre le nez sur le sexe. Tu veux te sucer ou quoi ? » Depuis qu'il avait déniché à la déchetterie un vieil exemplaire (il datait du début du siècle et certaines pages étaient déchirées) de la *Compilation sur les arts martiaux* de Wan Laisheng, Liu Jingwei avait l'impression de posséder un bréviaire secret. Il allait étudier avec assiduité la technique des « poings de fer » et lorsqu'il serait au point, et que l'envie l'en prendrait, il ferait de la bouillie avec les couilles de l'obèse qui distribuait la bière. Il nous a un beau jour annoncé qu'un moine haut placé du Da Jue Si, le temple de l'Illumination dans les collines de l'Ouest, s'apprêtait à prendre le métro pour assister à son entraînement. Lui-même ne verrait pas le maître, mais le maître verrait en lui comme en un clair miroir et serait en mesure de déterminer s'il avait vraiment la capacité et le talent nécessaires – ce dont il était intimement persuadé. Ce soir-là, de la chambre de Kong Jianguo où nous jouions à la mourre, nous l'avons entendu crier en boxant les barres parallèles et la table de ping-pong. Après une série de rugissements de plus en plus tristes et aigus, il a fini par faire irruption en sanglotant, les mains violettes et endolories. La droite, probablement fracturée, pendait sans force à l'angle droit de son poignet.

– Je me suis pourtant lavé les mains avec la décoction recommandée par le bréviaire ! Le métal n'aurait pas dû me faire de mal, qu'est-ce qui s'est passé ? Le maître va être déçu !

Sur le chemin de l'hôpital, il m'a montré la recette qu'il gardait cachée sur lui :

– Cinq grammes d'aconit de Carmichael, cinq grammes de capuchon de moine, cinq grammes d'arisaema consanguineum, cinq grammes de cnidium monnier, cinq grammes de banha, cinq grammes de radix baidu, cinquante grammes de poivre du Sichuan, cinquante grammes de langdu, cinquante grammes de balsamine des jardins, cinquante grammes d'os fossilisé, cinquante grammes de fausse hellébore, cinquante grammes de concombre de serpent, cinquante grammes de lyciet de Chine, cinquante grammes de violette, cinquante grammes de pissenlit, deux cents grammes de sel du Koukou-Nor, cinquante grammes de soufre, cinq grammes d'artemisia anomala, cinq bons bols de vinaigre courant et cinq bols d'eau. Laisser réduire jusqu'à obtenir l'équivalent de cinq bols.

Ils sont vraiment fêlés, tous les deux, me disais-je. Et ils osaient me critiquer !

13. Les manches rouges

Quand ma famille avait quitté les ruelles du centre, elle s'était vu attribuer deux appartements dans le même escalier d'un immeuble. Mes parents se sont installés avec ma sœur dans le trois pièces du deuxième et j'ai obtenu la permission de dormir au quatrième. Non qu'ils aient été au départ très chauds à cette idée, il avait fallu faire assaut d'arguments. J'étais grand, leur avais-je affirmé, bien ou mal c'était un fait. Et n'eût-il pas été plus dangereux, pour remonter d'un pas dans leur raisonnement, d'attribuer le studio à ma sœur ? Certes elle n'avait rien d'extraordinaire, mais c'est avec les adolescentes de ce genre qu'il y a le plus de risques, elles font ce qu'il faut pour attirer le loup et le jour où leur ventre se met mystérieusement à gonfler, la famille en a des remords ad vitam æternam. Même si je devenais une canaille de la pire espèce et qu'une fille tombe enceinte, au pire je me ferais injurier sur le pas de la porte. Il est revenu à ma mère qu'il lui restait quelque part deux boîtes de pétards, pas de problème en cas de bagarre, elle a repensé à la hardiesse et l'ingéniosité avec lesquelles j'avais en imagination tenu tête aux sœurs Che, et à force de tourner le problème dans sa tête a fini par accepter.

Quand je me tenais sur le balcon plein sud, par une trouée au milieu de la barre d'immeubles, le soleil m'éblouissait. Au cinquième étage de l'escalier mitoyen, se trouvait l'appartement de Zhu Shang que je pouvais espionner du coin de l'œil. Par beau temps la lessive séchait sur la terrasse, mais jamais je n'ai réussi à faire la différence entre ses culottes et celles de sa mère : peu ou prou de la même taille, en coton blanc à fleurs roses, elles se balançaient avec légèreté dans le vent. Je pensais aux drapeaux des marchands de vin et à ces vers délicieux de Wei Zhuang : « Du pont pentu, en cheval à califourchon, vois ces manches rouges à tous les pavillons. » Un jour, il faudrait que je retourne à la librairie fouiner dans les vieux livres, il devrait bien y en avoir un qui parle des maisons de tolérance, que je sache enfin si ces « pavillons verts » des jours anciens avaient vraiment des enseignes émeraude qui oscillaient au moindre souffle ?

14. Thank you, Pisseur de bulles

Pendant les cours, j'étais assis à côté de Zhu Shang. Les manuels ne me passionnant guère, je préférais regarder par la fenêtre les peupliers passer du vert au jaune, puis du jaune au vert. Et plus encore sa chevelure brillante et lisse, les calmes veines sombres dans l'ovale de son visage. En quelle chair est-elle faite, me demandais-je. Est-ce du sang qui coule dans ces veines ? Quelle sorte de sang ? Et quelle sorte de chair ? Comment se mêlent-ils ? Pourquoi déclenchent-ils en moi des sensations d'une telle violence ? C'est en grande partie pour tenter de répondre à de telles questions que j'ai plus tard entrepris des études de biologie et de médecine. Il m'a fallu, hélas ! accepter le fait que la science moderne ne sait même pas guérir le rhume.

Je n'occupais pas cette place par hasard : je l'avais échangée, contre un *Dragons, tigres et léopards,* revue érotique publiée à Hongkong et un *Play-boy* en version originale, avec un pauvre plouc, un certain Sang Baojiang qui venait de la lointaine banlieue. Nous l'appelions «Sa Pao Niao», le «Pisseur de bulles», un surnom qu'il devait à la prof de langues étrangères.

Bien faite, cette récente recrue avait un petit nez, une frange arrondie et une crinière noire dont les pointes tombaient, quand elle se retournait pour écrire au tableau, exactement au-dessus de ses fesses. Zhang Guodong a calculé leur vitesse de pousse et déduit qu'il leur faudrait onze jours exactement pour les atteindre – ce que Liu Jingwei, sans l'ombre d'une preuve, contestait. Ils ont parié un paquet de cigarettes. Même si les estimations de Zhang étaient correctes, il a perdu : deux jours avant la date fatidique, elle s'est coupé les cheveux sous prétexte qu'il y avait trop de vent à Pékin et qu'elle avait l'impression de balayer les rues. Elle venait du Sud et s'enorgueillissait d'une prononciation anglaise si parfaite qu'elle déteignait sur son mandarin. S'apercevant un jour que Sang Baojiang ne demandait jamais la parole, elle lui a ordonné de se lever :

– Comment traduiriez-vous : *My father joined the Long March* ?

Il a répondu presque juste :

– Mon vieux a fait la Longue Marche.

– Très bien, a-t-elle dit avec un sourire. C'est à peu près ça, même si la phrase exacte serait : Mon père a participé à la Longue Marche. Thank you, Sang Baojiang !

Mais à notre oreille, cela sonnait exactement comme « Sa Pao Niao ». Plus jamais nous n'avons dit merci, à tout jamais ce fut : « Thank you, Pisseur de bulles ! » On n'entendait plus que ça dans les couloirs pendant les récréations. Il avait beau nous poursuivre avec un balai, jamais il ne nous attrapait.

Notre lycée étant le seul établissement d'excellence de l'arrondissement, notre petit quartier s'en rengorgeait. Le lauréat du concours d'entrée à l'université ayant été quatre années de suite issu de ses promotions, sa réputation a fini par s'étendre au-delà du district pour en faire l'une des écoles les plus snobs de la capitale. Résultat a posteriori, de mon point de vue, de ce qui s'y était passé plus tôt : notre perpétuel ennui avait fini par distiller une telle énergie que le feng-shui en avait été amélioré. Les fruits du succès ont un temps hésité, ils ne sont pas tombés sur nos têtes mais, au petit bonheur la chance, sur celles de nos malheureux condisciples dès que nous eûmes levé le camp. Le proviseur a fait une déclaration aux médias. À la question : Comment expliquez-vous ce succès ? Il a répondu avec timidité, passant en bafouillant des principes de Confucius à la renaissance du système éducatif puis au comité central, au ministère de l'Éducation et à l'effort personnel. Pas une phrase pertinente !

J'avais eu d'assez bons résultats à l'examen de fin de premier cycle (mon père avait encore de solides relations) pour que les profs ne puissent réaliser leur rêve : me virer.

Mais j'étais resté trois jours sans déféquer et trois mois sans regarder dehors. Pour me concentrer je retenais mon souffle et ressassais le mantra tibétain : « *Om mani padme hum* » et le slogan communiste : « il faut tous les jours s'appliquer et tous les jours progresser. » Sakyamuni et le président Mao (deux types dont on remarquera qu'on ne les a jamais vus en photo mal rasés) ne consentent hélas à nous aider que lorsque nous nous aidons nous-mêmes. Je ne comprenais pas : je m'appliquais, pourquoi était-ce mon pénis qui le matin progressait ?

« La principale contradiction interne du capitalisme est l'incompatibilité entre la nature sociale du mode de production et la nature capitaliste du système de propriété. Cette contradiction entre système capitaliste de propriété privée et nature sociale du processus de production est la contradiction fondamentale du mode de production capitaliste. Plus le capitalisme se développe et plus cette contradiction est aiguë. Elle se manifeste par une exacerbation de l'anarchie de la production capitaliste et par une aggravation de l'antagonisme de classes entre la bourgeoisie d'une part et le prolétariat de l'autre. » L'énoncé d'une logique aussi rigoureuse suffisait généralement à ramener mon membre à plus de réserve, il se ridait et se ratatinait – ceci quelle que soit la logique en question. Il arrivait parfois que cette lecture à haute voix débouche sur d'autres réflexions : « Ma principale contradiction interne est l'incompatibilité entre la nature socialiste du commerce sexuel et la nature capitaliste du système de propriété (je suis le propriétaire du pénis). Cette contradiction entre système capitaliste de propriété privée et nature sociale du processus copulatoire est la contradiction fondamentale de la sexualité capitaliste. Plus le capitalisme se développe et plus cette contradiction est aiguë. Elle se manifeste par une exacerbation de l'anarchie de la fornication capitaliste et par une aggravation de l'antagonisme de classes entre la bourgeoisie d'une part, le prolétariat et l'ensemble des masses laborieuses de l'autre. En dernier ressort, pour résoudre cette contradiction, il faut faire passer l'outil sexuel du régime de la propriété privée à celui de la propriété publique, je vais me débarrasser de cette cochonnerie de saleté de zob de merde et en partager la jouissance avec tout le monde. »

Liu Jingwei prétendait que le moine du temple de l'Illumination avait lui aussi été, dans sa jeunesse, un obsédé sexuel. Heureusement, le fameux bonze gyrovaque qui avait décelé les capacités latentes de cette mauvaise graine l'avait mis en garde : il y avait une limite à son avenir. Soit il se faisait prendre en courant la gueuse et finissait en prison, soit une femme lui volait sa racine virile dans une crise de folie amoureuse. Seule issue : prendre l'habit et le suivre dans ses pérégrinations. « Il faut qu'il vienne parler à mes parents ! » se lamentait Liu.

Je l'ai envoyé se faire voir, et avec lui ses ancêtres jusqu'à la huitième génération.

Je tirais les rideaux – décorés de pivoines rouges et de paons verts qui faisaient la roue : dehors il y avait des peupliers. Et au cinquième l'appartement de Zhu Shang sur la terrasse duquel la lessive séchait. Je verrouillais la porte et mettais la chaîne – ma mère avait la clef. Elle devait être avec ma sœur dans l'autre appartement, l'une en train d'apprendre par cœur son manuel d'histoire, l'autre d'élaborer des projets pour son commerce, mais deux précautions valaient mieux qu'une.

Je l'ai toujours soupçonnée de jouir de pouvoirs paranormaux. En ce monde il y a ceux qui réfléchissent, ceux qui sont constipés et ceux qui collectionnent les talents. Ma mère aspirait au changement (il fallait toujours qu'il se passe quelque chose) et s'appliquait avec délectation aux diverses tâches qui occupaient ses jours. Elle débordait de vitalité, mais aussi de hargne, et disposait de toutes choses avec méthode et acrimonie. Tous les matins elle tartinait mon pain de pâte de sésame et de sucre blanc. Tous les deux jours elle donnait un grand coup de balai dans l'appartement. Tous les trois jours elle inspectait l'immeuble de fond en comble, s'assurant qu'il ne restait pas quelque coin à accaparer sans que les voisins ou le comité de quartier y trouvent à redire. Tous les quatre jours elle entreprenait la tournée des relations qu'il convenait d'entretenir – en profitant pour s'informer de ce qui se tramait dans le quartier, de la réfection du troisième périphérique, de l'aménagement des égouts, de la candidature aux Jeux asiatiques ainsi que des activités des dignitaires du Parti et du gouvernement. Tous les cinq jours elle m'obligeait à me laver, vérifiait que mes cheveux étaient peignés, mes ongles coupés et mes oreilles curées. Tous les six jours elle jouait les médiateurs dans les querelles majeures qui agitaient le voisinage, exhortant chacun à rentrer sa lessive par temps de pluie et déballant un chapelet de maximes du genre, « Un pas en arrière et le ciel s'élargit, un peu de tolérance et les nuages se dissipent. À soixante-dix ans on est retombé en enfance, on se comporte comme un chiot ou un chaton, alors quoi de plus normal, si votre nouvelle bru vous plaît, que de vouloir coucher avec elle ? Soyez magnanimes, plutôt que de lui couper le sexe, coupez-lui la main lorsqu'il commence à la tripoter. » Et ainsi de suite… Tous les sept jours elle changeait la disposition des meubles, l'armoire passait de l'est à l'ouest, le bureau du sud au nord. Ma mère pénétrait le fond des choses. Avant de passer à l'action il fallait qu'elle trouve le maillon faible, puis réexamine, puis réétudie… Constamment en mouvement, elle ne cessait de se faire du souci. Dans l'Antiquité et en temps de guerre, les courtisanes, les Chen Yuanyuan ou les Liu Rushi, enfin toutes les femmes de cet acabit qui avaient un peu de classe furent soit des sorcières, soit des saintes. La classe de ma mère était relative : elle avait grandi dans la lumière du socialisme, elle faisait des projets de commerce. Ses plans étaient simples, clairs et sans fioritures : il s'agissait d'acheter bon marché pour revendre cher, d'investir une somme pour en récolter une plus grosse. En association avec la mère de Zhang Guodong, elle s'était lancée dans un trafic de pétards. Résultat : au départ onéreuses dans le nord de la Chine, les trémelles blanches ont vite été meilleur marché que les traditionnelles oreilles de Judas, et moins de deux ans plus tard les pétards étaient interdits à Pékin. Les pétards stockés sous le lit de Zhang ont fini un jour par exploser – lui qui rêvait de faire voler les lits avec sa poudre! Il s'en est fallu de peu qu'elles fassent de lui un émule de Wan Hu, ce type qui a voulu sous les Ming se propulser jusqu'à la Lune avec une ceinture de quarante-sept fusées. Mais ceci est une autre histoire.

Seul dans ma chambre où ne brillait que la lampe de chevet, je frissonnais. Je sortais le magazine que Kong Jianguo m'avait donné et conformément à ses instructions me plongeais dans cette déferlante pornographique pour régler le problème sur un *Quotidien du peuple* dûment plié. Depuis que j'avais l'esprit occupé, l'espionne du Guomindang ne se glissait que rarement sous ma couette. Une fois, elle est apparue sans capote ou revolver à la main, à la place elle tenait une équerre et d'une voix plate a déclaré:

— Si je fais trois pas en avant et quatre en arrière, j'aurais avancé de moins un pas.

— Assez! me suis-je écrié pour couper court à sa litanie.

Elle a changé de registre:

— Si dans un triangle je trace la médiane qui part de l'angle A, cette médiane est une droite remarquable.

Pris d'un doute, je lui ai demandé:

— Madame l'espionne, quel sera le sujet de rédaction à l'examen?

— Racontez vos impressions lors d'une promenade dans un parc.

J'ai hurlé qu'elle aille se faire voir et me suis réveillé. Mais effectivement, le jour de l'épreuve nous avons eu pour sujet: «Excursion printanière». J'ai écrit: «Dans un coin du parc il y a un étang, au bord de cet étang des saules, au fond de l'eau un poisson rouge. Tel l'ide au fond de l'eau, je cherche à gagner la surface, tels les saules sur la rive, l'école et les professeurs me guident, me protègent du vent et font obstacle à la pluie. » Ils m'ont donné vingt sur vingt, j'ai été admis au lycée d'excellence de l'arrondissement avec une moyenne nettement supérieure au nombre de points requis et le complot des sept à huit enseignants qui rêvaient de se débarrasser de moi a échoué.

J'avais compris : les espionnes, succubes et autres gredines sont nos meilleures assistantes. Si je voulais devenir un maître en littérature, j'aurais besoin de renardes[1] pour stimuler mon imagination. Plus tard j'ai travaillé sur des contrats en dollars et pour suivre les cours de New York et de Londres j'ai dû inverser le jour et la nuit. Mais dans ma suite, à l'hôtel, j'en avais une au museau pointu, avec des tétons comme deux petits points, une taille fine et ondulante, des hanches pleines et solides. Le plus joli était ce qu'elle faisait avec sa bouche : comme celles des tigres ou des chats, sa langue était tapissée de papilles cornées. Connaissant d'instinct les principaux points d'acupuncture et les méridiens sur une verge, elle la tirait (comme une flèche), visait avec exactitude et vous éjaculiez – ou non, selon son bon plaisir. Lorsque la tendance des Bourses m'échappait, sur les coups de cinq heures je la réveillais :

– J'achète ou je vends ?

– Achète, Seigneur, répondait-elle sans prendre la peine d'ouvrir les yeux.

Et j'achetais.

– Liquide, Seigneur !

Et je liquidais. Les renardes sont les renardes, neuf fois sur dix elle avait raison. Mais là encore, il s'agit d'une autre histoire.

---

1. Dans la tradition chinoise, les renardes sont souvent des démons qui prennent forme humaine pour séduire les lettrés.

15. Des mollets étincelants

Tous mes copains de collège n'avaient pas été admis dans l'établissement d'excellence, loin de là, mais Zhang Guodong et Liu Jingwei m'avaient suivi. Le père du second devait être quelque chose comme président d'un conseil d'administration – nous ne comprendrions que dix ans plus tard la différence entre un PDG et un directeur général. Quant au premier, à part en rédaction, il avait fait mieux que moi dans toutes les matières. Il n'avait pas eu le choix : en cas de notes insuffisantes, il aurait été affecté à Baijiazhuang dont la réputation était déplorable. C'eût été la mort : nous avions eu avec ses pensionnaires quelques mémorables bastons au cours desquelles il n'avait jamais visé la tête (sa tendance naturelle le portait à attaquer ce que la main protège) et un petit gros avait failli être estropié. En plus il était grand – un mètre quatre-vingt-cinq –, et maigre comme une hampe de drapeau, si bien qu'on le prenait pour le meneur et que c'était avec lui qu'on voulait régler les comptes. La consigne était claire : évite de marcher seul sur le trottoir, ne sors pas la nuit et ferme bien tes volets. Liu l'avait prévenu :

– De valet au palais tu vas devenir roi dans un taudis ! Les profs te chouchouteront, à toi les prix d'excellence, les certificats et les médailles. Les filles t'admireront en secret et se passeront la langue sur les lèvres en faisant leurs devoirs.

– Je suis ton grand-père et je t'emmerde, lui répondit-on. Néanmoins je m'incline car tu seras mon maître, et je me prosterne devant le moine du temple de l'Illumination car lui aussi sera mon maître. À toi je donnerai une paire de chaussettes, lui aura deux nonnes : il y a deux arbres dans mon jardin, un jujubier et un jujubier. La première des nonnes aura de gros seins, la seconde aussi, j'apprendrai la boxe du poing de fer, je concocterai des potions qui me feront des mains en acier et lorsque je saurai me battre contre dix ennemis à la fois, plus personne ne me fera peur. Alors je me transformerai en succube et me glisserai sous ta couette pour t'embrasser sur la bouche et te bouffer l'engin. Je te pomperai jusqu'à la dernière goutte et tu en crèveras. Je suis ton grand-père et je t'emmerde.

Quand mon père m'a emmené visiter la Cité interdite, nous avons tourné et tourné encore, surtout dans le trésor. Il furetait dans les coins, s'intéressant à des détails que personne d'autre n'aurait remarqué, la brassière de Guanyin, par exemple, ou le socle de la statue en jade de Yu le Grand. J'en étais à le supposer en quête d'une cachette où attendre la nuit pour dévaliser le musée, quand il m'a expliqué que c'étaient vraiment de beaux objets, «Les artisans d'autrefois travaillaient bien, aujourd'hui la science a progressé, mais nous avons perdu ce savoir-faire. Regarde ce criquet en jade avec sa feuille de chou : quand il pleut, il se met dessous, quand il fait beau, dessus. Une pure merveille.» J'ai pensé à la rigueur dont Zhang Guodong avait fait preuve dans ses révisions, assuré qu'il était de se trouver sinon dans une impasse. Avec un empereur qui leur mettrait le sabre sur la nuque et menacerait de les décapiter en cas d'échec, nos artisans contemporains vaudraient ceux d'antan.

Il a fallu réorganiser les classes pour greffer les nouveaux venus au groupe des anciens, ceux qui avaient fait leur collège dans l'établissement. On se serait cru après une bataille, lorsque l'armée manque de soldats et qu'il faut recruter de force dans les villages environnants. Zhang Guodong, Liu Jingwei et moi étions des vétérans : nous connaissions les lieux sur le bout des doigts et avions depuis longtemps établi nos quartiers au dernier rang. En ce terrain si familier qu'il semblait nous appartenir, nous avons une à une examiné les nouvelles recrues. J'espérais bien sûr que de jolies filles nous échoiraient, Liu Jingwei guettait les intrépides et les audacieux pour les incorporer à la bande et les emmener se bagarrer avec le lycée voisin quand ils seraient au point. Il a choisi un garçon sportif avec un regard plutôt vif en dépit de sa grosse tête et dont le principal défaut, de son propre aveu, était la goinfrerie. En CM2 il sautait son mètre quatre-vingt-dix, mais après avoir grossi il avait été obligé de se rabattre sur le cent mètres, qu'il courait en moins de douze secondes. Puis il avait encore pris du poids et pratiquait désormais l'heptathlon. « Parfait, a dit Liu Jingwei, continue sur ta lancée et bientôt tu ne pourras plus t'entraîner qu'à la castagne avec nous. » Quant à Zhang Guodong, il s'intéressait autant aux garçons qu'aux filles. Il disait qu'à part Zhu Shang, il avait repéré une certaine Émeraude et espérait qu'elle serait dans notre classe.

Zhang n'habitait pas l'immeuble, mais était tout le temps fourré chez moi. Pour étudier prétendument. En fait, à peine avait-il un pied dans la chambre qu'il se précipitait sur le balcon pour admirer la lessive et se demander à qui appartenaient les petites culottes. Je lui aurais dit que j'avais un manuel sur l'art de la guerre avec trois recettes pour fabriquer la poudre, il aurait souri sans faire attention. Par hasard Zhu Shang est un jour sortie sur la terrasse et il nous a été donné, de biais et en tordant le cou, de voir les pans de sa jupe voler. Il est devenu muet, l'air béat il a dévoilé des dents d'une surprenante blancheur, neigeuses au milieu de son visage sombre comme du crottin.

Plus tard, en préparant les vermicelles pour le dîner, il a dit qu'elle avait des mollets étincelants. Puis il a ajouté : « Tu es vraiment aux premières loges. » Et encore : « Il faut que nos familles fassent un échange d'appartement s'ils ne veulent pas que je sois à longueur de temps dans tes jambes. »

Même s'il a suivi ensuite les cours de la meilleure faculté de génie physique, celle de Qinghua, étudié l'informatique et appris à rédiger des programmes de je ne sais combien d'octets (il aurait même, pendant son stage en métallurgie, façonné au tour automatique un robot en métal à prisme multiple en forme de femme nue), il n'est finalement pas devenu scientifique. Obligé d'interrompre ses études au bout de trois ans, il s'est tourné vers la réalisation. Depuis il a tout oublié des ordinateurs mais envoie vingt ou trente SMS par jour. Ses cheveux sont longs, couverts de pellicules et attachés en une petite natte graisseuse qui lui pend sur la nuque. Il fronce les sourcils pour méditer sur le sens de l'existence et ne regarde plus personne dans les yeux. Sa carrière a connu un coup d'accélérateur quand un de ses films a été primé en Europe, et désormais célèbre, il porte des lunettes noires pour ne pas être reconnu dans la rue. La presse spécialisée l'interviewe fréquemment sur le thème de la « cruelle jeunesse » et les actrices de ses films ont toutes le mollet fin et le con étroit.

16. Des lèvres vraiment rouges

La réputation d'Émeraude éclipsait celle de Zhu Shang.
Disons les choses comme elles sont : l'industrie du divertissement n'était pas à son apogée au temps de notre jeunesse.
Les comédiennes avaient le cheveu plat, coupé aux oreilles, elles s'attifaient comme des matrones et s'il arrivait qu'une jeune fille paraisse à l'écran, c'était pour ricaner comme une imbécile heureuse. Les espionnes constituaient une denrée rare.
Kong Jianguo prétendait qu'après le tournage on prenait leurs mensurations, on les pesait et on leur attribuait un numéro pour le plan de standardisation nationale. Puis on panachait les grosses et les maigres, on les mettait dans des Jeeps et on les envoyait faire la tournée des centres récréatifs pour vieux cadres de l'armée Rouge. Coton, huile ou farine, tout était rationné, mais seules deux sortes de tickets avaient vraiment de la valeur : ceux pour espionnes, et ceux pour *Fleur en fiole d'or*[1]. Dans un cas comme dans l'autre, cela valait la peine d'attendre : les premiers vous donnaient droit à une belle fille pour la journée, les seconds à un exemplaire non expurgé pour la vie. Les uns comme les autres s'échangeaient contre l'équivalent, en tickets, de mille livres de farine.

Malgré tout nous avions des stars : Kong Jianguo, parce qu'il savait des choses dont personne n'avait entendu parler au cours des derniers millénaires, Zhu Shang, parce qu'elle chantait.

Le jour où les lycées de l'arrondissement ont organisé un

---

1. Roman de mœurs de l'époque des Ming, fameux pour ses passages érotiques.

concours de chant, toute la racaille des rues digne de ce nom a
tenu à voir ça. Il y avait foule. N'hésitant, ni à jouer des coudes,
ni à perdre quelques boutons de chemise dans l'aventure,
Zhang Guodong, Liu Jingwei et moi nous sommes sans vergogne faufilés au premier rang. Zhu Shang chantait en s'ac-
compagnant à la guitare, une Hongmian couleur bronze deux
fois plus grosse qu'elle, dont la bandoulière faisait ressortir la
blancheur de son cou. Ses cheveux libres, droits et sages, pendaient en lui cachant un œil et la moitié du visage. Quant à
l'autre, obstinément rivé aux planches de la scène, il refusait de
se tourner vers les spectateurs. On aurait dit un sac de farine,
dans cette robe immaculée qui lui tombait jusqu'aux pieds.
Seins, taille, fesses, on ne voyait rien. Elle n'a interprété que
deux chansons, une en chinois et l'autre en anglais, un truc
qui s'appelait *Feelings* et auquel je n'ai rien compris (pas plus
qu'à l'autre d'ailleurs), mais qui lui a arraché des pleurs, ses
larmes ont roulé sur la guitare sans que le son de sa voix en
soit altérée, le petit monde des voyous massés sous l'estrade
en a été ébranlé. « Ça, c'est une beauté comme dans les contes
de fées ! » répétait Zhang Guodong, fasciné. Il avait la bouche
ouverte, des filets de salive couraient entre ses babines écarlates
et il a failli se mordre la langue quand j'ai levé le coude pour
le lui enfoncer dans le menton ! Personnellement, je trouvais
qu'elle manquait de naturel, elle me paraissait affectée. J'ai
néanmoins tendu le cou pour voir si, au moment où elle quit-
terait la scène, le bas de sa robe ne dévoilerait pas des pieds sans
socquettes : j'aime le spectacle de la chair, surtout quand elle
est emballée dans beaucoup de tissu. Liu Jingwei non plus ne
mordait pas à l'hameçon, « C'est désespérant. Vous êtes fous
ou quoi ? » a-t-il demandé. Il était amoureux d'une danseuse

du lycée n° 2 de Sanlitun. Une grande fille blanche et dodue, avec des iris bleu-noir tachetés de jaune, dont on racontait que la grand-mère, une Russe, avait été strip-teaseuse à Harbin. Le rouge de ses lèvres, assorti à celui de ses mamelons, avait valu à celle-ci d'être surnommée « le bortsch ». Il prétendait que toute sa chair bougeait quand elle dansait, qu'elle avait certainement les mêmes seins que son aïeule puisqu'ils sautaient dans tous les sens comme de petits lapins blancs et qu'on aurait cru voir une perle tourner dans son nombril. Une dizaine d'années plus tard, en plein hiver, il m'a entraîné au bar de L'Île des Sept Étoiles, dans les parages du temple du Soleil. « La prostitution, la consommation et la vente de drogues sont illégales », était-il écrit au fronton. Mais à l'intérieur nous avons retrouvé sa danseuse qui, vêtue d'une robe bordée de fourrure, prétendait avec ses gros seins et son teint blanc être russe et prenait huit cents yuans pour une passe. Lorsque nous sommes ressortis, il était excité comme un pou : « Il n'y a pas que des fausses ! C'est plein de vraies Russes, mais aussi de Mongoles, de Tchèques, de Yougoslaves… Nous sommes devenus un pays riche, c'est l'âge d'or, l'âge d'or ! » Il a dû prononcer l'expression une centaine de fois ce soir-là. Plus tard il a mobilisé toutes ses liquidités pour acheter des actions et fait fortune, mais ça, c'est une autre histoire.

Émeraude était célèbre parce qu'elle était belle, réellement, simplement belle. Je la connaissais bien, nous avions été en maternelle ensemble : dès le premier jour elle avait été assise à côté de moi, les mains sur les genoux et le regard sagement tourné vers l'institutrice. Je l'attendais à la sortie et nous rentrions ensemble à la maison. Dans un lointain avenir, lorsque les filles de mauvaise vie se seraient lassées de ma personne, de temps à autre elle se prêterait à moi. Je l'enlacerais, nous dormirions si souvent ensemble qu'il s'en faudrait d'un cheveu qu'elle devienne ma femme. Sur la base de sa réputation, Zhang Guodong avait lourdement insisté pour que nous l'accompagnions au stade des Travailleurs où son école répétait un spectacle de gymnastique collective en prévision de je ne sais quelles rencontres sportives rurales. Le stade était désert, nous étions les seuls spectateurs. Liu Jingwei ne l'avait jamais rencontrée, mais même un bouseux insensible de son espèce l'a repérée immédiatement avec ses petites tresses au milieu de ces centaines de filles : « C'est celle qui tient un gros épi de blé ? Ses lèvres sont vraiment rouges ! » J'ai beau la connaître depuis plus de vingt-cinq ans, lorsqu'elle vient de faire sa toilette et me sourit avec ces lèvres-là et ses dents blanches, je me surprends à m'étonner encore de la simplicité de sa beauté et des merveilles de la création.

Je lui ai rendu visite un jour où toute la famille était à la maison. Ses parents enseignaient dans un lycée, lui les mathématiques, elle la chimie. Le père ressemblait à Li Kui[1], la mère à la grande sœur de Li Kui. Quant à son petit frère, depuis qu'il s'était perdu au cours d'une excursion au mont d'Or dans la banlieue de Pékin et qu'on l'avait retrouvé le lendemain, regard vide et sourire idiot au milieu des buissons, ses camarades prétendaient qu'un sanglier l'avait ensorcelé et le surnommaient « Maître à la tête de cochon ». En gros : si elle était vraiment la fille de ces gens-là et la sœur de son frère, il faut croire aux mutations génétiques.

---

1. Rustre et grossier, ce personnage du roman *Au bord de l'eau* est aussi réputé pour sa laideur.

Elle n'est pas venue dans notre classe, ce fut Zhu Shang, qui se vit attribuer la place à côté de Sang Baojiang.

17. Des revues porno

Je voulais cette place, il fallait que j'aie cette place. Lisses et brillants, raides et sages, les cheveux de Zhu Shang embaumaient quand elle les détachait, ils cachaient son œil et la moitié de son visage. Sa mère avait été célèbre, le vieux voyou l'appelait la « sans-pareille ».

Sang Baojiang avait accepté de faire l'échange, il avait pris mes deux magazines.

Le premier était le cadeau de Kong Jianguo, le second (publié à Hongkong) sortait de dessous le lit du père de Liu Jingwei, qui l'avait volé pour moi, et je n'avais au départ aucune intention de les céder à un bouseux de cet acabit. Soit, l'un m'était si familier qu'il n'avait plus rien à m'apprendre. La vedette en était une Brésilienne aux boucles noires et à la taille fine avec des seins comme des bassines – que je ne pouvais contempler sans revenir à ma théorie de la conspiration : il y avait forcément un complot quelque part, à l'étal d'un boucher personne n'aurait voulu de ces dix livres de graisse, collez-leur deux mamelons et à leur simple vue le sang entre en ébullition. Il me suffisait de fermer les yeux pour qu'elle m'apparaisse et prenne la pose, à la limite je n'avais plus besoin du magazine. Surtout que dans ma tête je lui faisais une poitrine moins généreuse tant je craignais que, trop menue pour ce fardeau, elle finisse par se briser. Mieux : je pouvais me permettre des collages, j'associais, je réassortissais, dotant de certains de ses attributs les sœurs Che, l'espionne ou la mère de Zhu Shang – quoique cette dernière supportât mal les seins sud-américains, autant plaquer de la viande de porc sur un cul de paon. Mais ces pages avaient une valeur commémorative, elles étaient imprimées de manière exquise, et en anglais s'il vous plaît ! Lorsque pendant l'examen d'entrée au lycée on nous avait demandé de traduire « excitation », j'avais écrit les yeux fermés. Quant au *Dragons, tigres et léopards*, il m'en coûtait encore plus. Avec leurs chevelures noires et raides, leurs poitrines aux proportions plus décentes (elles ne faisaient pas penser à celles des gorilles et ne donnaient pas l'impression d'avoir été gonflées à la pompe), les jeunes Asiatiques avaient plus de charme. La vedette de ce numéro-là était une enfant de Hongkong, parfaite illustration de la spontanéité, du pragmatisme et de l'ouverture d'esprit de ses concitoyens. Surnommée la « chienne quat'z'yeux » parce qu'elle portait des lunettes, des liasses de dollars entre les doigts elle incarnait la caissière dont l'unique rêve est de s'approprier l'argent qu'à longueur de journée elle brasse dans sa banque.

Bon, j'ai donné rendez-vous à Sang Baojiang dans le coin sud-ouest du terrain de sport, sous un gigantesque peuplier dont les feuilles bruissaient dans le vent, vert tendre d'un côté, émeraude de l'autre. De mon cartable j'ai sorti un gros catalogue de sous-vêtements (soigneusement emballé dans un *Quotidien du peuple* pour pouvoir passer pour un manuel) qui me venait de mon père, lequel travaillant à l'export dans le textile rapportait souvent ce genre de chose à la maison.

Après l'avoir minutieusement examiné, page après page, il a compté sur ses doigts et asséné :

– Il n'y a que cinq nanas dans différentes tenues, ça ne m'intéresse pas, je ne change pas.

– Pourquoi ? Tu as vu la double page avec l'Américaine ? Tu es allé aux États-Unis ? Ses lolos sont énormes ! Encore plus gros que ceux des vieilles bouseuses de ton canton ! Et puis il y a un calendrier, l'année n'est pas finie, tu peux encore t'en servir trois ou quatre mois. C'est pas super de se rincer l'œil pour savoir quel jour on est ?

– Non. Trop de sous-vêtements. Je n'aime pas les emballages, je préfère quand il n'y a rien autour.

J'avais pourtant constaté que son entrejambe avait crû et était passée du néant à l'être, on avait l'impression qu'un petit cochon pointait le nez dans sa braguette. Je ne voyais pas son âme, mais la verge dans son caleçon, si. J'ai regretté de l'avoir laissé feuilleter.

– Elles ne sont pas si couvertes que ça. Regarde dans les dictionnaires et les encyclopédies, à la page sur le corps humain les femmes ont des tee-shirts à manches longues et on ne voit même pas leur nombril.

– Non. On m'a dit que tu en avais où elles ne portent rien.

– Fais travailler ton imagination ! Tu fermes les yeux et hop ! Plus de slip ni de soutien-gorge !

– Je ne suis pas un contre-révolutionnaire lubrique, moi.

– C'est un art. Et puis développer ton imagination te sera utile en rédaction. Tu ne seras plus obligé de répéter tout le temps : Mon père est un cadre rural, son premier poste a été directeur des femmes.

– Il n'y a que les salauds dans ton genre pour savoir écrire. Moi j'abandonne, je me concentre sur les sciences. Si tu n'as rien où elles sont à poil, je ne change pas.

Je lui ai remis les deux revues avant qu'il ne fasse noir.

– T'as qu'à lui céder et on verra après, avait conseillé Liu Jingwei. Pour celui de Hongkong, je peux toujours en piquer un autre à mon père. S'il en perd plusieurs, il ne sera pas content mais ça m'étonnerait qu'il ose se plaindre.

– Et si Sang en parle au responsable de la moralité et de l'éducation politique ? s'est inquiété Zhang Guodong.

– Que veux-tu qu'il dise ? Qu'il lit des revues porno en cachette ? Comment prouver que c'est moi qui les lui ai données ?

– Tes empreintes sont partout. Tu crois que tu y couperais ? Ils ont un truc maintenant qu'ils appellent l'ADN et qui permet de déterminer à qui appartient un sperme vieux de plusieurs années. S'ils mettent la main dessus et qu'ils enquêtent, tu es bon, Qiu Shui. Ainsi que Sang Baojiang, le père de Liu Jingwei, Kong Jianguo et probablement Liu Jingwei. Ils feront un grand procès public avec une estrade bourrée d'onanistes contre-révolutionnaires. Ce sera marqué dans vos dossiers.

– En tout cas avant, je lui aurai appris ce qui arrive aux cafteurs. Qu'il ose l'ouvrir et je lui couds les lèvres, avec du fil de soie, puis de coton, et je finis à l'agrafeuse.

18. Champion pour le boniment

Il a insisté pour que je rédige le brouillon de la requête :

– Tout le monde sait que tu as eu le maximum en rédaction à l'examen, a-t-il prétexté. Tu as de l'imagination et tu es champion en boniment. Mais je te laisserai regarder gratuitement.

J'ai libellé ainsi :

« Respecté camarade professeur,

En cet octobre à la splendeur dorée, grâce au vent d'automne le ciel est clair et l'air est vif. Notre patrie est en marche vers toujours plus de puissance et de prospérité, nous étudions sans relâche pour réaliser de notre vivant les Quatre Modernisations [1]. Je souffre d'une myopie congénitale qui n'a pas été décelée à temps et d'une légère surdité. Le camarade Qiu Shui, par contre, est sur ces plans favorisé par la nature et il a joui d'un bon suivi médical. Sa vision et son ouïe sont excellentes. Il lui arrive souvent d'entendre chuchoter les camarades des classes mitoyennes et ne rate aucun des petits gestes qui s'échangent entre garçons et filles. Pour la patrie, pour l'étude et pour les Quatre Modernisations, j'aimerais changer de place avec lui. Ayant à cœur l'excellence des études de ses camarades, il soutient ma proposition et espère que vous daignerez l'approuver.

Dans notre entreprise révolutionnaire cela constituerait, pour reprendre les termes de notre président, "le premier pas d'une longue marche de dix mille lis pour remporter la victoire à l'échelle nationale". Pauvreté et dénuement n'ont pas été éradiqués. Si nous voulons un état socialiste puissant à la civilisation scientifique avancée, avec une agriculture moderne et une industrie moderne, nous devons fournir un gigantesque effort sur le long terme. Il y a encore de l'impérialisme de par le monde, dans de nombreux pays le peuple travailleur (surtout les femmes et les petits enfants) subit l'oppression

---

1. Agriculture, industrie, défense et science. Politique de réforme lancée en 1978 par Deng Xiaoping.

et les agressions. Nous ne nous contenterons pas de transformer la société, nous voulons réformer la nature, soumettre l'univers. Je veux étudier et travailler avec ardeur et enthousiasme, me battre avec énergie pour la réalisation des Quatre Modernisations.

Solliciteur : l'élève Sang Baojiang.

Le onze octobre. »

Le professeur a donné son accord et m'a félicité pour mon chaleureux empressement.

Incapable de comprendre pourquoi on pouvait renoncer à des stimulations réelles pour une fille toujours sur la défensive, taciturne et peu souriante, Sang Baojiang s'est plongé dans l'étude des seins et cuisses sur papier glacé. Puis quand les diablesses multicolores se sont mises à faire la pluie et le beau temps dans ses rêves, il a établi un plan d'action et s'est lancé dans les affaires : pour un yuan du quart d'heure (cinquante fens par minute supplémentaire) il a loué les magazines aux plus jeunes. On consultait dans son lit, lequel était équipé d'une moustiquaire d'une crasse immonde qui avait sans doute, quelques siècles plus tôt, été munie de mailles pour laisser passer l'air en faisant obstacle aux insectes, mais qui s'était au fil du temps transformée en mur opaque au travers duquel plus rien n'était visible. Pour la première fois ses revenus dépassaient ceux de son petit frère Baoguo, qui deux classes en dessous demandait cinquante fens pour faire les devoirs des autres. Sang trouvait son système plus pratique, plus intelligent et plus utile. Une dizaine d'années plus tard, lorsque dans le processus d'expansion de la ville de Pékin, le prix du mètre carré exploserait dans le canton de Taiyanggong, il deviendrait un ponte de la propriété foncière et un membre de la nouvelle génération des despotes locaux. Mais là encore, c'est une autre histoire.

19. Elle nique mon grand-père

Les cheveux de Zhu Shang étaient odorants, lisses et brillants. Sages et satinés ils lui cachaient un œil et la moitié du visage. Sa mère avait été célèbre, le vieux voyou n'avait qu'elle en tête. De telles choses relevaient de l'histoire et de l'esthétique, un bouseux comme Sang Baojiang, qui avait grandi en vidant des pots de chambre, était incapable de les comprendre. Moi aussi j'avais transporté des vases de nuit, mais j'habitais dans le même immeuble que Kong Jianguo et les sœurs Che, je comprenais.

Je savais ce que je valais : pour le bagout je ne craignais personne, aucune montagne ne pourrait protéger Zhu Shang de ma faconde, avec moi elle desserrerait les dents, elle parlerait et elle rirait.

« C'est la vie, disait Émeraude, certaines personnes naissent avec la bosse des maths, d'autres sont naturellement douées pour bonimenter et mettre leur entourage de bonne humeur. » « À quoi cela te servira plus tard, par contre je n'en sais rien », ajoutait-elle. À l'époque les poules étaient rares et le concept de canard [1] n'avait pas encore été développé. Nous n'en étions plus aux « Royaumes combattants », soit, mais les consultants n'existaient pas, les revues littéraires chantaient la lumière et l'espérance et les rares textes de poésie qu'on publiait, tous plus

1. Prostitué.

sérieux et rébarbatifs les uns que les autres, portaient sur les réminiscences de la Révolution culturelle. Émeraude et moi en étions au dernier degré d'intimité. Elle se faisait du souci pour mon avenir. Soit, je n'avais ni grands yeux ni sourcils fournis, ni prestance ni élégance, mais j'étais regardable, estimait-elle, j'avais un certain charme. Les poils de mes mollets étaient longs et fournis, même à quatre-vingts ans la plupart des hommes n'auraient jamais les mêmes. Si je m'enquérais du nombre d'octogénaires qu'elle avait observés pour aboutir à cette conclusion, elle répondait qu'elle niquait mon grand-père! Et comme j'insistais : «À cet âge, ceux qui en avaient les ont peut-être perdus, concentre-toi sur les garçons de dix-huit ans, recueille des données et analyse-les si tu veux convaincre!», elle répondait qu'elle reniquait mon grand-père.

Elle prétendait que j'avais un rire épouvantable, solaire, qui réchauffait le cœur des filles. Elles avaient l'impression que jamais je ne les ferais souffrir ni ne les ennuierais. Elle, ce qu'elle voulait, c'était gagner beaucoup d'argent.

– Qu'est-ce que tu feras de tout ce fric? Tu achèteras des fringues?

– Exactement. De jolies choses, des trucs de marque, de la qualité, quoi!

– Pourquoi?

– Je t'obligerai à les mettre pour que tu sortes faire du lèche-vitrines avec moi, je me choisirai une robe, on ira boire un verre ou dîner avec des amis. Promets-moi une chose.

– Laquelle?

– Promets d'abord. De toute façon je ne vais pas te demander de m'épouser ou te fourrer dans mon vagin contre ta volonté.

– Pour ça tu n'auras pas besoin de me contraindre! Le jour

venu, c'est moi qui t'y obligerai. Tu es la plus belle fille que j'aie jamais rencontrée, avec qui d'autre me marierais-je ?

— Promets !

— D'accord.

— Plus tard, qui que soit ta femme, si je te fais un cadeau, tu l'accepteras et tu t'en serviras.

— Mais pourquoi ne serait-ce pas toi ? Je ne t'ai pas encore dit quel était mon idéal dans l'existence ? Moi aussi j'en ai un ! Je veux épouser la plus belle fille du monde, écrire les textes les plus ennuyeux possibles et réaliser les Quatre Modernisations. La plus belle, c'est toi, pourquoi irais-je chercher plus loin ?

— Ne détourne pas la conversation, j'aimerais profiter de la vie encore quelques années. Je suis jolie, d'accord, et si intellectuellement je ne suis pas une lumière, au moins j'ai les idées en place. Mais même si j'étais plus intelligente, je ne m'acoquinerais pas avec toi. Je te connais trop bien ! J'ai vu ton sexe passer du néant à l'être en quelques mois, je sais le moment exact où il est devenu adulte. Et je sais aussi à quel point les eaux sont troubles, sur ta plage. Mais dis-moi, au fait, n'est-ce pas grâce à un procédé inavouable que tu es assis à côté de cette fille ?

— Moi aussi je nique ton grand-père ! Moi aussi je te connais par cœur, je sais quand tes petits seins sont passés du néant à l'être et le moment exact où ils sont devenus adultes ! C'est même moi qui t'ai conseillé de mettre un soutien-gorge, tu te baladais les nénés se balançant sous ton débardeur, avec des tongs aux pieds et un éventail. Quelle indécence ! On aurait dit la mère Hu !

— Arrête de gaspiller ta salive. Je parle de choses sérieuses :

n'est-ce pas par un procédé malhonnête que tu te retrouves à sa table ? Tu es fou d'elle, non ?

– J'ai juste aidé un camarade ! Sang Baojiang a pris ma place au premier rang, il n'a qu'à lever la tête pour voir les profs et n'a plus à plisser les yeux !

– À d'autres !

– Comment es-tu au courant ?

– La racaille ne court pas les rues, deux ou trois tours et tout le monde est informé. Et puis les masses sont clairvoyantes ! Dans le coin on couche souvent avec la même pétasse que des types dont on n'a jamais entendu parler.

– Les gens n'ont pas peur de déformer la vérité. J'ai changé de place pour pouvoir me concentrer au lieu de passer mes jours à regarder par la fenêtre. En plus, c'est meilleur pour ma santé, tu sais bien que si je reste trois jours sans voir une jolie fille, j'attrape une rage de dents.

– De pire en pire. Ça ne mérite même pas une réponse. Ta promesse tient toujours ?

– Toujours.

Plus tard, pendant des mois et des années, Émeraude hanta mes rêves. Pourquoi les choses ne se sont-elles pas mieux terminées entre nous ? Ce n'est pas parce que nous nous connaissions trop, sans doute nos temps n'ont-ils pas concordé. Même si c'était toujours la même robe noire et les mêmes escarpins, sa beauté me surprenait toujours quand elle s'habillait pour me mettre en valeur. Les hommes qui la voyaient feignaient l'indifférence, mais après ils baissaient les yeux et essayaient de la recréer dans leur tête, de se rappeler la courbe de ses sourcils, l'harmonie de son nez et de ses yeux, ou son chignon dont pas un cheveu ne dépassait. Lorsque l'image perdait de sa clarté, l'air de rien ils coulaient dans sa direction un regard qui se voulait distrait, précisaient la perspective et l'arrière-plan afin d'être sûrs, de retour chez eux, d'avoir mémorisé assez d'éléments pour alimenter leur imagination. Puis ils buvaient un bon coup et se sentaient mieux.

Émeraude avait la beauté rayonnante des légendes.

20. Le pantalon en soie rouge

Le professeur de maths avait une cervelle d'une taille impressionnante dans laquelle il n'avait pas entassé grand-chose qui n'ait un rapport avec sa spécialité. Je n'ai pas d'atomes crochus avec les grosses têtes, comme il l'a été démontré par la suite : les côtoyer au travail me plonge dans le désarroi, si elles sont féminines je suis à l'agonie. Plus tard, lorsque à la fin de mes études j'ai fait une spécialité en oncologie, j'ai longuement discuté avec un drôle de zèbre, un étudiant qui prétendait que la capacité du cerveau humain excède, et de loin, ses besoins. La vie était déjà agréable et confortable au Moyen Âge, les prétendus progrès réalisés par la suite (et l'aliénation qui en a résulté) seraient le fruit de l'action pernicieuse exercée par les grosses caboches. Rouler en camionnette ou en BMW, quelle différence en fin de compte ? Un encéphale surdimensionné est une hérésie, un cancer. Je n'avais pas les moyens scientifiques de lui donner tort ou raison, mais les filles qui me plaisent ont une petite tête, un cou mince, et de longs cheveux dociles.

Même au fond de la classe je sentais l'ail que son estomac digérait. Il devait petit-déjeuner d'un reste de raviolis sautés avec beaucoup de vinaigre et des condiments de la veille. Farcis à la ciboule, sans doute : il en avait un bout sur l'incisive. Comme tous les types qui ont une grosse tête, il avait aussi une grande bouche, un grand œsophage et un grand estomac. Il en émanait une puanteur telle que je plaignais Sang Bao-jiang au premier rang.

Un crayon (tellement mordillé que la peinture s'écaillait et que la mine serait bientôt à découvert) coincé à la manière des paysans derrière l'oreille, celui-ci fronçait les sourcils et donnait l'impression de cogiter ardûment sur l'équation de l'ellipse. Son nez ressemblait à une fraise écrasée : de forme bizarre, et d'un jaune tirant sur le rouge, il était en plus couvert de points noirs qui rappelaient les grains d'akène. La mine lugubre, une vraie tête d'enterrement, qu'il affichait pour réfléchir ou écouter le rendait tellement laid que je répugnais à le regarder.

– Tu n'écoutes pas ? ai-je demandé à Zhu Shang.

– Je ne comprends rien à ce qu'il raconte. Dès que j'arrive à suivre deux minutes il change de sujet. Est-ce qu'il sait lui-même de quoi il parle ?

– Comme je n'ai rien à faire, je vais te raconter une histoire. Attention, elle est compliquée ! D'accord ?

– D'accord !

– C'est juste une histoire.

Comment, parmi celles de Kong Jianguo, en trouver une un peu fine où il ne soit pas fait mention d'organe sexuel ? C'était comme le début d'une partie de go, je devais y aller par touches légères, me montrer profond et subtil. En fin de compte, nous poursuivons tous le même but : nous voulons sortir notre bite, mais l'exhiber dès le début serait se trahir, tandis qu'après les noces, c'est une loi de la nature.

J'ai tapé un coup sur la nuque de Zhang Guodong qui était assis devant moi :

— Arrête de te retourner ! Tu ferais mieux de suivre. Et fais gaffe, interdiction de rêvasser ou d'écouter ce que je dis !

Puis je me suis retourné vers Zhu Shang et ai attaqué :

— Il était une fois un village où vivait un brave garçon. Il épouse une fille très jolie, la vie est belle, plus tard elle lui donne un gros bébé et tout le monde est content. Pourtant le temps passe, le temps passe, et on s'aperçoit qu'il y a un problème : l'enfant ne parle pas. Le médecin prétend qu'il n'est pas muet, mais rien à faire, pas moyen de lui faire desserrer les lèvres. Bon, petit à petit les gens s'habituent, et comme heureusement il est robuste et intelligent, tout va pour le mieux dans le meilleur des mondes.

— Ensuite ?

— Ensuite, un beau jour il se met à parler. « Mamie », dit-il d'une voix claire et retentissante. Deux jours plus tard, la grand-mère meurt. Passe un trimestre, de nouveau il ouvre la bouche : « Maman », dit-il, toujours de cette voix de stentor. Deux jours plus tard, la mère est morte. Lorsque trois mois après il articule : « Papa », persuadé de ne plus en avoir pour longtemps son géniteur s'offre une bonne bouteille et un bon plat de pieds de porc à la gargote du coin, puis la panse pleine enfile le pantalon en soie rouge qu'il gardait dans un coin et se met au lit pour attendre la faucheuse.

— Ensuite ?

— Ensuite, deux jours plus tard, c'est le voisin, Wang le deuxième, qui rend son âme à Dieu. Et mon histoire est finie !

— Dommage ! C'est Qiu Shui qui devrait mourir !

Elle a souri et collé sa joue sur la table.
Puis au bout d'un instant :
– Pourquoi avait-il un pantalon en soie rouge ?

21. Ma tête d'égorgeur de cochons

J'ai dit à Kong Jianguo qu'il ne fallait pas se fier à ma tête d'égorgeur de cochons, qu'au fond j'étais un poète.

Au lycée, la prof aux lunettes cerclées de noir nous avait enseigné le parallélisme et la personnification en arguant que lorsqu'on maîtrisait ces deux procédés on savait versifier. Feuilletant de temps à autre *Le Temps de l'enfance* ou *Art et littérature pour la jeunesse,* auxquels ma sœur était abonnée, je lus un jour dans le second qu'ils recherchaient des poèmes de lycéens. On ne pouvait en envoyer que vingt par personne mais dans un mois trois prix seraient décernés, et comme la revue était d'audience nationale, les heureux gagnants deviendraient de petits chantres connus dans tout le pays, ce qui serait bien sûr à leur avantage et leur rapporterait éventuellement (comme le lancer du disque ou du javelot) quelques points supplémentaires à l'examen d'entrée à l'université.

J'en ai rédigé trente dans la soirée, en ai sélectionné vingt le lendemain puis les ai recopiés sur du papier quadrillé et expédiés. L'un dans l'autre, de Li Bai ou Du Fu je n'avais en tout et pour tout que deux dizaines de quatrains en mémoire, si dans huit ou dix siècles quelqu'un se souvenait de mes odes, ce ne serait pas mal.

Avant de me lancer, j'avais compulsé à la hâte le *Classique de la poésie,* sautant les passages où il était question de sacrifices et ceux avec des caractères que je ne connaissais pas, pour bien m'imprégner des procédés et du style. J'avais compris que la grande astuce, c'est de trouver les mots pour dire que quelque chose vous démange ou vous tourmente, puis de les psalmodier à n'en plus finir. J'ai écrit ce soir-là tous les poèmes que je devais écrire dans ma vie. Plus jamais je n'ai pondu de vers. De la même manière, entre seize et dix-huit ans, j'ai épuisé ma subtilité à propos des filles – ensuite, elles ont toutes été belles comme le jour à mes yeux, Liu Jingwei disait que j'étais un obsédé, Zhang Guodong que je n'avais aucun goût : j'avalais n'importe quoi du moment que c'était dans le panier, même une poire pourrie étanchait ma soif. Je leur répondais qu'ils étaient des ploucs.

L'être humain ne réagit pas toujours de la même façon. Autrefois je me bagarrais et je courais les filles : j'assurais trois bastons par jour et draguais quatre filles par mois ; j'avais deux petites amies : une pour les lundis, mercredis et vendredis, l'autre pour les mardis, jeudis et samedis (le dimanche, je me reposais), éjaculant à chaque fois entre trois et cinq millilitres de sperme. Aujourd'hui ma plume court sur le papier, j'écris mes cinq ou six mille caractères quotidiens et une seule épouse occupe mes pensées d'un bout à l'autre de l'année – pour ce qui est de décharger, la dose n'a pas changé. Comment un génie de la dramaturgie comme Cao Yu a-t-il fait après ses trente ans ? Voici le premier de ces poèmes. Il s'appelait : « Impressions ».

J'imprime la lune dans le ciel
Et le ciel est à moi
J'imprime le pied dans la terre
Et la terre est à moi

J'imprime mes lèvres sur ton front
Et tu es à moi.

Et le dernier, «Sans» :

Sans jambes
Je pourrais encore marcher vers toi
Sans mains
Je pourrais encore te caresser
Sans cœur
Je pourrais encore penser à toi
Sans ventre
Je pourrais encore te faire brûler.

Un mois plus tard on m'informa que je n'avais même pas décroché le troisième prix. Les vingt textes m'étaient renvoyés, assortis en dernière page de la mention : «Littérature licencieuse», suivie de plusieurs croix. J'y ai vu un éloge et ai toujours gardé le feuillet, plié dans un carnet. Quand j'écris il est avec moi et de temps à autre j'y jette un œil, il est devenu le but de ma quête stylistique, un encouragement constant.

J'ai fait lire mes œuvres à Kong Jianguo. Puisqu'il était un voyou, puisqu'il comprenait les filles, il devait être sensible à la poésie. Il n'a fait aucun commentaire mais m'a demandé trois fois qui était le «tu» de ces vers. J'ai répondu que c'était la patrie, que c'était l'ambition, l'idéal, l'université de Pékin ou une paire de Nike.

22. Les veines bleues

Zhu Shang avait le teint si clair que de profil on voyait les veines bleues courir sous la peau blanche de ses joues et de son cou. Ce qui circulait à l'intérieur faisait vaciller mon cœur, si je restais trop longtemps à la regarder, il se mettait à battre au même rythme en faisant un vacarme étourdissant. J'avais l'impression que tout le monde allait se tourner vers moi et deviner ce que j'étais en train de faire, vu le silence qui régnait dans la salle.

Je croisais souvent sa mère puisque nous habitions le même immeuble. Elle rendait crédibles les faribles du vieux voyou.

Pour faire l'éloge d'une femme, certains étrangers disent qu'elle calmerait un taureau en rut. Je serais plutôt de l'avis contraire : il faut qu'elle éveille le désir chez les hommes de seize à soixante ans. Ce qui, en Chine, est plus que rare. Il était évident qu'elle avait vieilli, de fines rides couraient aux coins de ses yeux, mais il suffisait d'un geste et, en dépit de son crépuscule, elle rayonnait de charme et d'éclat, on se retournait sur elle. Comme Kong Jianguo dix ans après qu'il s'était lavé les mains dans une cuvette en or et avait changé de domaine. Il avait perdu de sa prestance depuis qu'il était réparateur de vélos, difficile de l'imaginer en train d'embrocher d'un coup de fourche huit grands gaillards en veste militaire, mais lorsqu'on lui a dit que son neveu avait été réduit en purée d'aubergines par une bande de loubards, il a lâché sa clef à mollette, son regard s'est figé et ce que j'y ai lu avait la rudesse et la hargne d'un vent d'automne.

Zhu Shang n'était pas comme sa mère. Son nez n'était pas «le» nez, il n'était pas assez haut ; ses yeux n'étaient pas «les» yeux, ils n'étaient pas assez grands. Aucun élément de sa personne n'était particulièrement remarquable mais l'ensemble était beau. Comme si, tel le chat d'*Alice au pays des merveilles* qui continue de sourire après avoir perdu son visage, de la séduction de sa mère elle avait hérité non la forme, mais le sentiment.

C'est quand ils rentraient du travail que je rencontrais ses parents. Le père portait des lunettes cerclées de noir à branches dorées, il était discret, avare de paroles, mais rien qu'à sa manière de se mouvoir on sentait qu'il respirait la bonté et la cordialité. Sa femme, tout aussi réservée, me faisait par contre un effet réfrigérant – et penser avec émotion à Zhu Shang. Lorsqu'ils rencontraient des collègues dans l'escalier, le père s'arrêtait pour échanger les politesses d'usage et commenter les événements qui avaient émaillé la journée au bureau ; la mère se contentait d'un signe de tête et occupait le temps de la discussion à inspecter sa tenue (elle cousait elle-même ses habits) à la recherche du brin de fil qui çà et là dépasserait. Il m'est arrivé de les entendre parler entre eux : de ce qu'ils allaient manger, généralement, ou du temps qu'il faisait et des mesures qui en conséquence s'imposaient. Je m'étais toujours demandé avec qui couchaient les jolies femmes que je croisais dans la rue, maintenant je savais : avec des hommes comme le père de Zhu Shang. Les types incapables de faire la différence entre un pliant et le trône impérial héritent des plus belles et n'en ont même pas conscience ! Ils en jouissent paisiblement, aussi sereins que s'ils avaient trouvé la Voie, et tant mieux : s'ils vivaient dans la crainte du cocuage, leur virilité risquerait d'en souffrir.

Une question me taraude aujourd'hui : que ressentait-elle lorsqu'après deux décennies de débauches ancillaires, elle croisait ses anciens amis ? Avec un peu de chance, ils étaient devenus PDG ou chefs d'entreprise et ne sortaient qu'accompagnés de gardes du corps. On portait leur sac, une foule les suivait en tout lieu et ils se déplaçaient en grosse Mercedes... Ne se disait-elle pas, ne s'est-elle jamais dit, qu'un mâle devrait toujours avoir cette prestance et ignorer le montant de ses revenus ? S'en est-elle ouverte à son époux ? Comment a-t-il réagi ?

Kong Jianguo a fini par m'avouer que le premier homme de sa vie, ce garçon au regard cruel et froid, était devenu extrêmement riche. Mariages ou maquereautage international, sa compagnie faisait de tout, y compris des gilets pare-balles et du prêt-à-porter, si bien que mon père, qui travaillait dans le textile, faisait plus ou moins partie de son entourage. Je l'ai rencontré une fois, à l'occasion d'un banquet – c'était un buffet, il y avait du saumon, de la langouste, du vin doux et des invités en tenue de soirée qui allaient et venaient un verre à la main, exprimant leur plaisir de retrouver de vieilles connaissances et souriant à des inconnus. Engoncé dans le complet emprunté au voisin du cinquième à seule fin de me remplir gratuitement la panse, je l'ai bien regardé. Il avait un gros dos, de grandes chaussures, une lourde chaîne en or et des cheveux luisants de brillantine. Une grosse tête, évidemment. Centre de tous les regards, impavide et satisfait, il parlait, parlait sans discontinuer et les autres écoutaient. Même la présence de ses trois gardes du corps (au regard fixe derrière leurs lunettes noires) ne parvenait pas à ternir son éclat. Lorsque nous nous sommes approchés pour faire un brin de causette, il m'a décoché un regard foudroyant avant de complimenter mon géniteur :

j'étais charmant, un fin renard. Quel dommage de continuer des études quand les temps étaient si prometteurs, j'aurais dû me lancer. « Je suis encore jeune, Monsieur », ai-je répondu. Pourquoi vos gardes du corps ne sont-ils pas des femmes ? Vous savez, ces êtres avec des cheveux doux et brillants qui tombent sur les épaules.

– On prétend que ta mère a été célèbre, ai-je dit à Zhu Shang.

– Papa n'en parle pas beaucoup et elle non plus. Mais parfois, quand on se promène, il me montre un type au teint bilieux et me dit qu'il a failli être mon père et que, regarde ! celui auquel il manque trois doigts à la main droite aussi.

– Il est rigolo, ton père.

– Je réponds toujours que je n'aurais jamais voulu d'un père comme ça.

23. Et tombent les fleurs sans mot dire, l'être est fade tel un chrysanthème

Je n'arrivais pas à suivre ce que racontait le prof de maths.

Le chauffage était si fort que nos quarante visages rougeoyaient. Si j'écarquillais les yeux pour le fixer, au bout de quelques minutes il ne restait que ses gigantesques dents bien plantées d'entre lesquelles les syllabes tombaient une à une, tels des dés sonores qui roulaient au sol dans un bruit mélodieux mais ne voulaient strictement rien dire. Aussi avais-je, en toute simplicité, édifié avec mes livres, mes polycopiés et mes cahiers une muraille qui me protégeait de cette dentition immaculée et dangereuse. J'étais à l'abri, je pouvais feuilleter en paix mes recueils de poèmes. Avaler le manuel et faire tous les exercices en début de semestre suffisait générale-ment à m'assurer la moyenne dans les matières scientifiques, voire quelques points supplémentaires selon l'humeur du cor-recteur et les fluctuations de mon niveau d'ignorance. Le reste du temps je pouvais me permettre de rêvasser et de feuilleter ce qui me plaisait.

J'étais plein d'admiration pour le bétail studieux qui s'as-treignait à lire utile. Cette engeance pullulant, les enseignants ne se privaient pas de rappeler aux glandeurs de mon espèce à quel point notre avenir s'annonçait pathétique. Dans notre classe, la plus célèbre de ces bûcheuses était une grosse « Hiron-delle » aux formes pleines et plutôt jolie, avec des pommettes éternellement rouges. Après avoir longuement supplié, elle avait obtenu l'autorisation de s'asseoir au premier rang d'où, tel un phare solide et silencieux, elle ne bougeait jamais, sinon pour aller aux toilettes. « Mais qu'est-ce qu'elle mange ? » ai-je demandé à Sang Baojiang. Des bonbons pour stimuler l'in-tellect. Des morceaux de sucre blanc en forme de chiffres, de plus, de moins, de signes de multiplication et de division. L'idée était de se mettre d'abord un 1 dans la bouche, puis un +, puis un 4, puis un = et enfin un 5. Malgré tout elle faisait du gras, tandis que ses voisins dépérissaient. Le plus à plaindre fut Sang Baojiang, trois mois après qu'il avait accepté l'échange et était entré dans sa sphère de rayonnement, on a dû l'opérer de l'appendicite. Vers la fin du quatrième cours, lorsque nos estomacs criaient famine, Zhang Guodong et moi regardions dans sa direction et même à plusieurs rangs de dis-tance, il suffisait qu'elle réfléchisse ou s'agite pour que nous humions un délicieux fumet de viande à l'étuvée. Zhang en a été un temps complètement toqué. Pendant les brefs instants où elle quittait son siège pour aller au petit coin, il se faufilait à sa place, fermait les yeux et se frottait doucement de droite à gauche : « C'était d'un chaud ! » me disait-il en revenant.

Plus je lisais et plus mes pensées avaient tendance à s'évader. Mais de jour, impossible d'avoir un fantasme sexuel. Parfois je m'imaginais un Kong Jianguo qui aurait brusquement retrouvé sa jeunesse, de nouveau il prenait la tête d'une bande et affrontait le gang des « dents de tigre » du lycée de Baijiazhuang. Cela se produisait toujours dans la rue, entre la porte de l'école, l'imprimerie du *Journal de la jeunesse de Chine* et l'Institut d'économie de l'entreprise. De ma place, près de la fenêtre, je n'avais qu'à lever délicatement les fesses lorsque le prof tournait le dos pour voir ce qui se passait. Briques, fourches ou matraques, ils utilisaient des armes de poing, mes préférées, les plus directes et les seules à exalter la valeur de l'individu. Kong Jianguo criait, j'aimais ses gueulantes même si elles ne voulaient pas dire grand-chose et auraient pu se résumer à un simple : « On va vous faire la peau ! » Je n'ai pas beaucoup de voix, la mienne ne sort jamais que du gosier, tandis que lui, quand il tonne cela vient de l'anus, le son traverse les intestins et les poumons avant de jaillir par la gorge. Des voix comme ça, je n'en ai entendu que deux dans mon existence, mais elles m'ont toujours fasciné. Il me semble qu'avec un tel organe, si on hurle assez longtemps, ce sera comme dans les livres : on se déchirera les entrailles, les boyaux éclateront, la pisse et la merde se déverseront dans le ventre. Parfois je m'imaginais qu'une femme venait me chercher. Elle avait un âge imprécis, vingt, trente ou quarante ans, pour l'adolescent que j'étais, cela ne faisait pas grande différence. Bien sûr elle était belle, mais sans ressembler ni aux sœurs Che, ni à l'espionne, ni même à Zhu Shang. Lorsque ses mèches noires (de bons cheveux dociles) étaient libres, devant, elles caressaient les pointes de ses seins et dans le dos, tombaient jusqu'aux reins. Mais j'aimais mieux qu'elle les ramasse en un chignon, qu'elle faisait tenir avec un crayon de papier ou une épingle en jade ancien. Pas un cheveu ne dépassait! Il n'était pas nécessaire qu'elle ait de gros seins mais ses jambes devaient être longues. Et puis elle avait le permis de conduire et pouvait aller où elle voulait. J'ignorais pourquoi elle venait me chercher et où elle m'emmenait mais j'adorais voyager dans cette voiture avec une belle femme au volant. Je m'installais à ses côtés et sans vergogne, sans même mettre la main devant ma bouche, j'admirais le paysage et ma chauffeuse. Il était beau, elle souriait, je posais la paume sur sa cuisse et demandais : Est-ce qu'on est un voyou quand on fait ça sans demander la permission ? Est-ce que tu me collerais une gifle si tu avais les mains libres ? Attentive à la route elle n'avait pas le temps d'être obsédée par sa beauté (comme elle l'était le reste du temps) et c'était ce qui la rendait ravissante.

Parfois aussi je rêvais de Zhu Shang. Je fermais les yeux et je sentais son parfum, une odeur composite, mélange de savon, de crème de jour, de lessive, de cheveux, de bras à l'air libre et de corps emprisonné par le vêtement. Je l'entendais tripoter ses feuilles : il fallait toujours que sa main joue avec quelque chose, alors elle pliait des petits bouts de papier. Bien des années plus tard elle m'expliquerait qu'il ne faut jamais lui confier de billets, ni de train ni de cinéma, sinon en moins de vingt minutes ils sont tellement froissés et malaxés qu'ils deviennent illisibles. Conscient qu'à l'atmosphère se mêlaient ses émanations, j'aspirais de profondes bouffées que je savourais lentement.

Il faisait si chaud que l'air se déposait en buée floue sur les carreaux. J'ai serré les poings et les ai posés sur la vitre, où ils ont laissé deux marques qui ressemblaient à des pieds. Deux empreintes transparentes par lesquelles on pouvait voir l'hiver. À force de recommencer, et recommencer encore, j'ai obtenu une ribambelle de pas qui s'en allaient vers le lointain, et un lutin au chapeau pointu s'est mis à les suivre, tout de guingois vers la froidure du dehors.

Les arbres avaient perdu leurs feuilles et n'offraient au regard que le lacis de leurs branches : le lutin le savait, ce sont les fleurs de l'hiver, et le mince fil d'un nuage qui de temps à autre glissait derrière, la rivière de l'hiver. Avec un peu de patience (il suffisait d'attendre) de gigantesques pétales roses finiraient par descendre le courant et sur chacun dormirait une jeune fille de la même couleur.

Je sentais avec intensité qu'il y avait deux univers. Celui du siège sous mes fesses, et celui merveilleux où le lutin gambadait et que j'atteindrais si avec mon regard je m'évadais et passais la frontière qu'était la vitre embuée. Le premier était trop étroit. Quand je m'enfermais chez moi, je n'avais qu'à suivre les volutes de lumière jaune de la lampe verte pour enjamber le ridicule fleuve des siècles et retrouver les temps héroïques où voyou était un légitime emploi, celui où courtisanes et filles de joie constituaient la force de travail la plus culturellement avancée. Le monde de la chaise était mesquin.

Zhu Shang était l'unique fille à se manifester dans les deux. De l'autre côté de la buée elle dormait du plus doux des sommeils sur le plus grand des pétales roses. Si on sautait le cours léger d'un millénaire, elle devenait cette phrase du poète taoïste Sikong Tu dans son *Art poétique* : « Et tombent les fleurs sans mot dire, l'être est fade tel un chrysanthème. »

Plus tard, quand j'ai étudié la psychologie, j'ai compris que les plus beaux rêves de l'adolescence viennent du cœur. Quand on n'a pas connu les cochons, quand on ne mange pas de viande de porc, on rapporte sur terre l'idée du phénix.

Encore plus tard, je me suis intéressé aux jades. Les plus vieux doivent être polis et repolis, en jargon on appelle cela les « tourner ». Une pierre ancienne est toujours difficile à tourner, on a beau s'y appliquer, il faut bien deux ou trois ans pour révéler sa lumière, surtout si elle a dormi quelques milliers d'années avec des cadavres et des métaux. Lorsque j'en trouve une, j'appelle Zhu Shang : ses mains haïssant toujours l'oisiveté et étant toujours en quête de quelque chose à tripoter, elles donnent leur pleine mesure. En moins de six mois, la pièce trouvée dans la montagne est polie au point de sembler droit sortie d'un atelier pékinois. D'un bout à l'autre elle a l'éclat du verre. Si dans une prochaine existence elle se réincarne en garçon, ce sera un onaniste contre-révolutionnaire.

La cloche a sonné. La feuille de ciboule collée sur l'incisive du prof n'y était plus mais il y en avait une, de même taille et de même forme, sur le front de Sang Baojiang. Verte et brillante, qui chatoyait dans la lumière du soleil comme un bout de verre à peine exhumé.

24. À l'impérissable lignée des fils du Ciel

« Du long rêve qu'est une existence, qui le premier saura s'éveiller ? Moi seul connais le sens de toute ma vie [1] », avais-je l'habitude de brailler dès le réveil. Et de songer à Zhuge Liang, le général qui improvisa ce poème burlesque en un lieu près de Nanyang appelé « colline du Dragon couché ». Il labourait ses champs, il lisait, quand il avait de l'argent il faisait appeler une fille, sinon il se branlait. J'avais l'impression de m'être trompé de siècle.

Inutile de faire de longues études à l'époque, ni (surtout) d'apprendre les maths. Avec un peu de classe, un cuir dur et du flair, il suffisait de connaître sur le bout du doigt vos annales historiques et les *Stratagèmes des Royaumes combattants*, de sortir à point nommé quelques fadaises : « Quand l'univers a longtemps été uni il se divise, quand il a été longtemps divisé il trouve l'unité [2] », « Depuis le début de la politique de réforme et d'ouverture la société est en constant progrès, le monde plein d'opportunités et de défis » et en quelques petites années vous vous retrouviez conseiller. Avec un ou deux risque-tout, des gros bras à grande gueule, féroces au combat et capables des pires atrocités comme de se couper eux-mêmes le doigt, et des masses mécontentes et insatisfaites, le premier fou imbu de lui-même, ignorant ce qu'il a dans le ventre, se prétendant fils du Ciel, du dragon et du soleil, pouvait d'un geste déclencher une révolution. Si par miracle cela marchait

1. Citation tirée du *Roman des trois royaumes* attribué à Lu Guangzhong.
2. Citation tirée également du *Roman des trois royaumes*.

et qu'il prenne le pouvoir, arrivaient alors des cohortes de sœurs Che, d'espionnes et d'Émeraude! Plus quelques Zhu Shang: il doit bien s'en trouver une dizaine, dans un pays aussi peuplé. En temps de paix on les entretient pour son plaisir, quand vient la guerre on les lâche pour se débarrasser de ses ennemis. Viendraient-elles à manquer, il suffirait de réquisitionner une équipe de scientifiques de haut niveau (les spécialistes des *100 000 pourquoi*), de se procurer quelques livres de viande, des éprouvettes et d'en fabriquer quelques-unes! Qu'on leur coupe la tête s'ils échouent! Je nommerais Zhang Guodong à la tête du laboratoire, Liu Jingwei aux décapitations et autres travaux idéologiques. Pour faire bonne mesure je mettrais quelques peintres aux fers pour qu'ils réalisent des croquis d'après mes descriptions. Au final, on aurait peut-être obtenu quelque chose de ressemblant.

La journée commençait par un cours de maths. Comme nous allions parler de géométrie analytique, il eût été étonnant que le prof n'écarquille pas des yeux en triangle ou ne se prenne pour une droite remarquable sur le tableau noir, j'allais m'ennuyer ferme.

Dehors, entre deux klaxons, on entendait le chant mélodieux des oiseaux. Le soleil tendait à travers la vitre une main délicate pour caresser ma tête qui émergeait de la couette. Il n'y avait pas de vent, les sophoras, les thuyas et les retraités avec leur cage à oiseaux jouissaient, immobiles et stupides, de la douceur de l'air: comment dire non à une si belle lumière en hiver? C'était comme si Zhu Shang m'avait brusquement ouvert les bras en murmurant: «Prends-moi»: je serais monté à l'assaut avec la vélocité du loup, vu que je m'y étais exercé des centaines de fois.

J'ai décidé de sécher.

Comme tous les jours j'ai préparé mon cartable et avalé un vague petit déjeuner, deux étages plus bas chez mes parents : quelques gorgées de lait de soja, trois bouchées de pain au sucre et à la pâte de sésame.

– Je suis parti.

– Tu ne manges rien d'autre ?

– Je vais être en retard pour le cours de maths.

J'étais sûr qu'elle allait forcer mon père à ingurgiter jusqu'à la dernière miette de mes restes. Une habitude contractée dans les années soixante et soixante-dix quand on manquait de tout et que les aliments nourrissaient si mal qu'on devait compenser la qualité par la quantité. Il fallait se goinfrer et se goinfrer encore ! Depuis, nous avons beau être au XXIᵉ siècle, elle continue de gaver son monde. Si bien qu'en dépit de sa maigreur native, mon pauvre père, la seule victime qu'elle ait tout le temps sous la main, s'est retrouvé avec du cholestérol et du diabète. Il suffit qu'il pisse pour attirer les fourmis : quand nous habitions dans les ruelles, cela faisait un spectacle grandiose, cette masse noire sur ses talons.

Mon sac à l'épaule, j'ai suivi au hasard la rue Zhongfang, shootant dans les cailloux et emballages d'esquimaux que la pointe de mon pied rencontrait.

La fabrique de maltose puait. C'était une odeur doucereuse, aussi difficile à supporter qu'à traduire par des mots. Au début on la trouve suave, mais les remugles deviennent vite si gras que vous avez la nausée, c'est aussi écœurant que les autographes que l'empereur Qianlong distribuait à ses contemporains. Autant un bon fumet de w.-c. douteux ! Fulgurant, puissant, authentique et généreux comme la campagne ! Mais si je dis à la fille enroulée dans ma couette que je viens de péter, et que, faisant fi de l'hypocrisie attachée à la chose olfactive, je me sens aussi vrai qu'au milieu d'un champ de blé, elle me répond que la prochaine fois, pour une flatulence de cette qualité, si cela ne m'ennuie pas trop je ferais mieux d'utiliser la salle d'eau, cela lui a coupé l'envie, mes vents ne seraient-ils pas une arme contre la dépravation des mœurs ?

J'aime ce qui est translucide : la fécule de racine de lotus, la colle, les bâtonnets glacés, les fruits confits, le jade, l'écriture, les mains et le visage des filles au teint clair. Le malt de sorgho, aussi. Mais depuis que je sais l'infection qui émane des lieux où on le transforme, je n'en consomme plus. La fabrique jouxtait le cirque national de Chine, un bâtiment qui ne payait pas de mine et pourvu d'un terrain de sport sur lequel je n'ai jamais vu personne s'exercer : les artistes devaient être eux aussi rebutés par les miasmes. Pour moi, acrobate, c'était for-cément un métier dangereux. J'attendais le jour où, à l'heure des cours, il y en aurait un qui tomberait par la fenêtre en hurlant. Il s'écraserait par terre, cela ferait une mare de sang et nous nous précipiterions en bas pour jouir du spectacle, nous mêler au concert des pleurs et attendre l'ambulance qui foncerait toute sirène hurlante. Las, rien de tel n'est arrivé pendant mes années de lycée. Plus au nord une usine de pro-thèses fabriquait des faux bras et des fausses jambes, en plas-tique et en silicone. Liu Jingwei nous avait forcés un soir à sauter par-dessus le mur pour dévaliser l'entrepôt. « On fait bien des réserves de céréales pour parer à la famine, avait-il-dit. À force de traîner dans les bas-fonds, l'un de nous va se ramasser un coup de couteau, aujourd'hui c'est mon tour, demain ce sera le tien. Combien de ces types finissent en aussi

bon état que Kong Jianguo, à votre avis ? Je vous accorde que
ces bras et ces jambes ne sont pas d'excellent augure, mais
ne risquons-nous pas d'en avoir besoin ? » Il s'exprimait toujours avec le plus grand sérieux, ponctuant son discours de
formules toutes faites. Comme quoi, même si l'influence est
imperceptible, une éducation orthodoxe, ça marque. Après
avoir échangé un coup d'œil, Zhang Guodong et moi nous
étions empressés de répondre : « Garde-les, alors, on te laisse
tout ! » Mais une fois de retour dans ma chambre, surprise : à
faire notre choix dans le noir, à l'aveuglette, nous avions pris
deux cuisses de femme en lieu et place de bras masculins. Très
grand seigneur, Liu a asséné :

— Qiu Shui, tu es maigre, elles sont pour toi.

— Zhang Guodong aussi ! me suis-je récrié. Tu ferais mieux
de les lui donner. Sinon, réfléchis : elles pourraient t'être utiles
le jour où tu n'auras plus de bras. Si tu te bats contre un
petit vicieux, il attendra un crochet du gauche et tu lèveras
la jambe pour lui montrer ton cul ! Si le type est plus grand,
il croira voir une jolie vulve entre deux cuisses, en fait ce sera
ton crâne et il est solide. Sans compter qu'il y en aura bien
sur le nombre avec qui tu n'auras jamais le dessus et devant
qui même le maître des collines de l'Ouest devrait s'incliner,
imagine que tu tombes sur l'un d'eux ? Pas de panique ! Tu te
mets à quatre pattes, tu deviens centaure et la chance tourne
dans le bon sens : galope comme un malade et même une Jeep
ne pourra te rattraper !

— Je t'emmerde ! a-t-il déclaré.

— Moi aussi ! a ajouté Zhang Guodong après un instant de
réflexion.

Au sud du cirque commençait la rue spécialisée dans les pièces détachées pour automobiles où aboutissaient, en petits morceaux, tous les véhicules volés de la ville. J'y étais en terrain familier. Liu Jingwei n'avait qu'un rêve : investir et s'y installer à son compte. Il aimait les voitures, certaine Jeep de l'armée américaine surtout, la Hummer, celle qui ressemble à un camion et dont Zhang Guodong et moi avons toujours pensé qu'il fallait avoir une petite bite pour qu'elle vous plaise. Quand on en a une grosse, cela fait double emploi : les filles s'excitent et atteignent l'orgasme toutes seules là-dedans. Plus tard, Liu est devenu un pionnier de l'industrie automobile de l'Anhui. « Le business est trop facile, m'a-t-il expliqué au téléphone. Quatre roues, une carrosserie, et tant que ça roule les gens se les arrachent. » Deux semaines plus tard on le retrouvait assassiné dans la baignoire remplie de pétales de rose de son hôtel cinq étoiles. C'était l'époque où Kong Jianguo installait son attirail de réparateur de vélos à la jonction des rues Sanlitun-nord et Sanlitun-sud – le kiosque en forme de grande chope de bière ne s'y trouvait pas encore. Il n'avait pas toujours la tête aux affaires, quand j'allais le voir il arrivait qu'il me demande : « Comment trouves-tu mon enseigne ? Ne fais pas cette moue, le calligraphe n'est pas n'importe qui. Mais quand je suis assis dessous, je cache le caractère "vélos". Eh bien figure-toi que l'autre jour, un moine est passé et m'a demandé ce que je réparais, il m'a pris pour un rebouteux ! » Il nous aurait presque demandé de semer des punaises devant le stade des Travailleurs et le parc de Chaoyang… Il possédait une rutilante pompe à vélo sur le pied de laquelle étaient incrustées deux poignées d'épée en jade des Han de l'Ouest (une néphrite d'un blanc verdâtre veiné d'amarante) qui lui donnaient l'air d'être une véritable antiquité. Les trois quarts du temps elle restait cachée et personne n'avait le droit de l'emprunter, il ne la sortait que pour les jolies filles – sans toutefois aller jusqu'à s'en servir lui-même : il s'allumait une cigarette et laissait faire, admirant leurs bras qui montaient et descendaient de chaque côté de leurs seins dans la lumière du soleil, la brise ou la bruine. Dès qu'elles avaient fini, il la rangeait, et hop, plus personne ne pouvait la voir. Il prétendait qu'il lui suffisait de regarder une fille gonfler ses pneus pour décider de sa qualité, savoir si elle était apte à cohabiter et fonder un foyer. Mais la fois où j'ai réussi à y entraîner Émeraude, il en a oublié de la ranger ! L'a jetée dans la poussière du trottoir, tant la belle était magique, dans la brise, la bruine ou la lumière du soleil. Quant à Zhu Shang, elle n'était pas aveugle, à plus de vingt mètres elle l'a repéré : « Un vieux voyou », a-t-elle maugréé, et nous sommes allés voir ailleurs.

À la porte de l'hôpital de Chaoyang, les marchands de quatre-saisons ont toujours fait de bonnes affaires : les gens mangent dès qu'ils sont malades tous les fruits qu'ils se refusent en temps ordinaire. Il y en avait un ou deux que je connaissais bien, dès qu'ils m'ont aperçu ils m'ont hélé :

– Alors, petit con ! Tu t'es encore fait flanquer à la porte ?

– Le prof m'a demandé de tenir votre étal le temps que vous suiviez des cours de rattrapage. Vous allez tout refaire de la sixième à la terminale, et ensuite vous passerez l'examen d'entrée à l'université !

Leurs tréteaux étaient couverts de bananes, d'oranges, de pommes et de pastèques d'hiver à la peau épaisse, toutes décorées d'une étiquette qui prétendait en une langue étrangère qu'elles étaient importées du Panama. J'ai pris une des plus belles bananes, l'ai coupée en deux et l'ai pelée pour la manger.

– Eh! Comment veux-tu que je vende l'autre moitié, maintenant?

– Le monde est plein de braves gens, non? Tu leur diras que c'est la plus fraîche, que ta famille vient juste de la cueillir dans votre jardin d'Amérique latine. Ils n'auront qu'à vérifier : la brisure est toute récente!

– Tu pourrais au moins aller bâfrer plus loin. Tu l'as enfournée d'un coup, comme un goinfre, ça va dégoûter les filles. Tiens, viens ce soir faire une partie de mah-jong. Tu perdras ton slip et c'est ta banane à toi que tu seras obligé de couper.

Il n'était encore qu'un peu plus de huit heures. Par la fenêtre, le restaurant de canard laqué semblait désert, si l'on exceptait les quelques serveurs occupés à décharger caisse sur caisse de volaille plumée. Au nord, du côté de la patinoire, le silence était complet. Les éboueurs n'étaient pas encore passés, emballages d'esquimaux et barbes de maïs gisaient à plat sur la chaussée que pas un souffle de vent ne balayait en ce jour d'hiver. Comme c'était différent du week-end, qu'on était loin de l'animation et de la gaîté qui règnent le dimanche, avec les joyeuses bandes de jeunes qui déambulent en s'interpellant. Émeraude était une excellente patineuse, tout droit, à reculons, sur le côté, elle pouvait tout faire et souriait quand elle retombait sur ses pieds après une pirouette. Elle mettait une veste près du corps, un jean qui allongeait ses jambes et attachait ses cheveux en queue-de-cheval pour dégager son grand front. J'avais beau lui répéter qu'il n'y avait pas plus maladroit que moi, elle tenait absolument à m'apprendre.

«Je préfère les imbéciles, disait-elle, où est l'intérêt avec les gens intelligents ?» J'avais peur de tomber, de me faire mal ? Elle me tiendrait la main et me ferait un câlin au bobo. J'ai fini par emprunter les protège-genoux que ma sœur utilisait pour s'entraîner au volley et comme elle n'avait pas de protège-tête, la chapka en astrakan de ma mère dont j'ai rabattu les oreillettes. Ainsi équipé, je me suis retrouvé tel un idiot sur la glace, chaussé de patins qui n'avaient rien à voir avec ce que je portais d'ordinaire : cette surface n'était pas la mienne. Émeraude m'a pris par la main et la taille pour m'expliquer comment bouger les jambes et les pieds. Ce qui traînait dans les parages de petits voyous nous tournait autour en sifflant et en ouvrant des yeux de poissons rouges, ronds comme des soucoupes.

Quelques années plus tard, Émeraude a postulé à l'Institut du cinéma : ses résultats scolaires étaient moyens, elle n'avait pas l'énergie pour se lancer dans le sport en professionnelle, ni les relations pour devenir hôtesse de l'air, elle serait actrice. L'examen comportait plusieurs épreuves : chant, danse, déclamation et interprétation. Les éliminatoires ont été un jeu d'enfant : on avait demandé aux vingt et quelques candidats de prendre des poses pour illustrer le thème de la gare ferroviaire. Eussent-ils été mille qu'elle aurait encore émergé du lot, ces premiers concurrents n'étaient pas un problème, aussi bêtes soient-ils les membres du jury comprenaient tout de suite qui vendait des œufs au thé, qui des œufs de cane, et qui était de la graine de comédien. Pour le second volet, on les laissait dix minutes seuls en scène avec pour mission d'incarner un type de personnage et un animal. Mieux valait s'en tenir à ce qu'on connaissait : elle a joué la femme fatale. Concrètement : elle a demandé au juge qui avait le plus de poids et d'ancienneté de lui servir une tasse de thé qu'elle a bu lentement, en dix minutes. Pour l'animal, elle a choisi le loup et appelé à la rescousse ce qu'elle savait de Zhang Guodong. Elle a été reçue haut la main.

Plus tard, quand elle a eu son diplôme, il suffisait de laisser la télé un certain temps allumée pour qu'elle apparaisse à l'écran. C'est à cette époque qu'elle m'a donné rendez-vous au stade des Travailleurs. Il pleuvait, à la descente du bus je l'ai trouvée en train de m'attendre sous un parapluie à l'entrée de la patinoire.

– Je m'en vais, a-t-elle dit.

– Où ça?

– En Afrique.

– Pour un film?

– Je me marie.

– Viens. On va manger un canard laqué, c'est à côté et là-bas tu n'en auras pas.

– Prends-moi dans tes bras.

Quand ils se sont refermés sur elle, je l'ai sentie toute petite et molle comme une éponge. Alors j'ai serré plus fort et elle s'est recroquevillée, minuscule boule qui aurait tenu dans ma poche. Dans sa chevelure éclairée par les réverbères, les perles de pluie scintillaient, j'avais le nez au niveau exact de sa raie, de part et d'autre les mèches tombaient lisses et lustrées. J'avais beau être enrhumé, avoir les muqueuses en sang et la cervelle en compote, je sentais son parfum.

– Tu te rappelles quand je t'ai appris à patiner?

– J'ai un souvenir de chutes, de fracture et d'hémorragie interne.

– Il n'y avait vraiment rien à tirer de toi! Je n'oublierai jamais.

– Emmène-moi. Tu ne tiendras jamais le coup sans moi ni canard laqué.

Quand on continuait vers le sud à partir de la patinoire, sur le portique en brique du temple du Pic de l'Est, on pouvait lire, côté nord : «À l'impérissable lignée des fils du Ciel» et de l'autre : «Hommage éternel au mont des monts», dans une calligraphie qui, d'après le grand-père qui surveillait le parking, serait celle du ministre Yan Song [1]. Encore plus au sud on arrivait au quartier du temple du Soleil et aux premières ambassades. Dans le désert des rues bordées d'arbres aux branches dénudées, des gamins africains traînaient sur des bicyclettes qui n'avaient ni sonnette ni numéro d'immatriculation. Fonçant en zigzaguant n'importe comment, ils m'ont dévisagé d'un œil courroucé et malveillant. Je les connaissais bien, chaque fois que je faisais l'école buissonnière et venais rôder dans les parages, je tombais sur eux. Leurs vélos n'ayant également ni garde-boue ni béquille, quand ils décidaient d'en découdre, ils les balançaient dans les plates-bandes sèches le long des trottoirs avant d'échanger coups de poing et de pied. Leurs cheveux étaient crépus, lorsqu'ils tendaient la main, elle était d'un côté noire de laque, de l'autre rouge feu et j'étais persuadé qu'ils comprenaient le langage des chimpanzés : n'étaient-ils pas plus proches d'eux que de nous ? Je leur avais enseigné une flopée d'injures en argot pékinois qu'ils avaient sur le moment bien assimilée, mais comme ils avaient tendance à oublier, j'y avais ajouté

1. Yan Song (1481-1568) : Premier ministre corrompu.

une petite comptine composée sur le modèle du *Classique de la poésie* :

> *Putain de ta mère*
> *Putain de mon œil*
> *Et mon cul dans un caleçon rouge.*

Après l'avoir répétée plusieurs fois ils la savaient par cœur et à chaque rencontre, en guise de bonjour, m'insultaient à plein gosier pour réviser, souriant et dévoilant des dents blanches comme neige. J'avais moi-même appris un paquet d'obscénités paraît-il très courantes dans la région d'Addis-Abeba, le problème étant que je ne voyais pas quand j'aurais l'occasion de les utiliser.

Dans la rue Yabao, j'ai pris le 24. Le bus était vide, je suis allé poser mes fesses au fond. J'aimais bien la dernière rangée, c'est là qu'on saute le plus quand il y a un dos-d'âne, on a l'impression de faire du cheval. La receveuse m'a jeté un œil noir mais j'avais l'habitude, j'en avais vu d'autres depuis le temps que je m'offrais des tours de périphérique quand je séchais les cours et que je m'étais lassé de marcher au hasard. Elle avait un postérieur lourd et volumineux, un nez de lionne, des yeux de panthère, une face informe à la peau jaunasse et aux arêtes taillées à la hache sur laquelle la méchanceté s'affichait avec aussi peu d'ambiguïté que le zen sur certains jades han. Sa lourde chevelure, encore plus poivre que sel et retenue par un élastique sur la nuque, avait tout de la paille de fer. Ces bonnes femmes me dévisageaient toujours avec des yeux de merlan frit : vouant probablement au mal une haine aussi implacable que les matrones du comité de quartier, elles devaient soupçonner tout garçon qui se baladait à cette heure de la journée avec un ticket mensuel d'être, soit de la racaille au chômage, soit un mauvais sujet en train de faire l'école buissonnière. À chaque cahot de la chaussée le bus tanguait, j'étais secoué, la chair de sa face pisseuse tremblotait et les commissures de ses lèvres vacillaient, lui donnant l'air d'attendre tout émoustillée la prochaine occasion de se quereller : Venez, allez, allez. Venez ! semblait-elle dire. Dans l'impossibilité d'écouter la radio, de lire, de tricoter, de se branler, et lasses du paysage, ces travailleuses n'ont qu'un plaisir : insulter les passagers.

Elles sont, avec ma mère, les plus grandes linguistes qu'il m'ait été donné de rencontrer. Après les *Mémoires historiques* de Sima Qian, les *Propos et Anecdotes* de Liu Yuqing, les poèmes Tang et Song, ce sont elles qui ont enrichi le plus mon vocabulaire.

En fait, c'est auprès d'elles que j'ai appris l'essentiel de ce que j'ai enseigné à mes frères noirs. De mes propres yeux j'en ai vu une faire rougir jusqu'aux deux oreilles un solide gaillard du Nord-Est. Elle lui a collé un tel malaise qu'il a été incapable de répliquer.

– Quand je demande un titre de transport, on ne discute pas, on me le montre. Arrête de répéter que tu l'as acheté quand tu es monté, tu sais combien j'en vends par jour et par an, moi, des tickets ? Tu t'imagines avoir quelque chose de spécial pour que je me souvienne de ta tronche enfarinée ? Je veux le voir, point. J'ai compris que tu en as un, montre-le-moi, c'est tout. Si t'avais une grosse pine, tu la sortirais pour qu'on vérifie, non ?

Longtemps je me suis demandé si la gratuité accordée aux enfants de moins d'un mètre dix s'appliquait aussi aux bites.

Mais la mesurait-on pendant les visites de l'espionne ou après s'être tripoté?

La circulation n'étant pas très dense, le bus progressait allègrement. Froid et cassant, l'air qu'on inspirait réveillait ce qui dort au fond des cerveaux. Je détestais devoir m'enfoncer dans le crâne des bêtises que j'aurais oubliées le lendemain de l'examen. C'était comme si j'avais collectionné les photos de Zhu Shang. Je refusais de devenir ce que les professeurs attendaient de moi, j'en avais honte. Comment pouvait-on, à l'époque moderne, estimer la valeur d'un élève d'après les résultats d'un examen livresque? C'était aberrant. Autant sacrer héros celui qui s'enfilait le plus grand nombre de pains à la vapeur. Que ceux dont l'ambition était de devenir des érudits lisent in extenso tout ce qui leur passait entre les mains et que l'adolescent qui rêvait d'être un bourreau des cœurs sourît à toutes les filles. Mais que m'importait à moi que Reykjavik soit la capitale de l'Islande, et de conjecturer si c'était une politique fiscale erronée ou les gros seins de Yang Guifei qui avaient été à l'origine de la révolte d'An Lushan en 755?

Le bus roulant au soleil, sa lumière m'enveloppait et sa chaleur m'endormit à moitié. À l'ouest de la ville les passagers étaient plus nombreux et je me suis souvenu d'un trajet identique dans les mêmes circonstances par un jour d'été. Il faisait chaud, tout le monde était légèrement vêtu. J'étais encadré par une paire de seins et un postérieur rebondi à la profonde raie. Le bus cahotait, et sans cesse des deux côtés cela se frottait à moi. J'ai serré les dents et tenu jusqu'à l'arrêt. Derrière moi la poitrine souriait avec les yeux de la grande Che, devant moi les grosses fesses souriaient avec ceux de l'espionne. Une vague m'ayant porté vers la sortie, mes pieds avaient touché le sol et pour la première fois j'avais ressenti ce long frisson mélancolique qui traverse de part en part, du coccyx au vertex. Mon cerveau avait perdu le contrôle, le bas de mon corps était glacé. Mais aujourd'hui il faisait froid et sec et n'importe quoi pouvait se produire : impossible de distinguer les bons des méchants, le vice de la vertu, c'était le chaos, tout s'emmêlait et on ne parlait plus d'affaire mais de complot, celui dans lequel les filles jouaient un rôle minime mais démesuré et où il devenait de plus en plus dur de comprendre celui de Zhu Shang. Elle aurait pu modifier à sa guise le fil du temps, un clin d'œil et le bus serait un carrosse-citrouille aux tintinnabulantes clochettes. Sur les bords du périphérique les immeubles s'effondraient comme une pile de cubes et l'herbe folle qui poussait entre leurs ruines montait jusqu'à la taille. S'il se passait quelque chose entre Zhu Shang et moi, cela m'aiderait à réécrire les classiques, mais l'événement en soi, ses détails, m'emplissaient de terreur.

— Rue Yabao. Le tour est fini, tes parents vont bientôt rentrer du travail, débarrasse le plancher, m'a annoncé la receveuse qui me fixait d'un œil assassin.

25. *Dix-Huit Attouchements*

La cloche a annoncé la fin du deuxième cours, il était dix heures, c'était le moment de la gymnastique.

Tailles et sexes confondus, les élèves sont sortis de leurs salles respectives pour se rassembler sur le terrain de sport. Belle occasion de parader — les filles avec leurs nouvelles tenues, les garçons avec leurs baskets. Tout le monde s'était mis à rêver de concert des mêmes marques : Nike, Adidas, Puma... Comme s'il suffisait d'une paire de chaussures pour attirer le regard des filles. Plus tard, comme tout un chacun nous évoluerions, deviendrions des jeunes gens puis des hommes d'âge mûr, puis des vieillards, et nos baskets se feraient ordinateur portable et Land-Rover, petite amie d'un mètre soixante-dix-huit aux longs cheveux et BMW, villa en banlieue et gamine de dix-huit ans (un mètre soixante, pas de cervelle, une poitrine opulente, souple et lisse), table Ming en santal rouge et dragon en jade d'un demi-pied. Rien n'y ferait, quel que soit notre âge nous demeurerions désarmés, un panachage biologique de soif, de fatigue, et d'exaltation.

En dépit d'une cervelle agile, Liu Jingwei était un garçon d'une incomparable simplicité. Tout au long de sa brève existence il a cherché à être cool. À sa manière et à chaque stade, cette quête a structuré sa vie.

Au tout début (à moins de s'en faire rapporter de l'étranger) on ne trouvait de Nike qu'au magasin Lisheng, sur Wangfujing. Même en économisant, c'est-à-dire en se privant de pois au goût bizarre et de cigarettes pendant les dix prochaines années, jamais Liu Jingwei ne pourrait réunir les cent yuans nécessaires. Aussi a-t-il décidé d'améliorer ses revenus en vendant les illustrés pornographiques et les magazines sulfureux cachés sous le lit de ses parents. Son père était un représentant éminent de sa génération : issu d'un milieu pauvre et libéré par la révolution, il avait développé ses cellules grises et été admis au département de génie électrique de Qinghua [1].

---

1. La plus prestigieuse université scientifique et technique de Chine.

Il avait adhéré à la Ligue, puis au Parti, et était devenu cadre. La seule femme qu'il ait touchée avant ses quarante ans était la sienne. Elle ne criait jamais au lit, il était donc persuadé que cela ne se faisait pas. Il en allait de même pour la connaissance de la poésie classique : n'ayant entendu parler que des poèmes du président Mao, il pensait que c'étaient les meilleurs. À quarante ans, il a commencé à toucher une allocation spéciale du gouvernement. Et aussi à ressentir un certain vide spirituel. Or, à la même époque, la pensée licencieuse réactionnaire faisait son apparition – sous forme de littérature dite « judiciaire » qui recensait les affaires choquantes. Afin d'en comprendre et critiquer les divers courants, il s'est mis à collectionner et à empiler sous son lit les revues que Liu Jingwei me passait après les avoir lues en cachette. Un numéro du *Pic-vert* m'avait particulièrement impressionné : on y décrivait de manière très crue le capitalisme de Hongkong. Il y avait là-bas, prétendait l'article, des boîtes de nuit dans lesquelles les filles buvaient des alcools étrangers et chantaient des chansons malsaines comme celles de Teresa Teng [1], des clubs où les hôtesses n'étaient pas frileuses puisqu'elles déambulaient les seins à l'air. Liu Jingwei, Zhang Guodong et moi en avons discuté des heures dans l'abri. Les détails pratiques, surtout, nous intriguaient : comment maintenir la température à un degré constant, comment s'arranger avec la police, quelle décoration choisir, quels alcools importer et comment se fournir en amuse-gueules. Ces délibérations ont servi plus tard à Liu : il les a mises à profit pour mettre sur pied un fructueux commerce. Évitant les métropoles, il s'est concentré sur les villes moyennes et a monté un

1. Teresa Teng (1953-1995) : légendaire étoile de la chanson.

réseau national, un apport décisif à l'urbanisation, tout en se remplissant copieusement les poches. Notre investissement intellectuel n'était pas oublié : Zhang Guodong et moi bénéficions de la gratuité à vie, et nos amis d'une ristourne de quarante pour cent (notre tête fonctionnant comme une carte de réduction). Hélas, deux ans après il est mort, jamais nous n'aurions pensé que la vie puisse être aussi courte, nos têtes ne valaient plus un sou. Mais c'est là une autre histoire...

Donc. Nous avons vendu les exemplaires dérobés sous le lit de son père, qu'il avait entassés dans sa sacoche de géologue. Nous avons installé notre étal devant le dépôt de journaux de la poste. Liu faisait l'article et encaissait ; Zhang appâtait le chaland : «Attention, disait-il en feuilletant les revues à celui qui hésitait à mettre la main au porte-monnaie, si vous tardez il n'y en aura plus» ; j'assurais l'ordre : à moi de prévenir les éventuels larcins et de repérer les resquilleurs qui seraient tentés de lire sans payer. «Shanghai : violée et assassinée à dix-sept ans, son cadavre est retrouvé sans seins ! criait Liu Jingwei. Pékin : un jeune homme tue sa compagne qui refusait de se plier à ses exigences sexuelles et abandonne le cadavre sur le bord de la route ! Chongqing : une sexagénaire expose des photos de nus !» La boutique de la poste s'étant vidée, deux employées en furie sont sorties pour nous chasser. Mais devant nos regards assassins, les histoires de meurtres et de cul étalées sur le trottoir (plus le marteau de géologue qui pendait à la sacoche), elles se sont ravisées et ont réintégré leurs locaux après avoir acheté deux numéros consacrés à de méchants violeurs. Le lendemain, Liu Jingwei nous invitait à déguster des raviolis aux trois saveurs à cinq yuans la livre dans un restaurant de la porte Chaoyang. Lui-même y a à peine touché : ses mains étaient trop occupées à serrer sur son cœur sa récente acquisition, une paire de Nike montantes à semelles blanches et œillets bleus qui pendaient attachées par les lacets à son cou, plus grosses et plus claires que le visage qu'elles encadraient. Il est resté un long moment à regarder le plafond sans rien dire avant de lâcher : « C'est le pied, c'est trop le pied ! »

Mais ayant atteint un certain niveau de développement hormonal, il a fini par se dire que « le pied », ce serait d'avoir une jolie copine.

– Je n'ai ni ton bagout, ni la beauté de Zhang Guodong, m'a-t-il dit. Comment faire ?

– Il y a toujours un moyen, lui ai-je répondu.

– Tu peux essayer de renaître, a ajouté Zhang Guodong.

– Ta gueule Zhang Guodong, tant que je vivrai je serai plus cool que toi. Tu es peut-être beau gosse, mais d'une beauté de merde. C'est à Qiu Shui que je parle. Qiu Shui, s'il y a quelque chose que j'admire en toi, c'est ta maîtrise. Même tout seul, quand il faut réviser, tu bosses, et quand tu as un texte à peaufiner, tu t'y plonges. Moi aussi il faut que j'arrive à canaliser mon énergie, je veux me perfectionner.

Il s'est mis à travailler tous les muscles de son corps pour donner aux filles l'envie de les toucher. Même en hiver il ne portait plus que des tee-shirts moulants qui le faisaient ressembler à un crapaud écorché. Ayant supprimé le riz de son alimentation il pouvait gober vingt-cinq œufs crus d'affilée (par la suite les mots « poule » ou « œuf » suffisaient à le rendre nauséeux). Malheur au sous-fifre qui l'oubliait : il se faisait agonir d'injures. « Dites plutôt "ces demoiselles" », conseillait-il. « Est-ce que ça fait aussi pousser la queue ? » s'interrogeait Zhang

Guodong. «Non, lui répondit-on, au contraire, elle rétrécit parce que le sang va dans les autres muscles.» Ah bien alors, il ne ferait pas d'exercices! J'ai expliqué que le principe était le même : il faut souvent irriguer.

– Tu devrais lire plus de littérature cochonne! Mais évite d'éjaculer.

– Et la branlette, ça marche aussi ?

Liu Jingwei et moi nous sommes regardés, puis d'une seule voix :

– Bien sûr! Mais es-tu capable de te retenir?

Plus tard, pour draguer les filles, Liu a acheté une Mercedes immatriculée 55555. Il était sûr que c'était top, n'était-elle pas plus longue et avec un cul plus gros que toutes celles garées devant l'Institut du théâtre ou du cinéma? À peine la lui avait-on livrée qu'il est venu me chercher à l'université : Zhang Guodong est sur un tournage à Jinan, allons le voir! Dans le Shandong les routes sont bonnes, si nous ne croisions pas de flic qui nous arrête pour excès de vitesse ni de brigands pour nous agresser, nous y serions en moins de cinq heures. Je pouvais deviner qu'il avait changé de petite amie, ou le nombre de filles avec qui il fricotait, rien qu'au parfum qui régnait à l'intérieur de sa voiture. En sus du mètre soixante-dix-huit et des cheveux longs, il exigeait qu'elles soient, ou aient été, étudiantes dans un établissement artistique, de préférence issues d'un milieu intellectuel et enfin qu'elles soient mieux embouchées que lui. À Zhang Guodong qui lui demandait pourquoi les cheveux longs, il a répondu qu'il n'aimait pas voir leur visage pendant les rapports. Il les prenait en levrette et quand leurs cheveux pendaient il avait l'impression de faire du cheval. Ignorant ce qu'ivresse veut dire, il insistait à la fin de nos beuveries pour raccompagner tous ceux qui avaient passé leurs limites. Je me souviens qu'un soir, une danseuse l'a appelé tous les quarts d'heure pour qu'il vienne la chercher et à chaque fois il répondait d'accord, je suis là dans une demi-heure, mais comme il a ramené tous les ivrognes chez eux, le temps a filé et elle a fini par lui annoncer que ce n'était plus la peine, elle avait trouvé quelqu'un d'autre. «Très bien», a-t-il répondu. Puis en raccrochant : « Et merde. » Les filles ne comprenaient pas ce qu'il cherchait.

Plus tard, sa Mercedes n'a plus senti l'eau de toilette. Il rayonnait : «Tu sais ce qui est vraiment top, aujourd'hui ? Les MBA d'Harvard ! J'ai viré les filles et j'en ai embauché trois qui venaient juste de rentrer. Un était à la Banque du peuple, l'autre à Wall Street et le troisième chez Sinochem. Ils sont logés, nourris, je les paye trois cent mille dollars par an et je fais encore des économies ! Leur anglais est tellement bon (ils le parlent comme un poisson rouge fait des bulles) que je ne comprends pas un mot, ils savent se servir d'un ordinateur, Excel et tout ça. En deux clics ils calculent combien j'ai gagné en trois ans, en quatre combien je vaux. Jamais je n'avais su combien je valais ! C'est pas formidable, ça ? »

Je n'ai pas eu le temps de courir avec lui les ventes aux enchères pour étudier le prix des dragons de jade, il est mort dans sa baignoire. Ce fut donc cela, le dernier « pied » pris dans sa vie : embaucher trois MBA de Harvard.

Tourné vers l'est et bordé de hauts peupliers blancs, le terrain de sport faisait face au soleil. Un garçon et une fille dirigeaient l'exercice du haut de l'estrade, l'air sévère et le geste exact ils nous guidaient au rythme de la musique que diffusait la radio. Cette tâche exigeait une grande rigueur, des mouvements parfaits et une idéologie infaillible. Ceux qui l'ont accomplie sont devenus des étoiles du chant, du sport ou du cinéma. Comme dit Zhang Guodong : « Qu'est-ce qu'il a de spécial, celui-là ? Depuis le temps que je connais son cul ! » Émeraude m'a écrit d'Afrique que c'était notre faute si elle n'avait pas percé. À force de la voir traîner avec des types de notre acabit, on en avait déduit qu'elle n'avait pas une bonne idéologie, elle n'avait jamais pu diriger la gymnastique et manquait de tonus. Du coup la seule pensée créative qu'elle ait inspirée aux metteurs en scène de la nouvelle vague avait été de coucher avec elle et il en résultait que dans l'incapacité de se faire un nom, elle n'avait pas non plus réussi à mettre le grappin sur un de nos millionnaires locaux. L'un dans l'autre j'avais flanqué son existence par terre et lui devais un nabab. Mais là encore, c'est une autre histoire.

Comme les filles étaient plus petites, à notre grand soulagement elles étaient devant. À cet âge les garçons sont tout en longueur, des échalas mal dégrossis dont le spectacle n'a rien de réjouissant. La morve leur pend au nez et un vague duvet commence à poindre au-dessus de la lèvre. On se croirait à la saison du Réveil des insectes [1] lorsque les bestioles sortent nous tourmenter au premier coup de tonnerre : un orage a dû éclater dans leur corps, car des pustules de toutes les couleurs leur poussent sur la figure. Rouges, blanches, jaunes, violettes… plutôt voyantes. De même qu'il arrive après la pluie qu'on entende les bambous pousser, ils se réveillent pour découvrir que leur caleçon a rétréci. Aussi les mères, en bonnes ménagères, refusent-elles de leur acheter le moindre

1. Une des vingt-quatre périodes de l'année lunaire, qui commence aux environs du 5 mars.

vêtement décent : ils sont laids et leur tenue est laide, c'est l'accord parfait. Les filles se font au contraire de jour en jour plus éclatantes. Leurs joues évoquent les fleurs du printemps, leurs seins des pêchers bourgeonnant, leurs cœurs recèlent des secrets un peu troubles qui ajoutent à leur aura de mystère. Et les mères, tout en se répandant en allusions quant au danger infini que représente le sexe masculin et à la nécessité de rester pure, leur enseignent l'art des couleurs et des habits qui leur permettront plus tard de séduire. Toutes les filles sont jolies à cet âge. Même la moins gracieuse peut être émouvante.

Liu Jingwei, Zhang Guodong et moi, tout au fond, avions devant nous le soleil de dix heures, une rangée de peupliers blancs et une dizaine de filles. La musique a retenti, le soleil chauffait, le vent soufflait, les filles ont levé les jambes et les bras. Les rayons matinaux ont enluminé leurs chevelures de reflets marron, les contours de leurs silhouettes sont devenus flous, leur peau transparente autour du noyau sombre de la chair et des os. On aurait dit des jades dans une lumière ardente : d'abord la néphrite originelle, d'un jaune olivâtre et diaphane, puis les blanches fleurs de sa texture, les calcifications crayeuses, et enfin les tachetures et mouchetures. Il me faudrait encore attendre plusieurs années avant que je commence, sous la houlette de Kong Jianguo, à m'y m'intéresser. « Quand tu te réveilles le matin, touche-toi, disait-il. Si ton engin n'est pas dressé comme un pilier vers le ciel, c'est le début de la décadence. Pour certains cela commence à trente ans, pour d'autres à quarante. De toute façon, c'est le moment de changer de centre d'intérêt : laisse tomber les filles et passe aux jades. Les pièces nouvelles sont des vierges, juste ciselées elles ont un éclat mauvais qui blesse les yeux. Celles de l'âge d'or des Qing sont des belles de vingt ans. Quand elles en ont trente, c'est ce qu'on appelle le "grand œuvre" des Song, des Yuan et des Ming. Quarante ? Alors là, c'est le vrai, le vieux, la beauté absolue, la néphrite des Shang et des Zhou. Tu vois, les jades sont comme les femmes, il faut leur tenir compagnie. Tu dois les chérir et les caresser trois fois par jour, tu peux les porter, les pendre à ton cou et les mettre sous ta couette. Mais finalement, c'est mieux. Parce qu'un jade ne te fait pas de scène, ne te plaque pas, ne t'oblige pas à bander trois fois dans la nuit et tu peux l'offrir à ton fils. L'un dans l'autre, tu ferais bien d'arrêter de fantasmer sur Zhu Shang ou Émeraude, j'ai vu aux puces un tigre vert du début des Shang de plus de dix centimètres de long, une splendeur ! Crois-moi c'est une pièce rare, même dans les catalogues on ne trouve que des fragments. Ça vaudrait la peine de le mettre aux enchères pour qu'il finisse dans un musée. Allez tiens, prépare l'argent et on le ramène demain. » À quoi j'ai répliqué que lorsqu'on était un voyou, il fallait se comporter comme tel, pas comme une rock-star ou l'avant-garde culturelle. Sinon j'allais me mettre à hurler !

Chaque fois que je repense au terrain de sport du lycée et à ces rangées de corps féminins translucides, je revis mes premiers pas dans le domaine des pierres et entends les insultes dont Kong Jianguo m'abreuvait : « Arrête de le tripoter avec tes pattes pleines de gras, tu vas le souiller et on ne l'aura plus jamais propre. Un véritable anneau, on le porte sur soi, on le fait mijoter avec son corps, on y pense avec sa tête. Ce ne serait pas un mal, plutôt que de la bourrer de littérature cochonne. Toutes les deux semaines tu le mets à tremper dans de l'eau chaude et tu frottes avec un chiffon blanc épais. Tu gâches les belles choses, à tout le temps les palper avec tes doigts crasseux. » Ce que je ne comprends pas, c'est pourquoi il ne m'a pas également enseigné cette vérité fondamentale : les filles, comme le jade, ne doivent pas être touchées avec des mains sales.

Zhang Guodong n'aimait pas la séduction. Lorsqu'il était torse nu sur son lit, vêtu d'un slip jaune plus foncé en son milieu, on pouvait compter ses côtes. Sa cage thoracique s'élargissait et se rétrécissait comme un accordéon au rythme de sa respiration.

– Qu'est-ce qu'elles ont de spécial ? C'est juste des filles ! a-t-il un jour proclamé à l'adresse de ses compagnons de chambre. Elles sont moins fortes que nous et elles mangent moins. Sans elles le roi Yan des Zhou ne se serait pas moqué de ses vassaux, sans elles Lü Bu n'aurait pas assassiné Dong Zhuo, sans elles Troie n'aurait pas brûlé, si leur nez était plus court, la face du monde n'en serait pas changée…

Tout le monde a pris un papier, un crayon, et nous avons vulgarisé la pensée qu'il venait d'exprimer en en tirant une mâle et audacieuse ritournelle :

> *Non à la musique, nous voulons des cris*
> *Non à la raison, nous voulons du fric*
> *Non aux gentlemen, voyous nous serons*
> *Non aux lycéennes, les fées nous aimons*
> *Pourquoi aux fayotes ces sinistres têtes ?*
> *Pourquoi dans la nôtre mettre un tel fourbi ?*
> *Après tant de siècles viendra-t-il enfin*
> *Le grand empereur qui brûle les bouquins ?*
> *Oh dis-moi la miss à face fermée :*

Seul un millionnaire peut-il te toucher ?
Apaise mon cœur, accepte d'avouer
Si tu vas parfois pisser et chier ?

La ballade s'étant répandue, le conseiller d'éducation a enquêté. Quand, à force de tendre l'oreille dans les couloirs, de recopier les inscriptions sur les murs des toilettes et de manier la carotte et le bâton avec les petits, il a fini par avoir le texte entier, il était excité comme un pou. Aussi émoustillé que lorsque, du temps de sa jeunesse, il avait fini par comprendre ce qu'on caressait pendant les *Dix-Huit Attouchements* et ce qui se racontait pendant les *Cinq Veilles*[1], il a juré qu'il pincerait l'auteur et lui ferait payer cher. Serment qui resta longtemps lettre morte...

Zhu Shang n'était pourtant pas arrogante. Souvent les yeux baissés et la tête courbée, dans les couloirs elle allait d'un pas pressé et avait tendance à se faire discrète sur sa chaise. Ce n'est pas auprès d'elle que j'ai appris la suffisance féminine, sur la bêtise et la fatuité des garçons par contre, pléthore. Les moins audacieux se contentaient de hausser le ton et de changer de sujet quand elle semblait à portée d'oreille, des toilettes publiques on sautait au siège du Gouvernement et au palais de l'Assemblée du peuple en se donnant des airs doctes et solennels, on était la sagesse incarnée. Ceux qui avaient un peu plus de toupet l'abordaient de temps à autre. Ils lui empruntaient des livres pour lui rendre : une deuxième occasion de parler avec elle et un sujet de discussion. D'autres, plus sournois, enfonçaient un bout d'allumette dans la serrure

1. Chansons érotiques.

de son vélo. Quand elle voulait rentrer chez elle, plus elle poussait et plus ça coinçait : le malotru proposait son aide en pestant contre la méchanceté du monde et la déliquescence de la société. Si notre vie, de l'enfance à l'âge adulte, était un jeu vidéo, il ne manquerait pas de difficultés : comment réagir vis-à-vis des parents, composer avec ses frères et sœurs, s'amuser avec les copains. Ensuite il faudrait se débrouiller avec une Zhu Shang, ce salaud de conseiller d'éducation et ce crétin de prof de maths. Après viendraient le patron, l'épouse, puis les enfants qui passent leur journée à faire du ramdam et les parents qui vieillissent. Aucun garçon n'a jamais résolu le problème Zhu Shang. Certains se sont inventé l'excuse d'avoir au moins essayé, d'autres l'ont oubliée, d'autres encore lui ont cherché un ersatz. Curieusement, personne n'a donné la réponse correcte, mais tout le monde a franchi le cap. Le concepteur du jeu devait manquer de rigueur, il n'a pas fait les choses sérieusement.

Lorsque j'étais las de mes livres, je les fermais et cherchais le meilleur angle pour la contempler discrètement. Elle était un tel plaisir pour l'intellect, comme les étoiles la nuit lorsque après avoir beaucoup lu, on tourne son regard vers la fenêtre. Il n'y avait ni la télé ni Internet autrefois, nous vivions comme les anciens : nous regardions les astres du ciel, la fille à notre table, découvrant dans les choses les plus simples une infinité de détails complexes et de règles ordinaires.

À son arrivée dans la classe, elle avait les cheveux aux oreilles, longs, fins et souples ils lui tombaient désormais sur les épaules. Zhang Guodong a un jour insisté pour s'asseoir à ma place pendant l'étude et je me suis retrouvé derrière elle. Ainsi qu'on voit lors des pluies de printemps la jeune fille qui passe d'un pas pressé sous son parapluie et le vieil homme qui s'obstine à vendre sous une bâche des œufs au thé et des cigarettes, j'apercevais entre ses mèches les poulies et leviers d'un livre de physique. Intimement persuadé que cette chevelure était plante, douce, lisse et moite, de mon regard et de ma pensée je l'ai arrosée, j'étais l'eau et lentement elle allait pousser, de plus en plus noire, soyeuse et fine. J'entendais le bruit des branches en train de croître, je sentais le parfum des feuilles qui naissaient. Si plus tard, incapable de résister à mes impulsions, j'ai souvent promené mes grosses pattes sur cette chevelure, c'est parce que mes doigts n'ont pas une bonne mémoire tactile, il leur fallait la caresser des milliers de fois pour engranger le souvenir des sensations complexes qu'elle leur procurait. De nuit, de jour, dans le vent, sous la pluie, dans la combinaison des deux, au printemps, en été, en hiver ou à l'automne, suivant les variations de son humeur et même la couleur de sa robe, à chaque fois je la percevais de manière différente. C'est en touchant et touchant encore que je l'ai apprise et mémorisée. Si j'avais pu être aveugle ! J'avais dû lire et relire des dizaines de fois les listes de vocabulaire anglais de l'école Elite pour les retenir, au point que les pages étaient noires et huileuses, combien de temps me faudrait-il pour savoir Zhu Shang ? Kong Jianguo racontait des bêtises, avec son histoire de pilier dressé vers le ciel au matin, c'était le jour où le mien ne se lèverait pas quand je caresserais ses cheveux que j'aurais vieilli ! Si j'y mettais tout mon cœur, le jour où elle ne serait plus dans mes bras mais à l'autre bout du ciel, le jour où je ne pourrais plus les toucher, mes mains imprégnées de souvenirs n'auraient qu'à se tendre pour effleurer le vide, et de nouveau elle serait sur mon cœur, ses cheveux glisseraient contre ma paume. En moins de temps qu'il n'en faut pour le dire mon pilier se dresserait, mon gland gonflé ouvrirait des yeux furibonds, je déborderais de principe yang et d'une iné-puisable vigueur. J'inspirerais à fond et prendrais entre mes mains ma tête qui flotterait tel un ballon au bout de mon corps à l'horizontale.

Des années plus tard, je lui demandai :

– Quel âge faudra-t-il que j'atteigne pour que de telles sensa-tions s'effacent de ma mémoire ? Je suis étudiant en médecine : je sais que même si je perds les mains leurs souvenirs resteront.

– Tu m'as interdit de me couper les cheveux, m'a-t-elle répliqué. Leur longueur actuelle te convient-elle ? Je passe mon temps à refuser les suggestions des coiffeurs, impossible, leur dis-je, un certain Qiu Shui s'y oppose.

Sa crinière était toujours noire, soyeuse, souple, elle lui caressait les épaules.

26. Les saules du troisième périphérique

Une besace gonflée à l'épaule, Zhang Guodong m'a un jour entraîné avec des airs de conspirateur dans une chambre déserte. On aurait dit un pilleur de tombes pressé de revendre un linceul d'or et de jade, fruit de sa dernière rapine. Il a déballé devant moi un étalage de chairs luxuriantes.

– Quatre *Penthouse*, un best-of de *Play-Boy*. Cela fait un certain temps que tu es assis à côté de Zhu Shang et n'as plus de magazines de cul, non ? Tu as donné deux vieux numéros à Sang Baojiang, les cinq que je te propose sont neufs. Tu fais un sérieux bénéfice.

— Où as-tu trouvé ça ?

— T'occupe. De toute façon l'origine est malhonnête. N'y pense plus, regarde cette photo : la fille a les yeux verts et les poils dorés, tu avais déjà vu ça ? Allez, il n'y a pas à réfléchir, aide-moi à rédiger cette requête.

— Si je ne fais pas l'échange, tu ne me laisseras pas les regarder ?

— Non. Sans cette histoire, si, bien sûr. Mais maintenant que je te l'ai proposée, si j'accepte de te les montrer même si tu refuses, tu seras sûr de les voir de toute façon, alors pourquoi est-ce que tu dirais oui ?

J'ai verrouillé la porte, sorti le paquet de cigarettes caché sous l'oreiller, en ai allumé une et la lui ai tendue. Puis j'en ai allumé une pour moi et me suis assis sur la table devant le lit pour lui expliquer, en espérant qu'il comprendrait.

— Quand je suis à côté de Zhu Shang, s'il fait beau, que la fenêtre est ouverte et qu'il y a du vent, les pointes de ses mèches effleurent mon visage comme les saules de la contre-allée sur le troisième périphérique quand j'y passe au printemps en vélo.

Je l'ai regardé avant de reprendre :

— Tu saisis ?

— Je vois.

Il a repris son sac.

— Jettes-y un œil, mais c'est un prêt, pas un don. Je retourne à l'étude, il paraît que l'Hirondelle a un nouveau chemisier avec des dragons dessus, je ne veux pas rater ça.

Plus tard, une fois devenu metteur en scène, il a tâté de l'écriture de scénario. Le genre feuilleton télé : des histoires de meurtres, des affaires louches à la cour impériale ou des fictions inspirées de la vie des célébrités. Moi qui vénérais le gros Wang Jing, un producteur hongkongais, je le surnommais «roi du navet». J'espérais qu'il apprécierait et me présenterait quelques starlettes ou jeunes espoirs féminins qui tournaient dans ses films. L'une d'elle, originaire du Nord-Est et venue tenter sa chance à Pékin, ressemblait un peu à la grande Che : elle me plaisait bien, avec ses bracelets de cheville. Jouer la comédie était pour elle une mission sacrée, à chaque prise de vue elle se donnait des airs, roulant les yeux comme une chanteuse d'opéra ou haussant les épaules comme un footballeur américain. Mais lorsque le sobriquet lui est parvenu aux oreilles, il a été complètement abattu. En son for intérieur il était un artiste, disait-il, c'était ce qui avait séduit sa femme, elle ne l'aimait pas pour son argent. Si à présent il tournait des cochonneries, c'était sous pression, la faute à la société. Il ne fallait pas l'appeler le «roi du navet» : cela risquait de lui coller à la peau et il n'arriverait plus à s'en défaire. Lui qui se souvenait encore de la tête que j'avais faite devant les revues cochonnes et de l'analogie entre Zhu Shang et les saules du troisième périphérique ! Cela l'avait marqué, s'il trouvait les fonds il en ferait un film qui ne rapporterait pas un sou ! En fait, il avait dans l'idée d'emprunter à Liu Jingwei. Il l'a invité dans un salon de thé à l'ouest de la Cité interdite et m'a traîné à sa suite.

— «Il bruine sur le fleuve, et les herbes sur l'eau sont comme le sol uni ; Six Dynasties ont passé comme un rêve, et les oiseaux pleurent en vain [1]», a-t-il attaqué, dans l'espoir qu'en un tel lieu, au pied du palais impérial, Liu ressentirait la vanité de la fortune et du pouvoir.

1. Poème de Wei Zhuang (836-910), époque Tang.

Surtout, il pensait qu'il serait plus enclin à accepter de financer l'aventure quand il aurait bien bu et que sa vessie se manifesterait. Une jeune fille vêtue d'une cotonnade bleue semée de fleurs vertes, à la technique impeccable à force de répétitions, nous a expliqué comment déguster notre breuvage. En vrai nabab, Liu a posé son attaché-case Dunhill sur la table, s'est tourné vers elle et lui a dit :

— Vous êtes du Gansu, non ? Vous avez appris la magie ?

Puis sans lui laisser le temps de répondre s'est tourné vers Zhang Guodong :

— Bon, alors ce film. Il va rapporter du fric ?

— Non.

— Tu veux dire que c'est une entreprise de salut public ?

— Non. Tout au plus au bénéfice de Qiu Shui et Zhang Guodong.

— L'actrice principale couchera avec moi ?

Las, celle que Zhang avait en tête était une fille à principes, elle ne couchait pas avec la pègre.

— Je pourrai jouer le premier rôle ?

Impossible, c'était un adolescent avec une quête, pas un voyou. Liu Jingwei a avalé une gorgée de l'Oolong de première qualité que lui avait commandé Zhang et dit :

— Merde ! Depuis le temps qu'on se connaît tu as une aussi piètre opinion de moi ? Tu me prends pour un con ? Tu voudrais que j'investisse là-dedans ?

Par la suite, Zhang Guodong a réalisé une série historique qui a fait un malheur, la télévision nationale et les chaînes provinciales se la sont arrachée. Je vivais alors aux États-Unis mais les cassettes se trouvaient dans toutes les boutiques vidéo de Chinatown. Qu'en pensait-il? ai-je demandé au patron de l'une d'elles. Oh! C'étaient surtout les blacks qui étaient demandeurs, il y avait dedans certaines scènes dénudées où l'empereur prenait son bain ou se mettait au lit avec ses concubines qu'ils passaient et repassaient en boucle: jamais ils n'en avaient vu une si petite, un vrai mystère! Zhang a absolument tenu à ce que je photographie le mec en train de tenir la cassette et de lever le pouce sur fond de McDonald's et de drapeau américain. J'ai dû débourser dix dollars pour soudoyer deux grands Noirs qui se sont plantés de chaque côté du patron en souriant avec concupiscence. J'ai pris une dizaine de clichés, les lui ai envoyés en précisant que ma mère avait beaucoup d'admiration pour lui. Dans l'incapacité d'être aux États-Unis le centre de la vie sociale du quartier, elle étouffait. Ses seuls divertissements étaient la télé et les vidéos, et bien que brûlant de savoir si le jeune homme épousait à la fin la sœur de l'empereur, elle refusait énergiquement de regarder avant l'heure le dernier épisode. Ma mère était la téléspectatrice de tous les fantasmes, m'a-t-il répondu, les gens comme lui et moi qui ne regardent pas la télé ne portent pas le même ciel, c'est le fossé des générations. Il disait aussi qu'à Pékin le printemps était de retour et que les saules sur les bords du périphérique avaient verdi. Il avait assez d'argent pour ne plus avoir besoin de celui de Liu Jingwei, il s'était lancé dans la rédaction du scénario, enfin il allait réaliser son rêve. N'avais-je point envie de rouvrir mes blessures, de revivre mes anciennes amours et de l'écrire avec lui? J'aurais mon nom au générique.

27. Nos préférences

Après avoir échoué à négocier l'échange de places, Zhang Guodong est souvent revenu discuter avec moi. Nos conversations tournaient autour des femmes, en général, et de Zhu Shang, en particulier. C'est fréquent, chez les garçons de cet âge : durant le long processus de leur éducation, ils sont plus intéressés par l'autre sexe que par les examens et l'avenir. Pourtant, le mot « examen » au sens large s'applique aussi aux filles, et si nous en parlons autant, c'est pour connaître le sujet à fond et passer l'épreuve sans problèmes. Liu Jingwei ne participait jamais à ces conciliabules, d'après lui j'avais toutes les qualités pour réussir mais je réfléchissais trop. Il n'aimait pas étudier, il n'aimait pas les examens, pour lui les réponses devaient être standard et sa philosophie existentielle se résumait la plupart du temps à un « Et alors ? ». Quand j'étais perdu, il m'expliquait : « Une fille te plaît ? Tu te la fais, si elle n'est pas contente tu la tues et tu te tires. Elle te plaît encore ? Tu recommences ! » Je répondais que sa réflexion était trop profonde, j'étais limité, sans génie, si je ne bûchais pas, si je ne me préparais pas, je ne comprendrais jamais. « Eh bien, je serais mort avant la fin de tes études », me rétorquait-il. C'est effectivement ce qui s'est passé. Quand j'ai assisté à son enterrement, je venais juste d'achever le premier jet d'une thèse sur le cancer des ovaires dont la date de soutenance n'était pas encore fixée.

Le coin le plus sombre de la cour du lycée se situait à proximité de la fabrique de maltose. De là, sur les coups de huit, neuf heures, lorsque la puanteur s'estompait, on pouvait admirer à l'autre bout du terrain le blanc chatoiement des peupliers. Zhang Guodong m'y a entraîné un soir. Il a sorti une cigarette et l'a allumée d'un geste expérimenté :

– Assez bossé, il faut qu'on cause.

– De quoi ?

– Qui préfères-tu, parmi les filles du lycée ?

– Comment savoir ? Je ne les ai pas essayées.

– Pas la peine d'aller si loin, je veux juste ton impression.

– Mais on ne peut pas les classer comme ça ! Les roses sont belles, mais pour la soupe elles ne valent pas le chou-fleur !

– Et si on parlait de Zhu Shang ?

– Que veux-tu en dire ?

J'ai levé les yeux pour regarder les volutes de fumée grise qui s'échappaient d'entre ses lèvres, une étoile filante est tombée, elle a traversé la nuit et s'est perdue dans des ténèbres innommables, semblable à la fleur fanée lorsqu'elle quitte sa branche et disparaît dans l'étang. Mille ans plus tôt Lü Zhu, la Perle verte, se jetait de sa fenêtre, aujourd'hui en dépit des circonvolutions de l'esprit, des sentiments s'incrustent dans nos cœurs sans que nous parvenions à les en extraire. Beauté et tristesse.

– Qu'est-ce que tu lui trouves ?

– Elle est chouette.

– Concrètement ?

– Elle est soignée.

Le coin était protégé par un bosquet de pins à écorce en dentelle, si bien que même en hiver il n'y avait jamais de vent et il ne faisait pas froid. Combien d'adolescents et d'adolescentes s'étaient ici étreints ? Ils faisaient leurs premiers pas, personne ne les avait instruits, et ils s'embrassaient, sans les lèvres et la langue, juste des dents qui s'entrechoquaient en claquant.

– C'est tout ?

– Tu crois que c'est facile ? Toi, si tu donnes aux filles l'impression d'être bien dans ta peau, ça se fait pas tout seul, si ?

– Exact. Mon style, c'est du boulot. Il faut se laver deux fois par semaine et se brosser les dents chaque jour. Et puis lire, lire, lire : « Ces essais, ces poèmes magnifient notre esprit », comme dit le poète Su Dongpo. Et bien sûr, réfléchir. Beaucoup. Sinon on est superficiel. Tu as raison, ça se cultive. Mais est-ce que Zhu Shang vaut plusieurs *Play-Boy* ? Honnêtement, je t'ai proposé cet échange par pure curiosité. Je me suis donné du mal pour les dénicher, alors d'accord : si je te les avais donnés ils auraient été à toi, mais j'avais à peine ouvert la bouche que je le regrettais. J'ai eu peur que tu acceptes. Tant qu'à faire, autant les troquer contre quelques cartouches de cigarettes.

– Elle les vaut. Du moins je le pense.

– Tu n'as pas envie d'aller plus loin ? De l'attirer dans ta chambre pour voir comment elle est faite ? Tiens-moi au courant, tu regardes d'abord, pendant ce temps je prépare les nouilles et après c'est mon tour.

– Il y a assez de monde à ses trousses. Inutile de rajouter des fleurs sur un brocart.

– C'est vrai, on dirait qu'il suffit d'être un mec pour la draguer. Même moi je peine parfois à faire taire mes mauvaises pensées. N'empêche, cela doit valoir le coup de la serrer de près et d'arracher son amour à la pointe de l'épée. Sinon, comment montrer qu'on est de l'étoffe dont on fait les héros ?

– Et alors ? Aucun intérêt… Il te reste une clope ?

– Tu as recommencé? Je croyais que tu avais arrêté.

– C'est la première.

– Persévérer sur la voie de la perversion, quoi de plus excitant? Dommage, je n'ai que des Hongmei, pour une première il aurait fallu du bon tabac. C'est comme la virginité : un puceau qui l'a perdue et passe par un cours d'idéologie politique redevient puceau, s'il doit de nouveau tomber dans le vice, autant que ce soit avec une fille qui ait la classe de Zhu Shang!

Zhang Guodong et Liu Jingwei avaient été des précurseurs sur le plan de la cigarette. Kong Jianguo leur avait appris et eux, à leur tour, m'avaient initié. C'était chez moi, j'avais ouvert la fenêtre et tiré les rideaux.

– Je sais, pas la peine de m'expliquer, avais-je déclaré.

– Mon œil!

Liu Jingwei avait ouvert un paquet de Marlboro, une rareté à l'époque. D'une pichenette la cigarette était sortie toute seule.

– Allume et tète, m'avait intimé Zhang Guodong du haut de son expérience. Il faut la coincer entre deux doigts, pas trop près ni trop loin du bout. Après tu la diriges légèrement vers le haut, quoique les Marlboro aient sur les Daqianmen l'avantage de ne pas s'éteindre quand tu ne tires pas dessus. Elles tiennent plus longtemps que ton sexe! Si on fume, il faut que ça en impose aux petits cons qui passent et donne envie aux nanas de te jeter des regards en coin. Arrête de mâcher ça comme une canne à sucre, Qiu Shui! Tu as à peine tiré une bouffée que tu craches, tu gâches la marchandise! Il faut avaler la fumée, elle te monte à la tête, tu as l'impression d'être génial, puis tu la fais doucement ressortir par les narines.

Bon, une fois que j'ai su, je leur ai demandé comment il fallait s'y prendre avec les filles.

— Tu joues au con, ou quoi? s'est étonné Zhang Guodong.

— Pas du tout. La bagarre, je connais. Il suffit d'être fort. D'une main tu immobilises le salaud d'en face, de l'autre tu brandis une brique en lui demandant s'il est prêt à faire amende honorable. Non, tu lui défonces le crâne, oui, c'est toi le patron. D'une manière ou d'une autre tu as gagné. Le vieux voyou a été clair là-dessus. Mais les filles? Tu engages la conversation, et après? Tu l'emmènes dans une pièce sombre? Vous vous déshabillez? Et après?

Même après mûre réflexion, Zhang Guodong n'a pas su répondre. Il a fallu que Liu Jingwei fasse la connaissance d'un gosse de riches qui avait un magnétoscope à la maison: ils ont regardé avec lui une adaptation vietnamienne de *Fleur en fiole d'or* et sont venus tout excités me raconter:

— Après tu chauffes et tu gonfles, tu te mets à poil et le reste vient tout seul! C'est comme les clopes, pas besoin d'apprendre!

À présent, ma cigarette à la bouche, je sentais l'amertume me monter à la tête. Comme si mon cœur avait débordé de sensations et que j'aie pu toutes les recracher avec la fumée. Il y a tant à comprendre, en dehors des livres.

Zhang Guodong aurait-il apprécié que je lui dise quelques vers?

— J'écris, en fait! ai-je signalé.

— Et moi je suis cinéaste!

— Je suis un poète, en dépit de ma tête de boucher!

— Très bien. Mais je te préviens, si ce n'est pas cochon tu

n'auras pas un sou, et pas un sou non plus si tu ne donnes pas de la voix! J'ai bondi et improvisé une ritournelle aussi puérile que burlesque.

Pour prendre de mauvaises manières fumerai,
Pour grandir c'est promis m'encanaillerai.
Et plus vieux mon papa je haïrai
Et plus vieux mon papa je tuerai.
Ma maman j'aimerai
Et ma maman je plaquerai.

Depuis j'ai mûri et quand je déclame des vers, ce n'est qu'après cinq bouteilles d'erguotou. Souffrant d'un déficit en lactate déshydrogénase je ne peux consommer le lait que sous forme de yaourt, mais pour l'alcool, pas de problème : avec un verre le rouge me monte aux joues, sans que je sois jamais saoul. Même chose avec les filles : mes pommettes ont beau s'enflammer dès que je leur caresse les mains, cela ne m'empêche pas de leur faire les déclarations les plus obscènes. Un jour, j'étais déjà adulte, de ma poche j'ai sorti la coupe de jade datant du néolithique que m'avait offert un antiquaire très riche. Corps blanc, reflets os de poulet, moulures fines, en certains points elle éclatait de lumière. «Arrête de la regarder comme cela, m'avait dit le commerçant, la pièce est authentique, j'en suis sûr, mais personne n'en veut et je n'en tirerai pas un sou car personne n'est capable de la copier.» Aussi, dans ce restaurant de Dongsi, m'en suis-je servi pour boire. Zhu Shang, assise en face de moi, m'a prévenu qu'elle conduisait, j'avais donc l'autorisation de boire tout mon saoul. Cinq bouteilles plus tard, le petit animal tapi au fond de mon cœur s'était réveillé. Une flamme rouge dans le regard, je lui ai demandé : « Je t'ai manqué, ces temps-ci ? » Elle a brièvement levé la tête de ses tripes de porc et l'a secouée en souriant. Et comme j'insistais : « Tu ne veux pas me le dire ou tu n'as vraiment pas pensé à moi ? », elle a fait l'effort de s'arracher à son assiette pour répondre : « À notre âge ? Qu'est-ce que tu t'imagines ? » J'ai commandé une sixième bouteille et repris : « Alors, je t'ai manqué ou pas ? » Elle a appelé la serveuse pour demander une nouvelle portion de tripes et admis : « Pourquoi aurais-je eu envie de te voir si je n'avais pas pensé à toi ? » Sous le coup de la joie, la bestiole qui hante mes ventricules m'a fait sauter sur la table et mes lèvres se sont mises à déclamer : « Dehors il y a deux arbres, l'un est un sophora, l'autre est un sophora. Dedans il y a deux plats, des tripes de porc et des tripes de porc. Devant il y a deux filles, l'une est Zhu Shang, l'autre est aussi Zhu Shang. » J'avais beau être debout sur la nappe, avec mes petites lunettes rondes, ma chemise blanche, mes yeux rouges et mon nombril à l'air, je n'ai rien renversé.

Mais ce soir-là, dans le coin le plus sombre de la cour du lycée, je tirais sur la Hongmei de Zhang Guodong, recrachais la fumée et récitais vers après vers un poème burlesque comme si item après item j'épluchais un questionnaire à choix multiple.

— Tu gaspilles la marchandise à fumer comme ça.

Zhang Guodong a aspiré une grosse bouffée, l'a avalée puis lentement ressortie par les narines. Les volutes grises ont tournoyé dans les ténèbres.

— Enfin, si ça te dit, ce n'est pas moi qui vais t'en empêcher. Tu as tes chances.

– Comment ça ?

– Tu lui plais.

– Pourquoi ?

– Tu aimes lire et tu t'immerges dans tes lectures au point d'être parfois ce que tu lis. Celui qui est fasciné par ce qu'il lit peut être fascinant.

– Que peuvent faire ensemble deux personnes qui n'ont rien en commun ?

Mon regard est tombé sur ma main gauche, maigre, sèche et jaune, cette main dont les doigts se couvraient de rides concentriques aux articulations lorsque je les posais à plat. On aurait dit une patte de poulet ou de canard sur l'étal du charcutier. En quel endroit du corps de Zhu Shang une telle griffe devrait-elle se poser pour qu'elle se sente bien entre mes bras ?

Sur le terrain de basket quelques acharnés jouaient encore à la lueur des réverbères. Plus loin, vaguement, un couple de promeneurs donnait l'impression de parler géométrie analytique.

– Quand c'est les autres, tu comprends tout, et quand c'est toi, une vraie taupe ! Essaye et tu verras. Il y a des trucs que personne n'a besoin de nous enseigner, une fois qu'on est au lit ça vient naturellement. Tu n'as jamais fait de misères à personne et personne ne t'en a jamais fait, pourquoi es-tu si niais dès qu'il s'agit de Zhu Shang ? Rien que dans ce lycée, il y a autant de filles qui se cachent derrière les arbres pour t'observer qu'autrefois de démones qui voulaient bouffer du moine.

– Mais si elle n'a pas envie, comment faire ?

– Eh bien tu lui dis : Mettons qu'il ne s'est rien passé et buvons un coup.

J'ai tiré une nouvelle bouffée de ma cigarette et après un temps de pause énoncé :

– Ça ne m'intéresse pas.

Je pensais à ma petite chambre. Quand je rentrais chez moi après avoir ingurgité à la hâte quelques cuillerées de riz, je verrouillais ma porte et cessais d'appartenir à cet univers. Je fermais les rideaux pour que leurs grosses pivoines rouges m'isolent de toute luminosité, y compris celle des étoiles. J'allumais la lampe de chevet et ses rayons jaune sombre réchauffaient les livres dont la pièce était bondée. Les piles montaient jusqu'au plafond : ma mère avait toujours dit qu'il ne fallait pas économiser là-dessus, que j'achète ce qui me chantait, plus on lit et plus on a de piété filiale. La littérature n'est pas comme les antiquités, même si l'on n'est pas issu d'une vieille lignée on peut inviter la meilleure chez soi. Planté à côté de ma sœur devant les hautes étagères de la librairie de Liulichang, je lui demandais :

– Maman t'a donné assez d'argent ?

– Oui, répondait-elle.

Alors je réclamais les seize tomes des œuvres complètes de Lu Xun et les vingt-cinq de l'intégrale de la poésie tang. Le premier était bien le plus grand écrivain du siècle écoulé, n'est-ce pas ? Et rien n'avait jamais surpassé la poésie Tang au cours des deux derniers millénaires, n'est-ce pas ? Le vendeur, un homme au crâne rasé, me répondait que du moment que j'étais disposé à les acheter, il n'y avait évidemment rien de mieux, c'étaient d'ailleurs les ouvrages qui comptaient le plus grand nombre de tomes et ils coûtaient cher : soixante yuans pour Lu Xun, cinquante-huit cinquante pour les Tang. Est-ce que j'avais de quoi payer ? Oui ! fusait la réponse. Et comment allais-je porter tout ça ? Je montrais du doigt ma sœur dont les bras robustes émergeaient de ses manches courtes : Elle est forte ! Ce jour-là nous avons entassé tous les volumes dans une valise pliante et pris le métro pour aller de Hepingli à la gare de Pékin, puis le bus jusqu'au lac de l'Unité, où une roue de la valise a cassé, enfin nous avons déballé nos achats à la maison. Ma sœur a dit qu'en récompense, je devais promettre de lui noter dans un cahier les morceaux qui lui serviraient pour ses rédactions. « D'accord, ai-je répondu, dès qu'un passage me plaît je te souris. »

Il me suffisait de disposer quelques tasses pour que Du Mu, Li Bai, D.H. Lawrence et Henry Miller viennent s'asseoir avec moi. Puis je versais le thé et le clair d'une lune millénaire flottait dans la pièce. De les sentir si proches anéantissait toute distance entre leurs écrits et moi. De leurs œuvres je connaissais les plus infimes pensées et les plus grandes sagesses, aucun problème ! Par la grâce des textes ils venaient dans une petite pièce de cet arrondissement de Chaoyang dont ils n'avaient jamais entendu parler, leurs âmes côtoyaient la mienne, elles me brisaient le cœur et faisaient couler mes larmes. Pour chacun d'eux, la première lecture avait été un choc : leur esprit s'était étalé devant moi, à portée de main, avec une saveur et une chaleur aussi palpables que celles d'un bol de lait de soja. Ces premières rencontres avaient été encore plus essentielles que mon premier amour, que la première fois où j'avais torturé mon petit sexe jusqu'à le faire gicler, que la première fois où j'avais pénétré (dans l'affolement) la chair d'une femme et qu'en plongeant mes yeux dans les siens j'avais senti mon intelligence perdre le contrôle de mon corps. Quelques années plus tard, admis à l'université de médecine, je m'assiérais à une table de dissection, un crâne humain devant moi, aussi dur et rigide qu'un ballon de cuir à force de macérer dans le formol. Le vieil appariteur expliquera que les spécimens datent presque tous de la Libération (ils sont difficiles à trouver de nos jours) et que certains étant morts de faim, ils sont très propres. Mais la première fois où j'ai lu Du Mu, Li Bai, D.H. Lawrence et Henry Miller comptera toujours plus pour moi que ma première dissection de cerveau. J'aspirais à posséder leur talent pour que mille ans après ma mort, à travers mes mots, mon âme vienne tourmenter un adolescent malingre et anonyme. Qu'ils lui brisent le cœur et fassent couler des larmes sur ses joues. Je m'exerçais à l'écriture, étalais devant moi des brouillons à quatre cents caractères la page (vert pâle, un produit de l'imprimerie de la compagnie des trolleys de la municipalité de Pékin) et laissais mon stylo courir sur le papier. Le feu rougeoyait dans le fourneau à pilules d'immortalité, les mots avaient la rondeur de la perle, ils étaient lisses comme le jade, éternels, inaltérables. Gringalet au teint sombre, sec et osseux, j'étais le petit bois qui entretenait ce brasier aux flammes vermeilles, grâce auquel le cinabre se distillait. De même qu'il n'y avait presque aucun rapport entre Zhu Shang et sa beauté, le lien n'existait plus entre mes mots et moi. Nous n'étions que des véhicules, comme les chamans des temps anciens, ces médiums qui faisaient entendre la voix du ciel. Mes mots, comme sa beauté ou les voix, avaient leur propre dessein, ils décidaient de nos gestes et de nos pensées. Aussi, après que tel l'élixir de longue vie ils étaient sortis de ma plume, j'étais épuisé. Empli de révérence, éperdu de reconnaissance, comme possédé par une force supérieure. Ils se déversaient, me privaient de mes forces, je n'étais plus que cendres, ma vie un tas d'ordures.

– Ma chambre est trop petite, ai-je expliqué à Zhang

Guodong. Il y a tellement de livres que c'est à peine si j'ai la place d'y dormir. Impossible d'y ajouter quoi que ce soit.
Une fois Du Mu, Li Bai, D.H. Lawrence et Henry Miller installés, où Zhu Shang trouverait-elle à s'asseoir ?

– Si c'est comme ça, je la drague en premier. Mais je tenais à t'en parler d'abord.

– D'accord. Si tu as besoin de lettres d'amour je les écrirai pour toi, et je lui transmettrai tes mots. Mieux : si elle s'intéresse à toi, je changerai de place.

28. Je suis du lycée n° 4

À la lumière d'aujourd'hui, ma relation avec Zhu Shang paraît composée d'une brève période d'intimité et de longs mois d'ambiguïté.

Tant que dura notre courte idylle, je la prenais par la main et nous parcourions les rues de l'immensité pékinoise. Cette ville est gigantesque, entre les dents de scie de ses immeubles et ses arbres déprimés nous avions l'impression d'errer à l'intérieur d'un vase ancien. L'atmosphère y était imprégnée d'une histoire que nous comprenions sans la comprendre, nous y évoluions comme pris dans une glu épaisse. Plus jeunes, du fait de l'inanité de notre vie sexuelle, Liu Jingwei, Zhang Guodong et moi débordions d'énergie. Nous pédalions le week-end deux heures d'affilée pour gagner le Yuan Ming Yuan, attirés par les ruines de l'ancien palais d'Été. Cachés derrière un cheval de marbre, nous épions les ébats illicites des étudiants. Ces types étaient des bons à rien, leurs préliminaires duraient autant qu'une nuit d'hiver dans le Nord. Si les filles, auxquelles le froid ne faisait pas peur, avaient la vigueur de la moisson sur pied, eux étaient des empotés, de vrais ploucs qui restaient des heures avec leurs mains glaciales plaquées dans le dos de la bien-aimée sans défaire l'agrafe de son soutien-gorge.

Zhu Shang et moi marchions, de Tiananmen à Dongdan, de Dongdan à Baijiazhuang : le soleil se couche tard chez nous en été. Ensuite, dans la semi-obscurité nous attendions à l'arrêt du 43, décidés à nous séparer lorsque arriverait le prochain. Il arrivait, et d'autres après lui, les gens montaient, descendaient, allaient où ils devaient aller, nous prenions racine. Je tenais sa main qui sentait bon. Elle me regardait dans les yeux en me chantant *Feelings*, ses cheveux flottaient dans le vent et elle disait que j'avais de longs cils. Plus tard, elle m'avoua sa stupidité : comment une fille ayant grandi dans l'environnement pollué de Pékin avait-elle pu faire preuve d'un tel romantisme ? De mon côté, j'avais bien sûr envisagé des échanges plus concrets, mais finalement et avec le recul du temps, je crois qu'en écoutant ces vers étrangers que je ne comprenais pas, en serrant la main parfumée de la fille qui s'apprêtait à ruiner ma tranquille existence et en attendant éternellement le prochain 43, j'étais heureux et la vie délectable.

Depuis que nous vivions dans l'ambiguïté, à maintes reprises, j'ai tenté de la sonder : qu'avait-elle pensé ou ressenti à tel ou tel moment ? Mais dans la plupart des cas, pour toute réponse je ne récolte qu'un « je ne sais pas ». J'ai pourtant essayé toutes les ruses, comme refaire la même excursion, par exemple. Je la prends par la main, nous partons de la colline (artificielle) de Tuanjiehu, marchons jusqu'à Yaojiayuan, Baijiazhuang et l'imprimerie des Éditions de la jeunesse, d'où nous regagnons le terrain de sport du lycée : les peupliers ont poussé mais ils sont toujours là, en rang, et si l'estrade a rouillé, elle n'a pas bougé. Au printemps, quand il fait doux, que les saules sont souples et tendres, c'est sur la berge de la Liangma que je lui tiens la main. Interdiction de venir en voiture! Ainsi nous pouvons boire ensemble. Donnez-lui des tripes de porc et vous verrez qu'elle a une sacrée descente. L'alcool étant l'alcool, le rouge lui monte aux joues, mais la réponse ne varie pas : «Je ne sais pas.»

Après plusieurs bouteilles d'erguotou, elle m'a un jour avoué qu'au lycée, quand elle était fatiguée et n'en pouvait plus d'écouter, elle me regardait. Elle me trouvait différent. Retranché tel un ermite derrière les piles de mes manuels, cahiers d'exercices et polycopiés qui me protégeaient des regards professoraux, je dissimulais des lectures dites superflues. Pour elle j'incarnais un érudit, comme son père. Le lettré véritable, comme le cuisinier véritable, l'acteur véritable ou la putain véritable, éprouve de manière innée une folle passion pour l'objet qui le fascine. En littérature les femmes ont un charme dont on peut s'alimenter, les hommes se réjouissent d'être confrontés à l'adversité. Elle aimait me voir accroché à mes pages comme un fantôme en quête de justice. Mais quand je lui ai demandé si, puisque je ressemblais à son père, j'étais digne d'épouser quelqu'un comme sa mère, elle m'a répondu : «J'étais jeune et bête, je suis tombée dans le panneau : tu étais tellement maigre que cela attirait l'attention, on s'attachait facilement à toi.» Il faut dire qu'avec mon mètre quatre-vingts, j'avais à l'époque des mensurations de mannequin, à part la poitrine qui n'était pas assez large. Au point que Zhang Guodong, qui s'intéressait aux façons de développer les pectoraux et prétendait en avoir trouvé une avec laquelle on ne faisait pas de gras, m'avait proposé de l'essayer gratuitement ! Pour revenir à Zhu Shang, j'ai dû lui expliquer que, simples ou compliquées, toutes les filles me plaisaient, que les compliquées me faisaient penser à un livre (on aime les feuilleter) et les simples à un jade (on veut les caresser). Or, en ce temps-là, les Zhu Shang ne permettaient ni qu'on déboutonne leur chemisier, ni qu'on les touche.

Encore quelques verres d'alcool et elle m'avoua avoir tenu, dans un carnet bleu, un journal à la prose superficielle et banale dans lequel elle avait noté qu'à force d'être assise à côté de moi, et ne pouvant s'empêcher de me contempler quand je plongeais dans mes lectures, elle avait eu l'impression d'un lien entre nos natures profondes : « C'était le même isolement. Une solitude jusque dans la moelle des os, qu'aucune avalanche de rires ou de propos, aucun alcool et aucune lumière, même les plus enivrants, ne pouvaient dissoudre. On jette un œil à la voûte étoilée par le vasistas de la salle de danse, on boit une gorgée de thé de la veille et elle est toujours là. Tu t'immergeais dans tes livres, je laissais tomber le rideau de mes paupières et le monde n'avait plus rien à voir avec nous. Bien peu de gens le comprennent. » Parfait, ai-je rétorqué, c'était bientôt mon anniversaire, ne pouvait-elle m'en offrir une photocopie ? À la rigueur j'accepterais l'original, ainsi serait-elle assurée que jamais son mari ne mettrait la main dessus. Hélas : « Il n'existe plus. La dernière fois que je l'ai lu je l'ai trouvé ennuyeux et je l'ai brûlé. » En sus de son incapacité à rester sans rien faire de ses doigts, Zhu Shang a un autre problème : elle aime le feu. Sans même s'en rendre compte, elle venait de griller une à une toutes les allumettes du restaurant, qui sentait désormais le soufre. À part une tendance latente à l'onanisme contre-

révolutionnaire, elle a donc une tendance latente à la pyro-
manie contre-révolutionnaire. Pour mon anniversaire elle m'a
offert une figurine en porcelaine blanche, avec un chapeau
fleuri et une robe comme un sac de farine : pas de seins, pas
de taille, pas de fesses, rien à voir. Dans le dos, au niveau de
la ceinture, le nœud se termine par un ruban de soie au bout
duquel pend une perle en plastique blanc qui tinte comme
une clochette quand on l'agite. « Je ne sais pas, je ne sais pas »,
semble-t-elle dire si on la secoue.

Zhu Shang reconnaît qu'on l'a beaucoup aimée. D'abord
par les générations antérieures, ses parents, leurs collègues et
les visiteurs qui défilaient lorsque son père était absent. En
maternelle elle était la préférée des institutrices : elle dansait
mieux que les autres, ses pas étaient plus amples, sa bouche
plus rouge, quand on accueillait des hôtes étrangers c'est elle
qui, au premier rang, agitait les fleurs en plastique les plus
colorées. Plus tard les fils des collègues de ses parents ont pris
le relais. Quand ils ne venaient pas la chercher à l'école, ils
l'attendaient à l'entrée de la résidence et l'aidaient à faire ses
devoirs avant d'aller s'amuser. Pétrir l'argile, construire des
châteaux de sable ou jouer avec la pâte à modeler, ils savaient
tout faire et étaient très gentils. Plus âgés, ils ont commencé
à se raser, à porter des chaussures en cuir et à les faire briller,
ainsi qu'à l'inviter dans de petits restaurants avec des serveurs, des serviettes en papier et des baguettes jetables. Le
plus poliment du monde ils la laissaient commander plats et
entrées, puis après quelques bières brandissaient leur bouteille
vide en proclamant : « Tout le monde se connaît, dans le coin !
Si un petit con te manque de respect, on lui fera son affaire ! »
Craignant qu'en son absence elle soit importunée, celui qui

étudiait la boxe au palais des arts martiaux lui a appris à jouer de la savate (tu plies une jambe, après si tu y vas doucement ils perdent l'équilibre, mais si tu portes un grand coup, ils n'auront plus aucun espoir de descendance). L'un d'eux avait une guitare en bois et elle l'écoutait fascinée, comme si ces choses qui vous travaillent sans qu'on sache les exprimer pouvaient être dites par la musique. C'était le temps où tout le monde connaissait *Greensleeves* et *Jeux interdits*. Dès qu'il faisait beau on se retrouvait dehors, la soirée passait vite, à chanter, jouer et faire circuler le paquet de cigarettes qu'on avait acheté à cinq ou six. Quand les grands voyaient leur «petite sœur» en larmes, le visage couvert de perles cristallines, ils réalisaient bouleversés que cette gamine avait en son cœur des désirs plus grands que la vie et que son passage sur terre n'aurait rien de banal. Elle n'était pas pour eux, ils en avaient conscience, alors pourquoi au fond d'eux-mêmes étaient-ils ainsi remués? Plus tard quelqu'un poserait sa guitare, la prendrait dans ses bras et dirait que sous sa caresse le corps de la jeune fille savait jouer la plus délicieuse des mélodies. Il dirait aussi: «Pas ce soir, ma femme m'attend.» Encore quelques années et les plus brillants se mettraient à la regarder d'une drôle de façon, ils tâteraient le terrain en discutant avec elle de choses abstraites et élégantes, et ce jour-là elle commencerait à avoir peur: les «grands frères» ne seraient plus gentils.

Elle avait eu quelques amies, avec qui elle rentrait faire les devoirs à la maison. Ces filles appréciaient sa compagnie, elles aimaient attirer les regards des garçons et commenter la vanité masculine. Mais petit à petit il est apparu que leurs bicyclettes étaient sujettes à de mystérieuses pannes, assez sérieuses pour nécessiter un ou deux jours de réparation. Les demoiselles n'étant guère courageuses, il ne s'en est bientôt plus trouvé une pour pédaler à ses côtés : « La sécurité d'abord, les garçons ensuite », comme disaient leurs parents.

Quand personne ne l'accompagnait, il était fréquent qu'elle se fasse accoster.

– Tu es seule ? Justement c'est ma route, allons-y ensemble. Tu veux bien que je t'escorte ? Il y a tellement de voyous sur ce chemin ! Je sais que ton lycée est un établissement d'excellence, mais il faut passer devant Baijiazhuang qui est mal fréquenté. Jolie comme tu es, ce n'est pas dangereux de passer par là ? J'ai étudié les arts martiaux, je sais me battre et plaquer, même s'ils s'y mettent à quatre ou cinq ils ne risquent pas de m'approcher ! Tu as vu ces biceps ? Et les triceps ? Tous les jours je m'entraîne et je mange trois œufs. Ça ne se remarque pas mais si je me déshabillais tu verrais ces muscles, de vraies tablettes de chocolat ! Attention, ça ne veut pas dire que je sois une brute : je suis bon élève, et délicat. Je pratique la peinture avec minutie, le paysage, le portrait et aussi des oiseaux et des animaux. Mes bambous, prunus ou chrysanthèmes ne sont pas mal, mais ma grande spécialité, c'est l'orchidée. Une œuvre est le reflet de son auteur. Il faut avoir une proximité spirituelle avec le sujet pour que l'âme transparaisse. Je n'exagère pas, tu n'as qu'à passer à la maison ce week-end et tu verras, on se croirait dans un jardin tropical avec tous ces tableaux accrochés au mur. Je te promets ! Un de mes rares défauts c'est que je suis incapable de me vanter. Et je vais t'avouer un secret : j'en ai un autre, je suis perfectionniste. À la moindre erreur je déchire tout, même si j'ai déjà peint plusieurs mètres. Ceux dont je suis assez satisfait pour les exposer, par contre, attirent les papillons, abeilles et libellules qui viennent se poser dessus. C'est pour la même raison que tu me plais : ta perfection illumine tout. Tu ne peux pas être de Pékin, ta famille doit venir du Sud pour avoir donné naissance à une telle beauté. Moi mon père est de Suzhou et ma mère de Hangzhou. C'est pour cela que je suis aussi raffiné. Ma chemise cache mes muscles, mais rien ne saurait dissimuler ma distinction naturelle. C'est bien ici, chez toi ? Dans le bâtiment rouge, entrée n° 4, l'appartement de droite au cinquième étage ? Cela t'étonne ? Tu te demandes comment je suis au courant ? À cœur vaillant rien d'impossible ! Tu me plais et cela fait longtemps que je te suis : dans le vent, parmi les fleurs, sous la neige, au clair de lune, partout tu es superbe. Comme je n'agis jamais à la légère j'ai pris le temps de t'observer et de sonder mon cœur : un engouement passager, une passade ? Non : je déborde d'ardeur, et ceci de la manière la plus rationnelle et objective qui soit. Tes parents ne travaillent-ils pas dans le textile ? Avec un peu de chance mon père les connaît. On prétend qu'il sera bientôt nommé vice-ministre, mais je suis resté proche du peuple. Tu n'as qu'à te renseigner, j'ai beaucoup de copains dans l'arrondissement et personne ne te dira du mal de moi…

— …

— Soyons amis ! Je m'appelle Liu. Et calme-toi : je ne te veux aucun mal. Tu es le genre de fille qu'on a envie de protéger.

— …

— Je ne suis pas un voyou, je suis du lycée n° 4 !

— …

— Comment ? Tu ne connais pas ? Impossible ! Votre établissement est un lycée d'excellence mais rien à côté du nôtre. C'est comme les hôtels à Pékin, les cinq étoiles sont pléthore parce que c'est la Chine qui les décerne, mais le niveau est inégal. Les vrais palaces, comme le Peninsula à Hongkong ou le Ritz-Carlton sont les cinq étoiles des cinq étoiles ! Eh bien notre lycée est l'excellence de toutes les excellences. Fondé en 1907 sous le nom d'école Shuntian. Le portail est d'origine, presque le même que celui de Qinghua, où sont admis la plupart d'entre nous… Génial, non ? Le reste a été reconstruit, les bâtiments sont d'un blanc laiteux, les salles de classe hexagonales et il y fait tellement clair que nous avons l'impression d'être de petites abeilles en train de butiner assidûment, massif après massif, les fleurs de la connaissance. Notre terrain de sport est un vrai terrain, aux normes avec une grande piscine, si tu veux cet été je t'y emmènerai, là-bas, il n'y aura pas de voyous pour loucher sur tes seins. Nous avons aussi un observatoire : par beau temps les étoiles y semblent à portée de la main. On y parcourt le ciel du regard en rêvant d'avoir à ses côtés une fille aussi belle et inaccessible que toi. Une fille qu'on aurait envie d'explorer. Je n'imagine pas de lieu plus propice !

– Je veux rentrer à la maison.

– Mais bien sûr. Je suis en train de te raccompagner, là, non ? Tu as tellement à faire, ça se voit que tu aimes lire. À ta beauté innée tu joins le parfum de la culture, plus tard tu seras formidable. Bon. Ça te dirait d'aller voir une pièce de Lao She le week-end prochain ? J'ai deux places pour *La Maison de thé* au théâtre de la Capitale, il paraît que c'est fantastique.

– Je veux rentrer à la maison.

– Mais tout le monde y rentre, à la maison ! Et toi aussi, tous les jours. Tu n'en as pas marre, à la longue ? C'est leur dernière pièce, honte au Pékinois qui ne l'aura pas vue ! Tang-Bouche-d'or et De-le-deuxième, quels personnages ! « Je fonde un trust, rameutez les courtisanes, officielles et clandestines, les chanteuses et danseuses de Pékin!»

– Je veux rentrer à la maison, a dit Zhu Shang pour la troisième fois.

Puis se rappelant le coup de savate que son «grand frère» lui avait appris, elle a levé la jambe et le garçon a atterri avec son vélo au milieu de la chaussée. Le bus qui arrivait en sens inverse a juste eu le temps de piler avec un bruit strident. Elle a replié la jambe et traversé le carrefour en pédalant de toutes ses forces.

29. Dansons maintenant

Nous avons fêté le nouvel an.

Pour dégager une piste, tables et chaises avaient été poussées le long des murs, les unes en cercle autour des autres qui croulaient sous les assiettes de graines de pastèque, de cacahuètes, de fruits frais ou confits à la mode pékinoise, de bonbons et de limonades. «Bonne année», nous souhaitait le tableau noir dans toutes les couleurs de craie. Les fenêtres étaient décorées de papiers vermillon découpés représentant des personnages de bandes dessinées, et des néons du plafond, emballés dans du crépon, tombait une lumière pourpre.

La prof de littérature s'est plantée au milieu de la pièce : en tant que responsable de la classe, il lui incombait de faire le discours. Ses robustes mollets dépassaient comme deux boîtes de conserve de sa jupe en lainage, mais elle sortait de chez le coiffeur et n'avait pas lésiné sur le maquillage : sa face jaunâtre semblait encore plus terne autour de ses lèvres écarlate. Qu'a-t-elle raconté? Oh, toujours la même rengaine, soit la moitié d'un poème «obscur» plagié ou détourné suivi de trois à quatre cents caractères tirés de l'éditorial du *Quotidien du peuple*. Quelque chose comme: «Le brouillard nous a mouillé les ailes mais le vent refuse de nous laisser douter plus longtemps. Rive, ô rive chérie! Hier je t'ai fait mes adieux, aujourd'hui tu es encore là, nous vivrons demain sous d'autres latitudes. Hier, c'est-à-dire au cours de l'année qui vient de s'écouler, notre pays, notre ville, notre quartier, notre école et notre classe ont remporté d'immenses succès. Les masses populaires exultent. Nous avançons d'un pas déterminé sur la voie des Quatre Modernisations. Mais la tâche est ardue, et longue la route, le chemin s'étend devant nous encore jonché de ronces, il faudra de l'audace et de la détermination. Dans un an et demi, vous passerez l'examen d'entrée à l'université. L'heure du combat est proche! Tenons-nous prêts, ne ménageons pas nos efforts! Prête, en tant qu'enseignante je le suis, c'est pour vous que coulent ma sueur et mes larmes, pour vous que coule mon sang. Mais vous, êtes-vous prêts?»

«Prêts! Toujours prêts!» avons-nous répondu d'une même voix à cette brusque interrogation, délaissant les graines de pastèque que tels de petits poussins nous picorions. Mais Zhang Guodong et Sang Baojiang, que la question a surpris au beau milieu de leur concours du plus grand buveur de limonade, ont sursauté. Ils ont craché et se sont étranglés. «C'est pour vous que coulent ma sueur et mes larmes, pour vous que coule mon sang, tout ce que j'ai coule pour vous!» s'est mis à seriner Zhang. Elle lui a jeté un œil féroce, mais se rappelant que c'était une soirée de nouvel an, un jour de réjouissances, elle a décidé de laisser passer.

Ensuite ce fut le spectacle, un ballet moderne. Apparemment les filles étaient arrivées équipées, certaines n'ont eu qu'à retirer leur manteau pour paraître en tenue : chaussettes et chemisiers blancs, caleçons de gym noirs et pulls fleuris. Les cheveux dénoués, elles se sont mises à sauter dans tous les sens sur une mélodie entraînante en écartant grand les doigts, qu'elles croisaient et recroisaient. Puis la musique a changé, elles se sont immobilisées, les doigts toujours très écartés, les mains à plat sur les cuisses ou les épaules, chacune fixant avec obstination un point différent dans l'espace. Je suis un rustre : je n'ai rien vu, sinon dans la lumière rouge et pourpre leurs seins qui commençaient à pousser et leurs derrières en train de pommeler. C'était très joli. Oui, je suis aveugle à la danse et sourd à la musique : c'est héréditaire. Lorsque mes parents sont venus me rendre visite aux États-Unis, ils ont voulu visiter New York, Washington et Las Vegas. J'avais proposé le Grand Canyon et Yellowstone mais ma mère a catégoriquement refusé : « Tout le monde connaît New York et Washington, tout le monde aime jouer. Plus tard je veux pouvoir dire que j'ai visité les États-Unis et suis allée au casino ! » J'ai pris le volant d'une vieille Buick et depuis Miami, nous sommes remontés vers le Nord, mon père à ma droite, ma mère sur la banquette arrière. C'était un modèle de 91, gigantesque, elle a pu étendre ses jambes et j'avais l'impression de conduire un paquebot. À New York, mes amis et condisciples nous ont accueillis en fanfare : mes parents n'étaient-ils pas comme un père et une mère pour eux ? Broadway était bien sûr au programme. J'avais suggéré quelque chose avec de l'action, *Cats*, par exemple, ce fut un spectacle pointu de danse contemporaine. La tenue de soirée étant de rigueur, les spectateurs étaient en noir et blanc. Avant la représentation nous avons eu droit à un cocktail, après à une réception. Mon père s'est endormi sur son siège peu après le lever du rideau et a gardé de bout en bout les yeux obstinément fermés. Deux filets de salive entre ses lèvres entrouvertes s'étiraient ou raccourcissaient au rythme de sa respiration régulière. Ma mère, tout excitée d'avoir une place au deuxième rang, serrait entre ses doigts les jumelles que je lui avais achetées dans un magasin Discovery Channel pour qu'elle puisse suivre en détail. Sa première remarque, chuchotée à mon oreille, fut : « Dis donc, ils ne sont pas jeunes ! Comment peut-on encore sauter sur une scène à la quarantaine bien tassée ? » La seconde : « Ce type qui mène la revue, on dirait Gerry. » Gerry était un ami de ma sœur, il était chauve, et depuis qu'elle avait fait sa connaissance, tous les crânes dégarnis lui ressemblaient. Je suis sans illusions, mes parents m'ont légué leur sensibilité artistique.

Après les filles, c'était un classique de notre répertoire : un numéro de boxe de Shaolin qui permettait à Liu Jingwei de révéler les facettes les plus impressionnantes de sa personnalité. Deux ans plus tôt il avait réduit en miettes cinq briques superposées d'un seul coup du tranchant de la main, l'année précédente il avait démoli une brique d'un coup de tête, cette fois il en a posé une par terre et a enfoncé le doigt dedans. Était-il de plus en plus fort ou la qualité des briques ne cessait-elle de se dégrader, je ne saurais dire… « Bravo ! Bravo ! » nous exclamions-nous en accentuant bien la première syllabe comme pendant une représentation de l'Opéra de Pékin. Ce type avait le complexe des briques, au point que sans elles son plaisir n'était pas complet pendant les bagarres. Bien des années plus tard, entraîné plus de force que de gré par Sang Baojiang qui, lancé dans l'immobilier et ayant vu trop grand, se retrouvera en rupture de fonds avec des immeubles tombant en ruines et voudra le convaincre d'investir, il explorera le chantier en fronçant les sourcils : « Mais il n'y a pas de briques ? Comment peut-on se battre avec ça ? » Heureusement qu'il nous a quittés prématurément : qu'il se sentirait seul et démodé depuis que, sous prétexte de préserver l'environnement, leur cuisson est interdite.

Ensuite est venue la ronde du tambour et de la fleur : l'un de nous fermait les yeux et jouait de l'instrument, les autres en cercle autour de lui se passaient la fleur et celui qui l'avait à la main quand la musique s'arrêtait écopait d'un gage, il devait faire un numéro. Lorsque Zhang Guodong, qui avait abusé de la limonade, a dû s'éclipser aux toilettes, à son retour elle était bien entendu à sa place, Sang Baojiang ayant définitivement exclu de la faire progresser plus loin. Il a fait sa mauvaise tête, tout aussi obstinément il a refusé de s'exécuter, jusqu'à ce que Liu Jingwei lance un « Si Zhu Shang le fait avec toi ? » qui lui a valu les coups d'œil furieux des deux intéressés.

— Bon, je jongle, OK ? a-t-il daigné proposer.

Attrapant trois mandarines sur une table, il a joué deux minutes avec comme un artiste de cirque avant de les faire tomber par terre.

— Super, s'est exclamé Sang. Tu peux recommencer avec des bouteilles ?

— Et ta mère, tu veux aussi que je jongle avec ? lui rétorqua-t-on.

Il était plus de neuf heures, la prof principale a dit qu'il se faisait tard et qu'elle devait préparer les cours du lendemain. Vous pouvez rester, amusez-vous mais ne traînez pas trop.

Les filles nous ont proposé de danser, suite à leur ballet elles étaient en robe ou tenue moulante, fardées, peignées et légèrement parfumées. Jamais je n'avais vu une fille se maquiller, mais l'idée m'excitait au plus haut point. Il fallait bien sûr un miroir et des pots de toutes couleurs et tailles pour les crèmes, les lotions, les poudres, les huiles… Et puis les instruments : des pinceaux, des pinces, des spatules et des couteaux. Je la voyais en train de touiller les baumes. Seize couleurs combinées en font deux cent cinquante-six : sensualité. Seize senteurs mélangées en font encore deux cent cinquante-six : encore sensualité. J'imaginais qu'elle dessinait son visage ligne après ligne, réfléchissait à chaque trait et posait la question : Miroir, ô mon miroir, suis-je la plus belle en ce royaume ? Exactement comme moi, lorsque penché sur mon papier quadrillé vert pâle j'essayais caractère après caractère de traduire le goutte-à-goutte de mon cœur. La chance nous est-elle donnée au cours de ce bizarre processus, nous dépassons le domaine du commun pour pénétrer celui du sacré, entre nos doigts la plume se fait sabre magique. Quand je gagnais ma vie avec les marchés à terme sur le dollar, dans ma suite à l'hôtel j'entretenais une renarde. Le soir, lorsque sur les coups de huit heures je commençais d'étudier les cours de Wall Street, après s'être maquillée elle descendait faire de l'exercice physique au dancing du rez-de-chaussée puis me revenait à trois heures, pour la fermeture du marché. Comme elle ne transpirait jamais, son maquillage n'avait pas coulé, détail qui ajouté à cette manière qu'elle avait de se déplacer sans le moindre bruit, la parait à mes yeux d'un parfum puissant et démoniaque. Elle prétendait avoir envie d'un petit réveillon, je remuais mon dos ankylosé dans mon fauteuil Herman Miller, elle venait se blottir entre mes jambes, dénouait le cordon de mon pantalon de pyjama et me suçait. Avec ses yeux soulignés de noir, elle était extrêmement belle quand elle rejetait la tête en arrière. Ses lèvres suivaient les méridiens en quête des points sensibles de ma verge que le fard teintait d'un rouge sanguin. Il était rare qu'elle mette une robe pour aller danser, mais lorsqu'elle le faisait, je la retournais pour que des deux mains elle prenne appui sur le bureau, soulevais la jupe, lui enlevais sa culotte et la prenais par derrière. Devant la table se trouvait un miroir qui reflétait son visage grimé, c'était magnifique. Par contre je n'assistais jamais à la séance de démaquillage qui s'ensuivait, elle se retirait dans la salle de bains au moment où la Bourse ouvrait à Wellington et Tokyo. De nouveau mon échine se raidissait. Zhu Shang ne se farde jamais. Elle prétend que, maquillée, elle n'est plus elle-même et ressemble à une starlette débutante, le genre à poser la tête sur l'épaule d'un type avec une raie au milieu. Émeraude non plus n'aimait pas beaucoup cela, sauf pour jouer la comédie. Elle prétendait que le fond de teint était aussi mauvais pour la peau que l'écriture pour la longévité. Des années plus tard, quand elle eut épousé son chef de tribu africain, j'ai retrouvé pas très loin de l'arche qui proclame «Hommage éternel à la lignée des fils du Ciel», les petits voyous qui m'avaient appris des insultes dans leur dialecte et leur ai raconté qu'une de mes camarades s'était mariée chez eux. Par un heureux hasard, j'avais une photo sur moi et la leur ai montrée. Retenant leur souffle, ils ont immédiatement affiché un air grave et boutonné leur chemise. L'époux de mon Émeraude était monté sur le trône, elle était désormais la mère unanimement révérée de la nation, son portrait figurait dans l'aéroport international, palaces du bord de mer et sur la nouvelle monnaie. J'ai insisté pour qu'ils me donnent un billet à son effigie et de retour à la maison lui ai téléphoné. Depuis son arrivée en Afrique, comme elle ne faisait plus de théâtre, il lui arrivait de se farder pour elle-même, histoire de ne pas perdre la main.

– Il fait chaud, ici, disait-elle, heureusement la température tombe un peu le soir et je peux couper l'air conditionné. J'enlève un à un mes vêtements, enfile une paire d'escarpins (elle en avait beaucoup, tous avec un talon très fin et très haut), me maquille et fais les cent pas dans la pièce.

Fermait-elle les rideaux ? Non, dehors il n'y avait que la mer.

– Trop dépravée, ton histoire, je bande comme un âne ! lui ai-je dit. Zhang Guodong m'a piqué toute ma littérature cochonne, toi tu as ton chef de tribu, moi je n'ai rien ni personne. Parlons d'autre chose ? Comment se porte l'industrie du tourisme, ces derniers temps ? C'est bien la branche maîtresse de votre économie ?

– Bande toujours, m'a-t-elle répondu. J'ai encore mieux pour toi. Reste au bout du fil et écoute bien, je te promets une belle trique. J'ai une grande baignoire, presque une piscine, que je remplis d'eau chaude mais pas trop pour que la vapeur n'abîme pas mon maquillage. Il suffit d'y répandre les pétales d'une fleur, d'y mettre une femme à tremper nue une vingtaine de minutes pour qu'elle en ressorte toute molle, comme si ses os avaient fondu, elle n'a plus un seul point dur sur le corps et flotte en apesanteur. Mais dès qu'un homme la pénètre, elle se contracte, dans un spasme de tout son corps qui n'a rien de forcé, puis se relâche, et de nouveau se contracte… Tu bandes, là ? Retiens-toi un instant, je raccroche.

Les filles du lycée avaient tendance à nous trouver très jeunes et celles que cette situation ne satisfaisait pas se cherchaient un petit ami à l'université, dans les classes supérieures des autres établissements, voire, pour les rares cas de développement mammaire précoce, dans le monde du travail. Aussi était-il fréquent à la fin des cours de croiser des êtres de sexe masculin vêtus avec élégance, en survêtement de marque flambant neuf, venus chercher l'élue de leur cœur. De temps à autre certains attendaient même en voiture ! Notre secrétaire de cellule était à cet égard un exemple typique. Cette fille inflexible – qu'entre nous nous appelions « l'Échelle », en vertu de l'homonymie entre « shuji » (secrétaire) et « shuji » (littérature) et de l'adage qui prétend : « Les livres sont l'échelle qui permet à l'humanité de progresser » – nous avait d'emblée manifesté sa morgue, en tout et partout elle excellait et elle avait beau courir moins vite que Zhang Guodong, pendant les rencontres sportives d'été, c'est elle qui s'était retrouvée sur le pavois, tandis qu'avec trois autres types il jouait les porteurs. Solennelle et majestueuse, elle tenait deux panneaux marqués l'un du caractère « tigre » et l'autre du mot « dragon ». Lorsqu'elle brandissait le premier nous devions avancer en formation carrée et crier : « Vive le sport et l'exercice ! », puis elle hissait le second et nous braillions : « Pour la révolution, étudions ! » Comme si nous faisions l'article pour une boutique d'aphrodisiaques. Le brancard rentrait dans l'épaule de Zhang Guodong, elle pesait son poids. En outre il lui suffisait de lever le menton pour voir son cul, et quand elle levait le bras, son aisselle impeccablement rasée : des deux, c'était certainement elle la mieux lotie… Après, il a raconté partout qu'elle n'était pas mal roulée et que, de dos, ses fesses rondes donnaient envie de la reluquer de plus près.

C'était dommage, parce que de face on réalisait à quel point on avait été con… Cette appréciation lui est parvenue aux oreilles alors qu'il tournait autour d'une condisciple aux fins mollets, qu'il avait invitée à un match de foot au stade des Travailleurs, espérant à la faveur de l'agitation pouvoir passer à l'attaque. Quand l'Échelle l'a appris, elle a organisé une sortie de groupe et nous nous sommes retrouvés sept à huit rangs derrière eux, tous témoins de l'instant où, après le premier but, la main du garçon s'est criminellement tendue pour enlacer la taille de sa dulcinée.

Au collège l'Échelle fréquentait un élève de première qui l'a recommandée pour entrer à la Ligue dès la cinquième. Une fois au lycée, elle s'est liée à un étudiant de Beida, un maigre au teint bistre qui portait des lunettes, président de l'association de littérature de l'université. Il était connu dans tous les établissements d'enseignement supérieur de la ville pour les poèmes qu'il psalmodiait sur le pont en arc du lac Sans-Nom dans son dialecte du Sichuan. En trois années, elle a plus publié que notre professeur de chinois de toute sa vie et des critiques ont même vanté la beauté virile de ses vers et leur tonalité évocatrice des campagnes profondes : une performance pour une gamine de Pékin. Ensuite, à l'université, elle s'est acoquinée à un doctorant en archéologie américain. Ayant étudié dans le Shaanxi et frayé avec les pilleurs de tombes, il mangeait accroupi, maniait la houe avec assurance et, non content de parler le chinois avec un accent typique, maîtrisait parfaitement la langue classique, puisqu'il savait établir la ponctuation dans les vieilles éditions du *Livre des Han*. Parallèlement, elle couchait de temps à autre avec un entrepreneur privé : elle était trop jeune, m'a-t-elle expliqué, pour savoir si elle devait émigrer et subvertir le capitalisme corrompu des États-Unis ou rester au pays pour mettre en œuvre le socialisme. Hésitant entre la voie académique (vieillir sous les lampes vertes au milieu de rouleaux jaunis) et la voie du commerce (se gaver de viande et distribuer l'or par lingots), elle se devait de rester en contact avec l'étudiant étranger et le richard local. J'étais entièrement d'accord ! Qu'elle planifie soigneusement son emploi du temps, prenne garde à sa santé et continue de varier son alimentation ! Le capitalisme corrompu a fini par l'emporter. Un an après son arrivée aux États-Unis elle avait une carte verte et divorçait de l'archéologue : depuis qu'elle était là-bas elle n'avait pas mangé une fois de carpe qui sente la vase, mais dû coucher tous les soirs avec un époux qui puait la boue, ce n'était pas du jeu. Puis elle a déniché un homme d'un certain âge qui avait de l'argent, une grande maison, une maladie de cœur et un sexe petit mais vaillant. Elle a saisi son importance quand ils sont allés au lit la première fois, disait-elle. Et d'ajouter que, sans se vanter, elle pourrait lui coller une crise cardiaque en lui faisant l'amour par téléphone à mille kilomètres de distance. Il mourrait dans l'ambulance le sourire aux lèvres ! C'est d'ailleurs ce qui s'est passé. L'Échelle est rentrée à Pékin munie d'un passeport américain et d'un capital astronomique.

— J'ai toujours été attirée par les types plus mûrs que moi, m'a-t-elle avoué. Je cherchais la lumière et le progrès, maintenant je vais faire le contraire. Je ne suis pas trop vieille ?

— Comment ? ai-je répondu. Ta chair est ferme, tu n'as pas un pouce de gras sur les cuisses. Aller couper la tête d'un général protégé par son armée serait un jeu d'enfant pour toi. Une fois de plus tu vas te poser en trend-setter et prendre plusieurs longueurs d'avance sur nous.

– Qiu Shui, je sais parfaitement que tu n'attends rien de moi. Tu ne me dragues pas parce que tu considères que je n'en vaux pas la peine, et tu ne cours pas après mon argent parce que l'argent, tu t'en moques. Mais l'argent, c'est la puissance : quatre cents yuans la cuisse, et méfie-toi, je pourrais m'en servir pour te faire couper la langue si tu me fâches !

Elle a par la suite renoncé à cette idée, mais s'est effectivement trouvé un petit jeune. Il avait dix ans de moins qu'elle, venait d'une famille illustre (ses parents étaient tous deux chanteurs d'opéra) et apprenait le ballet. Dents blanches et lèvres rouges, des paupières en fleur de pêcher et un regard mélancolique, j'en ai soupiré lorsque je l'ai vu : ainsi donc, la gent masculine possédait elle aussi des merveilles. Je comprenais qu'on puisse être homosexuel, et j'ai demandé à la femme de ma vie s'il était envisageable que je sois bi. Il portait un gros diamant à l'oreille droite, et elle m'a confié qu'il en avait un autre, de la même taille, au nombril. C'était elle qui les lui avait offerts, ils venaient de chez Tiffany.

– Pourquoi n'ai-je pas rencontré quelqu'un comme toi quand j'étais plus jeune ? me suis-je exclamé. Une femme fortunée, stylée et déterminée ! J'aurais pu savourer l'existence et apprendre un tas de vérités premières !

– La sueur de son cou est sucrée, m'a-t-elle répondu, celle de son torse parfumée au jasmin. Parfois quand il me regarde j'en pleurerais et il ne me fait quasiment jamais de reproche. Je ne me souviens pas que tu aies ces jolies qualités.

Elle ne cessait d'embellir, sa peau était de plus en plus satinée.

– C'est parce que j'en ai deux : un pour les lundis, mercredis et vendredis, l'autre pour les mardis, jeudis et samedis, a-t-elle daigné admettre. Le dimanche, je me repose : dévotions à l'église internationale du centre sino-japonais, déjeuner dans un restaurant chic et esthéticienne.

La soupçonnant de pratiquer cet art du yin et du yang dont parlent les légendes, autrement dit de cueillir le yang pour alimenter son yin, je lui ai raconté l'histoire de cet enseignant sexagénaire qui s'y était essayé en pleine Révolution culturelle, au fin fond d'une campagne du Zhejiang. Deux élèves d'une quinzaine d'années étaient, prétendument de leur plein gré, tombées enceintes de ses œuvres. Lorsque les autorités s'en étaient aperçues, il avait été condamné à mort. Il avait eu beau supplier qu'on lui accorde trois mois de délai pour coucher par écrit le résumé de son expérience, la grâce lui fut refusée. Au moment d'exécuter la sentence, la balle avait rebondi comme sur du métal, il avait fallu tirer trois fois pour que ça lui entre dans le crâne et cinq encore pour qu'il rende l'âme.

– Camarade Échelle, n'attends pas le dernier moment ! Note tout de suite ce qui se passe en toi ! On ne se méfie jamais assez des impondérables…

– Un conseil, Qiu Shui : évite de sortir de Pékin. Ailleurs il n'y aura personne pour te couvrir, et je te promets que j'enverrai mes gens pour qu'ils te coupent la langue, la hachent en menus morceaux et la donnent à manger aux chiens sauvages.

En dernier lieu, elle nous a encore devancés dans le domaine de la transmission des gènes et de la reproduction. La procréation assistée lui a permis de donner le jour à deux bébés-éprouvette, jumeaux mais de pères différents. Il s'en est fallu de peu qu'un résumé de son dossier ne soit publié par le *Magazine de l'obstétrique chinoise* ! Elle disait qu'elle ne les avait pas faits pour assurer ses vieux jours et n'escomptait de leur part aucune rétribution, simplement le plaisir de les voir gambader et grandir. Les joies qu'elle en retirerait seraient plus fortes que les désagréments. Je lui ai offert de la layette dernier cri. C'était avant la naissance, et sans connaître le sexe des enfants. À ce sujet, les opinions divergeaient : certains voulaient que ce soient des garçons, d'autres des filles, un troisième groupe enfin prétendait qu'elle aurait un garçon et une fille. Des paris furent passés et on décida que les perdants paieraient la fête que l'on donne traditionnellement pour les cent jours de l'enfant. Me fiant aux statistiques, j'optai pour le troisième groupe et achetai deux tenues dans lesquelles ils auraient l'air de petites crapules quand ils courraient à quatre pattes.

— Et si je te disais que tu es un des pères, quelle serait ta réaction ? m'a demandé l'Échelle.

— Impossible ! ai-je répondu en tripotant les habits. Je ne t'ai même jamais caressé la main.

— Tu ne te souviens pas de la collecte de sperme sur le campus de l'université et des trois millilitres que Zhang Guodong, Liu Jingwei et toi avez donnés en échange d'une caisse de bière ?

J'en ai eu des sueurs froides.

— Comment pourrais-tu savoir que c'est le mien et pas celui des autres ?

Elle a ri.

— Je sais.

Pendant notre adolescence nous ne dansions qu'en des occasions bien spéciales et ce n'était pas le moment de faire la fine bouche : mieux valait un cavalier que rien du tout. La technique des garçons laissait assurément à désirer, mais les lampes à la lumière d'habitude si crue étant tamisées par le crépon et la fille la plus banale devenant magique par la sorcellerie du maquillage, quelque chose pointait dans leur cœur. À travers leurs fins vêtements les filles étaient brûlantes et mes camarades s'agitaient collés au bout de leurs doigts comme à un pot d'eau bouillante. Il n'y a pas meilleur prétexte que la danse pour prendre une fille dans ses bras, c'est un moyen comme un autre d'apprendre à grandir. Sans scrupules, ils s'y prenaient mal, et alors ? Ils n'avaient aucun scrupule. Il avait suffi d'éteindre quelques néons pour plonger la pièce dans la pénombre. La musique s'échappait avec légèreté du lecteur de cassettes puis semblait, telles les volutes de fumée à la sortie du brûle-parfums, se charger d'un autre poids : au lieu de voleter dans l'espace elle se recroquevillait au ras du plancher, sous les plantes de pied que garçons et filles déplaçaient d'un air sévère en s'inspirant du flot mélodieux qui courait au sol. Les uns paraissaient avoir oublié « les joues qui tombent » et « les yeux en triangle » dont ils gratifiaient d'ordinaire leurs cavalières, lesquelles avaient oublié que celui qui les serrait contre son cœur avait « encore la morve au nez ».

De mon coin, près de la fenêtre, je les observais. Zhu Shang n'avait pas bougé de sa chaise : je ne souffrais pas, puisqu'elle n'était pas dans les bras d'un autre mais en face de moi. Elle n'était pas maquillée, ne portait pas de robe mais un pull superbe, d'un bleu profond avec deux chrysanthèmes esquissés en jaune pâle, et ses cheveux dénoués fraîchement lavés lui tombaient sur l'épaule. Lorsque, à l'université, devenu cadre étudiant, j'ai eu en charge l'organisation des soirées dansantes, il ne m'a pas fallu longtemps pour devenir expert dans le choix du lieu, la musique, l'installation et le réglage sonore. Mais dès que les réjouissances commençaient, je m'asseyais dans un coin avec l'impression d'être toujours aussi godiche. « Amuse-toi, nous nous verrons plus tard, disais-je à ma petite amie, je garde les manteaux. » Et quand je la regardais tourbillonner sur la piste, avec ses cheveux relevés en chignon, son visage radieux et son tee-shirt trempé, je la trouvais plus belle que jamais.

Zhang Guodong s'est brusquement faufilé jusqu'à Zhu Shang pour l'inviter et, stupéfaite, elle s'est levée en prenant la main qu'on lui tendait. Il portait un pantalon à pattes d'éléphant noir, un col roulé en lambswool bleu-violet et un blazer jaune – un ensemble pas trop criard. Son nez ne coulait pas (autant que je m'en souvienne c'était la première fois) et sa beauté m'a surpris.

– Je ne sais pas danser, l'ai-je vaguement entendue murmurer.

– Mais tu as le sens de la musique. Écoute-la, suis-moi et tout ira bien.

Il souriait. Je suppose qu'on doit avoir chaud quand on danse un certain temps et que le tempo s'accélère. Il la serrait de plus en plus près. Était-elle bien dans ses bras ? Je l'ai vue fermer les yeux. « Il était maigre, me dit-elle un jour, mais son squelette était solide, sa poitrine et ses épaules larges. Quand on posait les doigts sur son dos on sentait les muscles se contracter. Curieusement il avait le sens du rythme et ses pas s'enchaînaient comme l'eau ou les nuages. » Moi, ce sont ses mains qui m'ont marqué : des veines vertes saillantes couraient sur celle qui caressait les cheveux de Zhu Shang. Je savais qu'ils étaient lavés de frais, ils étaient plus clairs et plus volumineux. J'avais une théorie : la matière ne disparaît jamais. Entre le ciel et la terre circule un souffle intelligent qui refoulé à l'intérieur de la pierre donne le jade, dans le corps humain des filles comme Zhu Shang. Pour que ce souffle se manifeste, le jade doit être porté par une bonne personne et chez la femme, il ne se magnifie que dans les bras de l'homme qui lui plaît.

Cette réflexion m'a brusquement déprimé.

Émeraude est entrée, embaumant, et est venue s'asseoir à côté de moi en disant que leur soirée était ennuyeuse et qu'elle préférait ma compagnie. Sa robe noire était minuscule : ne couvrant que la moitié de sa poitrine, le bas de son dos et le haut de ses cuisses. Une « robe du soir », d'après elle. Le genre de chose, d'après moi, qui ne peut exister que lorsque la civilisation a atteint un certain niveau d'opulence. Trois questions m'ont longtemps taraudé, à savoir : Pourquoi les réveils sonnent-ils à une heure donnée ? Comment fait-on pour que les grues soient aussi hautes ? Comment les robes du soir tiennent-elles sur le corps des femmes ? J'ai démoli un réveil en vain, interrogé des chefs d'agences immobilières qui ignoraient tout des grues, mais je sais comment tiennent les robes du soir grâce à Émeraude.

— Il paraît que les acteurs de l'Opéra de Pékin ont un truc, lui ai-je dit. Pour éviter que leur casque tombe quand ils font une pirouette, ils mordent le cordon qui le tient. Quand on serre les dents, les tempes saillent, la ficelle est tendue, tout reste en place et ils peuvent faire leurs cabrioles. Est-ce que c'est le même principe pour les robes ? On s'imagine des trucs cochons pour gonfler les seins qui la retiennent ?

— Tu divagues, ces robes ont de fines bretelles transparentes ou sont lacées si étroitement que même si on défait une ou deux attaches on ne court aucun risque. De toute façon, tu crois vraiment que les seins des filles sont comme ta queue ? Qu'ils prennent du volume avec de mauvaises pensées ? Et ça tiendrait aussi longtemps, en plus ?

Lorsqu'elle s'est installée à côté de moi dans sa robe avare de tissu, je me suis contenté de lui demander si elle n'avait pas froid.

– Si, a-t-elle répondu. Fais-moi danser.

– Tu sais bien que je ne sais pas.

– Tu es quand même capable de me tenir par la main. Si tu tombes je te ferai un câlin, après tout je t'ai appris à patiner!

– Je suis idiot. Je n'ai pas le sens du rythme.

– Mais tu sais marcher? Et serrer les filles – moi, tout au moins? Alors ne t'occupe pas de la musique, prends-moi dans tes bras et marche avec moi.

Suite à quoi, j'ai déambulé avec Émeraude sur mon cœur, la main là où elle l'avait posée, sur sa première vertèbre dénudée. Entre mes doigts et son corps il n'y avait qu'une mince couche de sueur et la scène, rapportée au conseiller d'éducation, serait à l'origine de l'affaire dite «de la danse à la colle dans le noir». Par-dessus son épaule je voyais Zhang Guodong, le visage presque enfoui dans la chevelure de Zhu Shang et m'adressant des clins d'œil. Liu Jingwei évoluait en compagnie d'une fille douce, solidement bâtie, qu'il secouait comme un prunier et dont les tresses volaient en tous sens, donnant l'impression de deux longs et minces bâtons à nœuds. Plus tard il suggéra plusieurs fois de l'intégrer à la bande, mais Zhang Guodong et moi avons toujours considéré que cela ne serait pas régulier. Un petit groupe de garçons sourds aux émois adolescents, que soupirs superficiels et mélodies fredonnées laissaient de marbre, s'était agglutiné autour des tables pour dévorer les dernières cacahuètes, graines de pastèque et fruits divers gracieusement offerts par la collectivité. Ils discutaient avec animation d'armement moderne, d'offensives contre Taiwan et de jeu de go. Certains prétendaient que les novices ne devaient pas s'attaquer à la stratégie cosmique de Takemiya Masaki et qu'il valait mieux commencer par Cho Chikun ou Sakata Eio. D'autres protestaient, prétendaient que certains génies pouvaient d'emblée approcher les grands maîtres.

Le dernier événement de la soirée était la tombola. Chacun avait remis un cadeau aux délégués de la classe, qui était numéroté pour être ensuite attribué à celui qui tirerait le billet correspondant.

Zhu Shang avait un jour gagné une poupée en tissu vert, extrêmement laide, avec une bouche minuscule et sans nez. Coincée sous son bras se trouvait une carte bleu foncé décorée d'un chrysanthème jaune sur laquelle était écrit : « Qui que tu sois, puisque tu as tiré ce lot le sort nous a unis et nous serons amis. Bonne année et paisible fin d'hiver : Qiu Shui. »

Cette horreur est restée un temps cachée près de son oreiller. Elle lui a cousu une robe bleue, sur laquelle elle a brodé deux chrysanthèmes en soie jaune. Jusqu'au jour où elle s'est emparée de ciseaux, l'a coupée en menus morceaux et l'a jetée dans le vide-ordures.

Son père s'enquérant par hasard de ce qu'il en était advenu, elle avait répondu qu'elle ne l'avait plus.

– Comment ça ?

– Elle a disparu, un point c'est tout. Je ne sais pas moi, enfin elle n'est plus là.

Ce soir-là, il y avait au dîner un de ces poissons que les gens du Sud font cuire à la vapeur quand ils les trouvent vivants. Il était en train de se régaler lorsqu'il a pensé aux chats. Depuis quelque temps, ils n'arrêtaient pas de faire du ramdam, le matou du numéro trois était en rut, la femelle du cinq en chaleur, et il fallait que ce soit au-dessus de leur entrée qu'ils se retrouvent. Il n'y avait quasiment plus moyen de dormir!

– Ça doit être l'approche du printemps, a suggéré sa femme.

– Moi je ne le crie pas sur les toits, quand ce genre d'idée me passe par la tête!

La mère de Zhu Shang lui a fait les gros yeux, sa fille était présente, il ne faut pas corrompre la jeunesse.

– Je vais leur mettre la main dessus au moment stratégique, balancer le matou vers le trois et la chatte vers le cinq. Moi aussi je pense à la santé de notre jouvencelle!

Il m'est revenu l'avoir vu un temps dans le couloir le visage couvert de griffures et barbouillé de mercurochrome. Sur le moment j'avais supposé qu'il avait eu une aventure, et son épouse la main un peu lourde lorsqu'elle avait découvert le pot aux roses – ce dont en mon for intérieur je m'étais réjoui.

30. Dans le crépuscule

Était-ce l'approche du printemps? Pendant les cours je ressentais une vague irritation et bien qu'aucun éclair ne traversât le ciel, il me semblait entendre le tonnerre gronder à l'horizon.

Zhang Guodong et Sang Baojiang passaient leurs journées à insulter l'univers : «Elle va pas venir, bordel, cette coupure de courant? Pourquoi est-ce que la compagnie est aussi sympa avec le lycée? Ils ont fait jouer leurs relations, ou quoi? On n'en sortira jamais de ces foutus manuels?» Pour Zhang la Révolution culturelle avait dû être un long carnaval, la vraie vie:

on avait le droit de se battre, le droit de draguer, si on vous traitait de brave vous l'aviez mérité! Rien ne vaut la castagne pour apprendre la patience, savoir réagir au quart de tour et utiliser sa force à bon escient. Quand les Pékinois s'appelaient des sinanthropes, il y a quarante ou cinquante millénaires, ils luttaient pour s'approprier les proies et sautaient les femmes pour prolonger la lignée. Aujourd'hui… Imiter les chanteurs de pop et se pavaner dans leurs fringues, les types ne savent rien faire d'autre! Ça ne va pas les mener bien loin.

Les magazines que j'avais cédés à Sang Baojiang circulaient à un rythme de plus en plus soutenu. L'emplacement sombre entre les jambes des filles, marron foncé au départ, pâlissait à force de frottements. Comment pouvait-on encore imaginer la sensation de la chair avec toutes ces traces de doigts sur le papier? De mon point de vue, il exagérait.

– Où est le problème? S'ils ne regardent pas les photos ils voudront voir en vrai. L'empereur Shen Nong a dû goûter aux cent herbes pour éviter les cent poisons. Si le moine descend de sa montagne, c'est pour trouver une femme. De toute façon, que veux-tu qu'il arrive? Si mon petit commerce n'est pas tout à fait légal, ce qu'eux font avec n'est pas spécialement honorable, ils ne me dénonceront pas. Tant qu'ils ne disent rien, les autorités ne sont pas au courant, et tant qu'elles ne savent rien je ne risque rien.

Le jeudi, enfin, l'électricité fut coupée.

Lorsque dans notre salle du troisième étage les néons se sont brusquement éteints et que nous avons été plongés dans l'obscurité, il nous a fallu un instant pour reprendre nos esprits, mais après quelles clameurs: enfin on pouvait ne pas étudier en paix!

Garçons et filles à l'orée de leur vie sentimentale ont pris d'assaut les célèbres coins sombres de la cour pour y travailler leur technique du baiser. Les paresseux ont regagné les dortoirs avec des paquets de « pois japonais » et se sont allongés sur les lits pour commenter les derniers scandales, histoires de meurtres ou de fesses, de prostituées ou de voyous. Ces pois étaient des cacahuètes enrobées de farine, fabriqués à Miyun dans la banlieue de Pékin, qui s'exportaient paraît-il jusque dans l'empire du Soleil-Levant, d'où leur appellation. Zhang prétendait que c'est parce que les Japonais ont des têtes d'arachides !

Liu Jingwei, Sang Baojiang, Zhang et moi avons balancé nos livres à l'intérieur des pupitres, puis sommes partis au grand galop, ne ralentissant le pas que lorsque le lycée a été hors de vue.

– Même si la lumière revient, on s'en fiche !

– L'être humain est dégénéré !

– Qu'est-ce que ça me plaît, la déchéance !

– On va au club des Ouvriers ou au Lumière pourpre ?

– Comme tu veux.

– Si on commençait par un film de guerre et on enchaînait avec un truc plus salé ?

Sang Baojiang avait au coin de la bouche un grain de beauté sur lequel poussaient deux ou trois poils qui tremblaient dès qu'il riait ou s'excitait. La pointe du plus long dessinait même des cercles !

– Ensuite on se fera des brochettes au cumin et au piment, une bouteille de bière et on rentrera à l'école en les dégustant !

– Ah ! La vie !

– Ça fait trop capitaliste, bande de petits-bourgeois !

UNE FILLE POUR MES 18 ANS

— Alors des galettes farcies! Près de la porte Chaoyang, là où les charrettes qui transportaient les moutons arrivaient avant. Le peuple travailleur mange toujours des galettes quand il y a une coupure d'électricité, et il boit du bouillon de riz violet!

— On reviendra la panse pleine, on se couchera et on se touchera pour faire des rêves érotiques...

— Ah! La vie!

— Mais, Sang Baojiang, a coupé Zhang Guodong, je croyais que tu avais horreur de dépenser? La dernière fois, à la librairie, tu as tripoté dans tous les sens un dictionnaire de russe que tu as reposé sur l'étagère, alors qu'il ne coûtait qu'un yuan cinquante.

— Pour un film, ça ne me gêne pas!

— D'accord, l'argent mal acquis doit se dépenser de manière malhonnête.

— Ce qui signifie?

— Arrêtez de vous chamailler. Si après le cinéma on se fait encore une vidéo, est-ce qu'il ne sera pas trop tard? Le portail risque d'être fermé.

— On passera par-dessus le mur! Vive la décadence!

Vers sept heures, la plupart des gens étaient rentrés du travail et il n'y avait plus beaucoup d'animation dans les rues. Les vendeurs de journaux, vélo à portée de la main, essayaient de placer leurs derniers *Pékin Soir* auprès des retardataires. À la porte de l'hôpital de Chaoyang, les lampes sur les étals de fruits brûlaient avec un éclat louche pour séduire les visiteurs, mais ailleurs tout commençait à fermer. Nous marchions au coude à coude dans la lumière des réverbères qui faisait étinceler sur nos visages de gros boutons d'acné, rouges ou violacés comme des fleurs de printemps. Si nous levions la tête le clair de lune était beau, il nous contemplait d'un air froid et semblait omniscient. Sans réfléchir nous allions de l'avant: plus loin le vent ne nous transpercerait plus, plus tard tout serait possible, aucun de nous ne songeait comme le philosophe Mencius que «le pauvre veille à sa vertu, le riche au bien de l'univers». Les romans de cape et d'épée prétendent que la jeunesse est l'âge d'or, quand on va vêtu de couleurs éclatantes sur un fringant destrier. Quelques yuans en poche, l'adolescence était belle.

En cet instant précis aucun d'entre nous ne pensait aux filles. Nous marchions au milieu de la rue main dans la main comme les homosexuels des temps anciens.

Plantes nées à l'intérieur de ce périmètre, comme les immeubles, nous pouvions y croître, faner, crier, nous lamenter ou disparaître mais jamais nous ne pourrions en sortir.

Quand le film de Zhang Guodong aura été primé, il sera invité à faire la tournée des vieilles universités européennes où, quelle que soit la longueur de son cours, il conclura toujours de la même manière: «En Chine aujourd'hui il n'y a pas de metteur en scène plus génial que Zhang Guodong, si vous n'avez que trois heures pour comprendre le cinéma chinois, regardez son œuvre, ce sera amplement suffisant.» Il n'y restera pas longtemps et justifiera son retour par la raison déjà invoquée par Picasso quelques décades plus tôt: il n'y a d'art qu'en Orient, en Chine et au Japon. Mais pendant qu'il travaillera comme enseignant il aura le temps de m'écrire que les étudiantes sont comme les céréales ou les fruits: tous les ans il en pousse de nouvelles, aussi délicieuses que celles qui les ont précédées.

Plus tard, Sang Baojiang sera envoyé par son père en Nouvelle-Zélande, avec interdiction de revenir tant qu'il n'aura pas oublié le chinois au profit de l'anglais. Si après il avait encore la force d'apprendre quelque chose, il pouvait aussi se perfectionner en management. Il vivra là-bas dans une maison entre mer et montagne où il pourra déclencher des orages sans qu'âme humaine l'entende. Aussi, aux premières tiédeurs du printemps, quand les fleurs s'épanouiront et que ses larmes seront taries, il prendra un abonnement Internet à *Penthouse*, se nourrira de cheese-cake, de jus d'orange, se branlera dix fois par jour et jettera dans l'océan les mouchoirs en papier avec lesquels il se sera essuyé. Cela lui donnera, me confiera-t-il, l'impression d'être allé sur la Grande Muraille et d'avoir gravé son nom dans la pierre. Il laissera plein de bébés en Nouvelle-Zélande! Surtout qu'avec l'albumine que contiendront les Kleenex, les poissons se régaleront: «Thank you, Pisseur de bulles!» chanteront-ils. En réponse, je lui enverrai un sonnet de Li Qingzhao, la poétesse Song, illustrant sa situation et se terminant par ces vers: «Les sterculiers... et, par surcroît, cette pluie fine... Qui, dans le crépuscule, tombe, tombe, goutte à goutte... Ma condition, le mot: douleur suffirait à l'exprimer[1]?» Il s'en inspirera pour son pseudo sur MSN et nombre de jeunes filles, se méprenant sur la signification, le prendront pour un poète et passeront leurs nuits à chatter avec lui. Avant que «dans le crépuscule goutte à goutte», il ne soit devenu complètement idiot à force de branlette solitaire, averti par un lointain parent son père admettra son erreur.

---

1. *In* « Sur l'air "Lente Psalmodie" », traduction française: *Anthologie de la poésie chinoise classique*, sous la direction de Paul Demiéville.

Il pourra rentrer au pays, où il deviendra son bras droit et se retrouvera propulsé directeur adjoint de l'agence immobilière chargée des «derniers terrains constructibles entre le troisième et le quatrième périphérique», soit un potentiel de quelques milliards de mètres carrés à bâtir. Son nom apparaîtra de temps à autre dans les revues spécialisées et l'entrée des résidences qu'il construira s'ornera systématiquement de sculptures en plâtre doré représentant des soldats romains sur des chars dans le but, diront les prospectus, de recréer la tradition du grand empire héroïque dans le Pékin de la réforme et de l'ouverture. Tout excité il m'appellera pour me dire que le coût de la vie n'a pas augmenté, au contraire : les putes sont toujours à cent yuans et parfois on peut négocier ! Dans son canton, elles seront faciles à trouver : toutes sous la banderole qui, entre les arbres de la principale artère, annoncera, dans une calligraphie de style prétendument ancien : «Luttons contre la prostitution criminelle et le racolage illégal sur la voie publique». D'après certains, même après avoir repris une vie sexuelle normale, il gardera un stigmate : une force telle dans la dextre que lorsqu'il serrera les mains il les pétrira et les broiera pour les transformer en pénis ou en cylindre. Aussi ne tendra-t-il plus jamais que la gauche.

Plus tard, Liu Jingwei sera obligé d'aller se mettre six mois au vert à Cuba et au Honduras. Le soir il jouera, pour une mise minimum de cent yuans, au mah-jong avec les pourris du coin, le jour il se promènera à cheval et baisera parfois une jolie Sud-Américaine. Un an plus tard, de retour à Pékin, il se fera construire un haras et continuera de jouer, de plus en plus gros et uniquement avec des partenaires introduits par des personnes de confiance. Le jour il montera ses chevaux, la nuit une mignonne Pékinoise qu'il prendra en levrette pour avoir l'impression de faire de l'équitation.

Plus tard nous nous retrouverons. Dans notre périmètre les immeubles auront jailli comme ces herbes folles qui poussent de plus en plus haut au fur et à mesure qu'on les coupe. Notre lycée sera perdu au milieu des bars et sur le terrain du cirque de Chine se dressera une résidence d'un rose obscène appelée «Résidence des fruits à coque» qui finira un jour, en raison de la connotation licencieuse, par être rebaptisée d'un de ces noms à la manière de Hongkong, quelconque. L'usine de prothèses sera apparemment toujours en activité, mais quand je proposerai à Liu Jingwei d'escalader le mur pour voir s'ils ne fabriquent pas des poupées gonflables, il répondra que ce serait gaspiller les ressources nationales avec toutes les vraies qui traînent dans les rues. Puis quand nous aurons bu nous déciderons d'aller voir une vidéo au club des Ouvriers ou au cinéma Lumière pourpre, mais quand nous aurons passé le portique proclamant «Hommage éternel à la lignée des fils du Ciel», nous nous apercevrons qu'ils ont tous deux été rasés. À leur place se dressera un établissement de bains, où un individu crasseux nous informera que pour les hommes, la douche c'est dix-huit yuans, un lit en salle de repos dix, le massage soixante, avec de l'huile cent vingt et le service spécial quatre cents. Pour le pourboire, voir avec la fille. Nous nous regarderons en échangeant des sourires amers, bien moins heureux que du temps du lycée lorsque nous faisions l'école buissonnière à la faveur des pannes d'électricité.

31. Les pêches sous le feuillage

– C'était vraiment dégueulasse!

Dès la fin du film, la mine animée, nous avions en toute hâte regagné le dortoir et nos corps étaient encore empreints de la fraîcheur du dehors.

– Raconte! se sont exclamés en chœur ceux qui n'étaient pas sortis.

Même s'ils ne m'avaient pas dressé d'estrade je leur aurais tout dit:

– Le plus écœurant, c'est quand le jeune preux veut « cueillir les pêches sous le feuillage ». Comment pourrait-il deviner que le méchant moine a le don de rétracter son yang! Il n'attrape que le vide. « Tape le point de l'étang du phénix », lui conseille heureusement la fille. Sa main s'immobilise, de l'autre il frappe la nuque du chauve qui pousse un hurlement et hop! les bourses et le scrotum lui dégringolent entre les doigts. Il serre le poing et à l'écran on voit deux œufs à la coquille cassée dont le jaune s'écoule.

– Assez, assez…

– C'est répugnant!

– Et pas assez implicite! Quand on pense à l'enseignement que les instructeurs politiques nous ont dispensé en vain! Nous qui ne sommes pas allés au cinéma, nous avons une histoire à vous raconter. On vient juste de l'inventer!

Le sol était jonché de sachets de « pois japonais » vides, quelques bols s'entassaient sur la table, où traînaient également des morceaux de poivrons et de patates: les reliefs de leur dîner.

– D'accord.

– Allons-y. C'est l'histoire de Sang Baojiang…

– Ah non ! Pas moi, prends Qiu Shui, il a le cuir dur.

– Entendu. C'est l'histoire de Qiu Shui, un gentil garçon au caractère affirmé. Dès l'âge de trois ans il prévenait sa mère : « Un homme ne peut vivre sans femme, il faut que je trouve une vierge. » Mais comment savoir si une fille l'est encore, vierge ? À force de réfléchir, et comme il ne manque pas de toupet, il a une idée. À peine adolescent, trouvant que certaine fille « aux jolis yeux » n'est pas désagréable à regarder, il l'attire à l'écart, sort furtivement son pénis et lui demande : « Tu sais ce que c'est ? » « Un pénis, non ? » Qiu Shui n'ajoute pas un mot, fichu, c'est fichu, elle n'est certainement plus vierge. Puis il rencontre une fille à « gros seins » qui doit être confortable. Encore une fois il sort son pénis et lui demande si elle connaît : « Eh bien, c'est une bite, non ? » Nouveau silence, si elle connaît ce terme grossier, elle doit l'être encore moins. Vierge, ô vierge, où es-tu ? Comment te trouverai-je ? Finalement, au cœur un dernier espoir, il va voir Zhu Shang, lui présente son pénis et s'enquiert. Un instant surprise, vivante image de la perplexité elle finit par avouer son ignorance. Qiu Shui est fou de joie : « Tu ne sais pas ? Tu ne sais vraiment pas ? C'est un organe sexuel masculin ! » Et elle, tout étonnée : « Tu es sûr ? Je n'en ai jamais vu d'aussi petit ! »

– C'est méchant, a commenté Sang Baojiang.

– Allons ! Comme si on ne pissait pas ensemble ! Qiu Shui ne manque pas d'antécédents dans son ascendance : un arrière-arrière-grand-aïeul tellement doué qu'il est devenu un intime de la mère de Qin Shi Huangdi, le premier empereur, et un grand-père qui se déculottait pour faire tourner les poulies. Il n'est pas né à la bonne époque, c'est tout !

– Si Zhu Shang le voyait en vrai, elle ferait comme Tic et Tac quand ils cherchent des noisettes et découvrent l'usine en forme de noix de Donald : elle tomberait à la renverse et s'enfuirait dans la montagne !

– En fait, son truc ce n'est pas la longueur mais la dépravation. Et ça, je ne suis pas sûr qu'une jeune fille soit en mesure de l'apprécier à sa juste valeur. Mais s'il prenait un job à mi-temps et se mettait au service des femmes d'âge mûr que l'ennui fait déprimer, il serait vite célèbre dans les classes moyennes et supérieures !

– Ça ne vous démange pas quelque part ? les ai-je interrompus.

– Silence. Il est bientôt minuit, cela fait une heure que les lumières sont éteintes, vous feriez mieux de dormir. C'est bien de dormir !

À force de nous écouter déblatérer, le chef de chambre avait subodoré qu'il n'aurait ce soir plus rien d'intéressant à se mettre sous la dent et nous pressait avec énergie de trouver le sommeil.

Tout était éteint depuis longtemps et je ne dormais toujours pas. Tout à coup, j'ai entendu du bruit dans la couchette du dessous.

Sang Baojiang s'était levé dans le noir en tâtonnant et se parlant à lui-même :

– Faut que j'aille pisser.

– Si tu remets ça contre le mur, on te les coupe et on en fait des sapèques d'âne.

Plusieurs d'entre nous s'étaient immédiatement redressés pour protester. Nous avions en effet récemment découvert une tache d'un jaune alcalin dans le coin près de la fenêtre et il avait beau nier avec énergie, nous restions persuadés que c'était lui.

— Je dors tout nu, sans slip, si je sors comme ça je risque de me la faire bouffer par un succube !

Il a attrapé une canette de Coca vide qui traînait sur la table, mais une fois son pénis à la main il s'est soudain rappelé la blague et a demandé :

— Vous croyez vraiment que Zhu Shang saurait ce que c'est ?

Du coup son pénis s'est raidi, plus moyen de viser !

— Il t'en faut un temps !

— Tu veux qu'on siffle ?

— Je bande ! Regardez, je suis vraiment dégueulasse !

Quelqu'un a allumé une lampe de poche, dans la lumière son cul est apparu aussi blanc et lumineux qu'une pleine lune, on l'aurait cru à cheval sur un balai.

Son attention s'est relâchée, son membre a ramolli, il l'a dirigé vers la canette et s'est mis à pisser avec un bruit clair et retentissant. Puis il l'a jetée par la fenêtre et elle est tombée avec fracas dans le sentier en bas.

32. Maradona

Le prof de gym avait fini par accepter. Nous n'irions pas faire un jogging mais resterions à jouer au basket sur le terrain de sport.

C'était une âme simple et honnête qui du fait de son minuscule salaire prenait ses trois repas à la cantine, et dont le plus grand bonheur était d'aider les filles au cheval d'arçon ou à la barre fixe. Il avait de petites mains chaudes et gras-souillettes. « En ce monde chacun sa voie, et de la mienne dévier ne veux », a dit Confucius. Ce qui signifie qu'aussi génial sois-tu, moi aussi, et que pour rien au monde je ne ferais l'échange : je ne suis pas jaloux. De toute ma vie, je n'ai vraiment envié que deux personnes. Ce professeur de gym-nastique, qui en toute saison, été, automne, hiver ou prin-temps, avait une bonne raison de tripoter les fesses de ses élèves. Étant donné le contexte historique et la pénurie, je ne sais pas si vous imaginez : nous qui n'avions pour tout légume que du chou en hiver ! Et un professeur de médecine, spé-cialisé dans la chirurgie mammaire, qui avait le privilège de palper avec leur consentement une bonne centaine de paires de seins chaque jour.

Une phrase mettait le prof de gym de bonne humeur : « Vous ressemblez de plus en plus à Maradona ! » Comme le footballeur il était costaud et court sur pattes, comme lui il avait des cheveux qui ondulaient naturellement, comme lui il aimait le ballon rond. Son idole s'habillant chez Adidas, il avait économisé pour s'acheter chez un distributeur agréé un short qu'il arborait dès le 15 mars (date où le chauffage était coupé), affrontant les frimas printaniers cuisses et mollets à l'air, et jusqu'à la mi-novembre (quand le chauffage était remis en marche). De ce fait, et comme il n'avait pas de rechange, il allait souvent les fesses luisantes de crasse. Elles brillaient comme un miroir lorsqu'il se retournait pour nous enseigner une nouvelle série de mouvements, au point que j'ai pu un jour y voir Sang Baojiang et lui conseiller de fermer sa braguette. Sur le terrain, il suffisait que nous vantions cette « ressemblance » pour que tortillant son gros cul il file gracieusement de l'avant avec le ballon – on aurait dit un soldat des temps anciens qui aurait mis son plastron argenté à l'envers – et attaque avec férocité. Trop pauvre pour s'acheter d'authentiques baskets, il avait dû se rabattre sur une imitation. Or, les copies étaient de très mauvaise qualité, à l'époque : sur les Puma, par exemple, le ventre du fauve était si gonflé qu'il avait l'air engrossé. Son choix s'était arrêté sur la paire qui faisait le moins toc dans une boutique de Xizhimen (Adidas à l'arrière, Nike sur les côtés). Pour la coupe de la fédération des clubs de footballeurs lycéens, Liu Jingwei nous ayant procuré des tee-shirts bleu ciel à col rond pour deux yuans pièce, Zhang Guodong et moi avons décidé de les transformer en maillots de marque. J'ai gravé un sceau en prenant pour modèle le survêtement de mon camarade, puis l'ai trempé dans de la teinture pour tissu et imprimé sur la poitrine, à gauche en dessous du col. Je venais juste de décorer le premier lorsque le prof de sport, informé par la rumeur, a débarqué. Un coup d'œil à mon œuvre a suffi à le faire éclater de rire : « C'est un faux ! » Le premier pas pour la réalisation d'une copie, nous a-t-il sévèrement fait remarquer, n'est pas la recherche des moyens matériels, mais celle d'un original authentique. Le vrai logo a trois feuilles, pas trois pétales de fleur ! J'ai attrapé Zhang par le col et il a immédiatement avoué qu'il avait cherché à se faire mousser mais que son pantalon n'était qu'une banale imitation. Lentement, le prof a alors retiré son short, nous intimant d'un ton sévère : « Je vous autorise à prendre les mesures, mais interdiction de l'essayer. Faites-moi une bonne contrefaçon, au lieu de ces cochonneries. » Puis il m'a tendu la pièce, dont j'ai accusé réception avec la même solennité que s'il se fut agi d'un drapeau. Il en avait d'ailleurs le poids, comme si la moitié de ses grosses fesses étaient venues avec. Mon deuxième essai a été si réussi qu'il en a voulu trois exemplaires, désormais il avait un maillot Adidas assorti à son short Adidas et ressemblait encore plus à Maradona.

Ainsi vêtu, il nous forçait à faire du jogging même quand il faisait froid. « Aujourd'hui vous me traitez de tous les noms, mais plus tard vous et vos épouses me remercierez. Ça compte, l'endurance. » Après avoir passé au pas de course la fabrique de maltose nous devions prendre à droite, suivre la rue des pièces détachées pour automobiles, reprendre à droite, longer l'Institut d'économie de l'entreprise et l'hôtel Zhaolong puis, après avoir tourné encore une fois à droite, laissant derrière nous les toilettes publiques et l'imprimerie du *Journal de la jeunesse de Chine* regagner le lycée. Très vite nous nous sommes aperçus qu'il était possible de prendre le bus. Mais un jour, il nous attendait à l'arrêt du 43. « Désormais, vous ferez des tours de stade », a-t-il dit avec indulgence. Trois mille mètres équivalaient à dix tours, dès le septième ma langue pendait comme celle d'un chien. Effectivement, ma femme m'a plus tard complimenté pour mon endurance : « Et tes camarades prétendent qu'en sport tu étais le dernier de la classe ! On peut dire que votre lycée était une collectivité de premier ordre et que vous aviez un bon prof ! » Sur le terrain de sport, au moins, on savait quand on allait s'arrêter. Et un tour, et encore un tour, ma langue s'est mise à pendre comme celle d'un chien ! Au lycée on ne courait que lorsqu'il faisait froid, c'est inhumain de courir en été dans un lit !

Depuis que je suis adulte, à part au lit je ne cours plus, je fais de la natation. Lorsque je ne copule pas, je vais l'après-midi à la piscine du Twenty-First Century qui a un bassin de cinquante mètres. Comme j'ai fait médecine, Zhang Guodong m'a demandé si on pouvait mesurer l'effort physique fourni pendant l'activité sexuelle. «Bien sûr, lui ai-je répondu, si tu comptes tout, préliminaires et jeux post-coïtaux, en vingt, trente minutes tu dépenses autant que si tu nageais cinq cents mètres ou en courais mille cinq cents.» Si c'était scientifique? Prouvé? Évidemment: les après-midi où je n'ai pas deux rapports je vais nager un mille mètres ou faire un jogging. C'est d'une rigoureuse objectivité et tant pis si tu ne me crois pas!

À la fin du cours de sport, je m'apprêtais à regagner la classe en épongeant ma sueur lorsque le chef de classe, un dénommé Xiao, m'a interpellé:

— La prof principale veut te voir.

Comme j'entrais dans le bureau en me demandant de quels points de versification j'allais pouvoir discuter avec notre auteur de poésie floue, j'ai vu que le conseiller d'éducation était lui aussi présent et mon cœur s'est serré.

— Ah! Te voilà. Assieds-toi, a dit la prof principale.

— J'aime autant rester debout. On est toujours assis pendant les cours.

J'avais bien regardé autour de moi, il n'y avait pas la moindre chaise libre dans un rayon de cinq mètres.

— Vous aviez gym?

— On a joué au basket.

— Je ne savais pas que tu étais sportif. On prétend que tu écris des vers.

— Il a bien fallu que je m'y mette. La poésie est passée de mode maintenant que tout le monde en fait. Le roman marche mieux, mais c'est trop long, *Pékin Soir* ne peut pas en publier.

– Tu es allé en cours, hier matin ? m'a-t-elle brusquement interrompu.

J'en suis resté comme deux ronds de flan.

– J'ai demandé à tes camarades. Certains prétendaient t'avoir vu un instant plus tôt, peut-être étais-tu aux toilettes ? Quand je suis revenue pendant la deuxième heure, ils ont ajouté que tu avais sans doute trop mangé de pois aux cinq saveurs et que tu étais constipé, tu devais être encore face à ton mur à essayer de te soulager. D'autres ont raconté que tu avais accompagné à l'hôpital la vieille dame aux cheveux blancs dont tu es responsable dans le cadre du soutien aux familles des militaires. Tu as de bons rapports avec les masses ! Mais qu'as-tu fait en réalité hier matin ?

– Tout cela m'est arrivé, mais hier, en fait, j'étais malade.

Je regrettais sérieusement d'avoir séché. La prof d'anglais (celle dont les cheveux lui chatouillaient les fesses) avait emmené la classe en salle de projection pour voir *Le Choix de Sophie* en version originale et améliorer son niveau de compréhension orale. «On a vu pas mal de chair mais je n'ai pas compris un mot, à part que la fille criait tout le temps : Dear ! Dear ! Le reste, rien. Par contre Zhu Shang et les autres étaient fascinées, elles n'ont pas lâché l'écran des yeux, ça ne rigolait pas », m'avait confié Zhang Guodong.

– Et aujourd'hui tu es en pleine forme pour le cours de sport ?

Cette faille dans mon raisonnement relevée en présence du conseiller d'éducation la plongeait dans une allégresse qu'elle ne cherchait pas à dissimuler. Ses yeux étincelaient derrière ses lunettes et son nez couperosé resplendissait, écarlate et prêt à couler. Un sourire bienveillant aux lèvres, le surveillant écoutait impassible.

– Je suis guéri.

– Complètement et en aussi peu de temps ?

– J'ai consulté.

– À quel hôpital ? Tu as des preuves ?

– J'ai consulté à la maison.

– Comment ça ?

– Je me suis ausculté moi-même.

– Tu t'es ausculté toi-même ?

– En me regardant dans le miroir.

– Ts, ts, a fait ce cher surgé.

Il a coulé un œil vers la prof qui donnait l'impression d'avoir envie de mordre, et toujours aussi amène s'est interposé.

– Tu es un élément talentueux de la communauté lycéenne, il faut collaborer avec le corps enseignant pour que l'école soit bien administrée. Comment trouves-tu l'atmosphère, ces temps-ci ?

– Un peu agitée.

– Pour quelle raison, à ton avis ? Tes camarades auraient-ils de mauvaises lectures ? Ou de mauvaises fréquentations ? Seraient-ils associés à des cercles malsains ?

En imagination je l'ai affublé de moustaches pour compléter la ressemblance avec un sergent de l'armée japonaise en train d'essayer de rouler la brave jeunesse simple et honnête des campagnes chinoises.

– Peut-être le climat. C'est bientôt le printemps.

Dans la cour les asthéniques jasmins d'hiver avaient fané, tandis qu'effrontément forsythias et chèvrefeuilles se mettaient à jaunir.

– Votre élève a du caractère. Ni les mauvais livres ni les mauvaises fréquentations ne sauraient déteindre sur lui. N'est-ce pas vous qui avez dit : « À table mal dressée ne t'assieds pas, blé mal fauché ne mange pas, sinon d'un Mencius jamais n'accouchera » ?

33. Joie des filles

Le conseiller d'éducation était notre ennemi naturel, toujours dans nos jambes. Entre lui et nous la haine était mortelle, à nos yeux il n'y avait pas pire engeance.

Nous passions nos journées à imaginer son emploi du temps. À huit heures pile, le matin, il s'asseyait à son bureau, un meuble de petite taille en joli bois que les peintres avaient laqué avec parcimonie pour laisser transparaître les veines. Sous la plaque de verre de cinq millimètres d'épaisseur qui couvrait le plateau il avait glissé une dizaine de photos de classe, celles des élèves qu'il avait instruits. Ces clichés étaient passés du noir et blanc à la couleur, les tenues de l'uniforme militaire ou du bleu de travail parental aux jupes fleuries et aux survêtements Puma et Adidas, seule sa place n'avait pas varié : il était assis au premier rang, au milieu de ses disciples, arborant un sourire plein de santé et de réserve, tel un sculpteur portraituré avec ses œuvres. Si vous vouliez entamer une conversation, le plus simple était de l'interroger au sujet de ses ex-élèves. Lancé pour des heures, son discours tournait alors autour de deux grands axes. Premièrement, ils avaient en majorité très bien réussi et occupaient des postes en vue au Parti, dans l'administration, l'armée, la sécurité publique, le parquet ou la magistrature. Deuxièmement, tous lui étaient extrêmement reconnaissants et s'ingéniaient à faire rejaillir, sous une forme ou une autre, un peu de leur gloire sur celui qui les avait éduqués. Ils s'inquiétaient pour lui et, à la Fête du printemps, il recevait un sac plein de cartes de vœux. Il choisissait les plus jolies et les plus brillantes, tendait un fil à sa fenêtre, les y accrochait et les laissait pendre comme du linge à sa corde, douze mois d'affilée.

— La nature donne un corps aux enfants, nous façonnons leur âme, disait-il fier de cette formule épouvantable.

Pour lui c'était une titanesque responsabilité, un gigantesque accomplissement.

D'une qualité égale à celle de la table, sa chaise était, été comme hiver, protégée par un coussin confectionné par sa femme.

— Vous devriez en faire autant, exhortait-il ses jeunes collègues de sexe féminin. Sinon vous serez mal réglées.

Après s'être rempli deux thermos d'eau chaude, il mettait à infuser un thé qu'il commençait à siroter dès neuf heures en étudiant le journal. Cette tâche était de la plus haute importance : un éducateur se doit d'analyser avec minutie la conjoncture pour être en mesure de définir la direction qu'il convient de donner aux esprits qu'il forme.

De son siège, par la fenêtre, il voyait le parterre qui s'étendait devant les bureaux de l'administration : au ras du sol l'herbe tendre et les pensées, plus en hauteur les sorbaires, amandiers de Chine et lagerstroemias.

Il y avait aussi la statue. Elle se dressait en plein milieu et dès qu'elle entrait dans son champ de vision le besoin de proférer des grossièretés le démangeait. Six mois plus tôt, deux soi-disant « maîtres en esthétique » venus du Sud avaient affirmé que l'absence de sculpture dans un établissement tourné vers la science et l'avenir était aussi intolérable qu'une fillette sans nez. Aussi le proviseur leur avait-il alloué trois mille yuans, sans compter les quatre mois pendant lesquels ils avaient été logés et nourris, et la statue avait été érigée : une lycéenne en train de faire le grand écart et de brandir la maquette d'une bombe à hydrogène, un lycéen en position de fente avant qui présentait la navette spatiale. Quel que soit l'angle sous lequel on la regardait, disaient les professeurs, elle faisait penser à un couple d'extra-terrestres ou de gardiens de portes chassant les démons.

En face s'élevait le bâtiment de type soviétique qui abritait les salles de classe et qui, sur les photos aériennes, ressemblait à un avion bedonnant : la bibliothèque aurait été l'aile gauche, le laboratoire la droite, les salles de classe le torse, le grand hall qui servait de cantine et de salle des fêtes le ventre, le restaurant des professeurs la queue et l'entrée, par laquelle défilaient tous les jours dans les deux sens près d'un millier d'étudiants, le bec. Il n'avait même pas à se lever de sa chaise pour les voir. À ses yeux les garçons étaient quantité négligeable et il y avait deux sortes de filles : celles qui portaient des soutiens-gorge et les autres, parmi lesquelles il fallait encore distinguer celles qui de toute façon n'avaient rien à soutenir de celles (ô combien haïssables) qui auraient dû en mettre mais ne le savaient pas, contribuant directement à la mauvaise ambiance qui régnait au lycée.

– Si on ne construisait plus d'écoles, il faudrait davantage de prisons. Moins on fréquentera les premières, plus les secondes seront peuplées. Si nos établissements sont mal gérés, les cellules seront bondées et ce sera le désastre, clamait-il en réunion avec l'impression d'être un général. Les lycéens ne sont encore que des enfants. Ils entrent dans cette phase où leur vision du monde et de l'existence va se former. Comme le jade non dégrossi ou la feuille de papier vierge. Ce ne sont pas eux qui manquent de questions mais nous qui manquons à les découvrir.

Quelqu'un lui avait rapporté du Xinjiang un superbe morceau de jade de rivière, coloré, lisse, scintillant et transparent. Parce qu'il lui évoquait ces mots du *Classique de la poésie* : «Comme on grave l'os, comme on polit le jade», qui constituaient sa devise d'enseignant, il les avait fait graver dessus en calligraphie officielle. Puis il y avait percé un trou et le portait attaché à sa ceinture avec un fil de soie bronze. De temps à autre il jouait avec. Zhang Guodong, qui l'avait observé aux toilettes, prétendait que ses bourses et le jade étaient de même taille, de même forme, et que ne pouvant décemment ni exhiber ni tripoter les unes en public, il avait ainsi trouvé un substitut !

À ses yeux, il y avait forcément des problèmes. De la même manière que les fleurs embaument, la pluie tombe et certaines filles doivent se marier, il y aura toujours des individus incapables de se tenir à leur place. Entre lui et nous, l'animosité ne datait pas d'hier, elle était apparue dès le début de la cérémonie d'ouverture. Désœuvrés, nous nous étions mis à tripoter Sang Baojiang sous prétexte qu'il avait la bouche sale. Excédé il s'était emparé d'une brique et nous avions dû prendre la fuite. Nous avions beau courir, il était à nos trousses et lorsque à proximité du panneau d'affichage nous lui avons tiré la langue, il m'a visé, j'ai baissé la tête et la plaque de verre a volé en éclats. Les héros de la Chine populaire sont tombés sans perdre ni leur dignité ni leur sérieux. Le surgé a organisé une concertation à l'amiable, d'où il est ressorti que les frais d'indemnisation inhérents au dommage seraient équitablement répartis entre les deux parties.

Sang Baojiang ne lui en vouait pas moins une haine implacable. Au moment des Jeux asiatiques, chaque lycéen pékinois avait été obligé d'acheter un billet de tombola à un yuan. Zhang Guodong et Liu Jingwei ont tiré un « merci », j'ai gagné deux yuans que je m'apprêtais à aller toucher quand la prof principale m'a obligé à en acheter deux autres – lesquels se sont bien entendu contentés de me dire « merci ». Sang Baojiang, quant à lui, a gratté sans rien dire, mais sa figure a viré au pourpre. Il a attendu qu'elle se soit éclipsée avant de soupirer en s'exclamant :

– J'ai… j'ai… j'ai gagné le gros lot ! Cinq cents yuans ! Il n'y en avait qu'un pour tout le quartier !

Nous nous sommes précipités pour vérifier, effectivement, il avait droit à un lot de première catégorie. Je n'avais pas l'ombre d'un doute, à l'époque : jamais de toute ma vie je ne gagnerais une somme pareille en travaillant.

– Cinq cents yuans, a-t-il continué. Je vais pouvoir regarder des centaines de vidéos, acheter des milliers de bâtons au caramel chez le roi des azeroles à Hujialou. Elles coûtent cinquante fens pièce, mais il les évide et les remplit de purée de haricots rouges et de poudre de noix. Cinq cents yuans. Il va me falloir un bout de temps pour compter s'ils me les donnent en petites coupures ! Vous n'avez pas eu la main heureuse, tant pis, il n'y aura rien pour vous. Sauf si, par bonté d'âme, j'offre une tournée de galettes farcies.

– Thank you, pisseur de bulles ! nous sommes-nous d'une seule voix écriés.

Xiao, le chef de classe, est alors arrivé au grand galop pour l'avertir que le conseiller d'éducation lui demandait de passer dans son bureau.

– Il veut certainement savoir si je préfère du liquide ou un livret à la banque. Ce sera la banque, sinon je n'aurai pas le temps de sortir du lycée que vous m'aurez dévalisé.

Une heure plus tard, le haut-parleur conviait les élèves à un meeting sur le terrain de sport. Lorsque nous sommes arrivés, Sang se tenait sur l'estrade (autant qu'il m'en souvienne c'est la seule fois où cela lui est arrivé) à côté d'un surveillant qui feignait la décontraction. Tête basse, les joues rouges, notre camarade donnait l'impression d'avoir appris qu'il y avait chez lui un décès ou un incendie. Comme nous nous pressions sur le terrain, il a pris le papier qu'on lui tendait et lu :

– Notre mère patrie a des paysages magnifiques, une très longue histoire, une brillante et ancienne civilisation, une glo-rieuse tradition révolutionnaire et un régime socialiste supé-rieur. Après avoir subi les tourments de la misère, elle vient d'entrer dans un nouveau printemps, déploie une nouvelle physionomie et s'est engagée sur la voie de la renaissance. « J'aime ma patrie socialiste ! », « Unissons-nous pour redresser la nation chinoise », tels sont les cris de mon cœur. Ce noble patriotisme est la force spirituelle derrière l'édification socia-liste et m'a inspiré de hautes visées révolutionnaires. Moi, Sang Baojiang, élève de seconde, au nom de la patrie, des Jeux asiatiques, de notre établissement et de notre classe, je fais de mon plein gré don à l'État des cinq cents yuans gagnés à la loterie.

Tonnerre d'applaudissements au pied de l'estrade, il a pleuré puis il a ri. Il a ensuite fallu le soutenir pour le ramener au dortoir et le reste de la journée il n'a plus dit qu'une seule phrase en boucle :

– J'encule ce putain de salaud de conseiller d'éducation !

J'encule ce putain de salaud de conseiller d'éducation! J'encule, etc.

Aux yeux du surveillant, il y avait aussi ceux ou celles qui de naissance semblaient destinés à jeter le trouble dans leur entourage. Émeraude ou Zhu Shang, par exemple. Les filles sont des filles, elles ont un visage, une taille, des jambes, d'accord, très bien tout cela. Mais il ne pouvait se retenir de soupirer en pensant aux petits voyous qui traînaient l'air de rien devant le lycée: c'étaient des adolescentes comme elles qu'ils attendaient.

– Comment pourrait-il ne pas y avoir de problèmes? Il paraît que de la littérature pornographique circule dans l'établissement sous forme de copies manuscrites ou de revues érotiques étrangères. En plus il y a cette chanson qu'ils ont composée eux-mêmes. Le rapport est clair: cette littérature a stimulé leur créativité, en conséquence de quoi ils ont écrit une chanson cochonne. Et puis il y a les toilettes…

Là encore, il aurait aimé dire des gros mots.

– Quelle bande de petits salauds! Ils ouvrent leurs cahiers de devoirs, braves et gentils comme tout, vous leur donnez le thème: «Racontez une activité qui vous a intéressé» et pas moyen de leur faire sortir huit cents caractères. Alors pourquoi ont-ils tant de choses à raconter dans les toilettes?!

En chinois, mais aussi en anglais, en mandarin et en dialecte. Nos textes et dessins s'étalaient sur le sol comme sur les murs. Une nouvelle couche était à peine posée sur le béton inégal, où l'eau s'accumulait, que ce vers de Xue Pan [1] y fut inscrit:

1. Personnage secondaire du roman *Le Rêve du pavillon rouge*, bon à rien et assassin.

«Joie des filles, le vit qu'on leur met.» À côté des œuvres originales, on trouvait des adaptations et des arrangements du style de ceux qui, sans doute, ont fait choir *Fleur en fiole d'or* au rang de littérature érotique. Un jour qu'il était affairé dans un box, le conseiller tomba sur une devinette : «Vous traversez une forêt noire, vous voyez une naine. Vous poussez les battants de la porte, un voyou y entre, restent deux salauds, qu'est-ce que c'est?» Lorsqu'il est revenu avec la peinture et la brosse pour effacer, quelqu'un avait posé un étron dans la cuvette et modifié les paroles : «… un surgé y entre, restent deux salauds.»

— Il faut absolument faire peindre cette porte en noir, répétait-il à longueur de temps à notre prof principale.

34. *Histoire de l'art occidental*

La cloche a sonné.

Les élèves des petites classes, qui avaient cours au rez-de-chaussée et au premier, ont déboulé dehors dans un joli tohu-bohu et se sont rués sur les tables de ping-pong, brandissant balles et raquettes. Des fenêtres du haut, les grands les guettaient d'un œil mal intentionné, prêts à leur jeter une poignée de craie et à invectiver leurs ancêtres s'ils levaient la tête – sans oublier de s'effacer au dernier moment pour pousser à leur place un parfait innocent.

Au milieu de ce tumulte, Xiao, notre chef de classe, s'est solennellement levé. Il a tiré sur son tee-shirt pour que le logo trifolié d'Adidas soit bien en évidence, s'est passé la main droite dans les cheveux et est allé vers Zhu Shang. C'était le seul à ne pas avoir voulu de nos superbes contrefaçons bleu ciel à col rond, préférant en acheter un vrai. Le logo était brodé au-dessus du sein gauche, la différence avec nos imitations était criante.

Zhang Guodong l'avait toujours méprisé. Il estimait que ce godelureau imberbe spécialiste ès dénonciations cachait un tempérament libidineux derrière son apparente rectitude, qu'il aurait dû vivre à l'époque des eunuques. Mais même Zhang était forcé d'admettre qu'en dépit d'une intelligence limitée, il se distinguait du lot par son extrême méticulosité. Quoi qu'il dise, quoi qu'il fasse, c'était toujours étudié. Était-ce pour cela qu'il était devenu chef de classe ? Ceux qui le connaissaient depuis le primaire (époque à laquelle le portrait de Mao Zedong était accroché dans les salles de classe) racontaient qu'il passait ses journées à le regarder sagement. Une fois au collège, lorsque le Président ne fut plus présent qu'au-dessus de Tiananmen, veillant sur le peuple occupé à prendre des photos souvenirs et sur le trafic de l'avenue Chang'an, par habitude il avait continué de couver la prof principale d'un œil révérencieux. Comme en plus il avait appris tous les poèmes de celle-ci par cœur et les connaissait encore mieux que ceux du Grand Timonier, elle ne pouvait faire moins que lui confier la responsabilité de la classe et s'efforcer, de connivence avec ses collègues, de lui attribuer les meilleures notes possibles. En littérature, sa matière, il n'y avait rien à dire. Si elle affirmait : « Bonne utilisation de la personnification et du parallélisme. 20/20 », personne n'irait débattre avec elle. Mais le prof de maths abusait : il lui donnait des points pour chaque étape. S'il écrivait une équation, même pas forcément en rapport avec le problème, un point. S'il notait la marche à suivre sans calculer : un point. S'il écrivait un résultat : un point. Et quand vraiment il n'y avait rien à faire, il déclarait : « C'est faux mais j'ai compris son raisonnement et il était juste. »

Zhang Guodong m'a raconté que sur la porte des toilettes des garçons au deuxième étage on pouvait lire : « Aller à Harvard, épouser Zhu Shang. »

— Notre chef de classe a de l'ambition, a-t-il commenté. J'ai reconnu sa calligraphie vulgaire.

— Et toi c'est quoi, ton idéal ?

— Gagner de l'argent. Et puis…

— Et puis quoi ?

— Si Xiao arrive à ses fins, tout faire pour qu'il porte des cornes. Je garerai ma Mercedes 600 au pied de son immeuble et j'appellerai Zhu Shang de mon portable pour lui parler du bon vieux temps. Je ne serai pas pressé, je serai bavard… On discutera tranquillement. Je lui remémorerai la première fois où je l'ai invitée à danser, la musique, la souplesse de mon pas, le fait que j'aie su faire tourner sur la piste une fille qui n'y connaissait rien. Puis je vanterai sa légèreté, son talent pour me suivre et revenir se blottir dans mes bras à la moindre pression des doigts. Quand nous en aurons tous deux assez, d'un commun accord nous déciderons de nous retrouver à minuit sur le terrain de sport du lycée où nous nous assiérons l'un contre l'autre. Autour de nous, hormis la lune et les étoiles qui nous épieront et les lampes de ceux qui passent leurs nuits à jouer au mah-jong, l'univers sera sombre et silencieux, nous n'entendrons que mon souffle et les battements de son cœur. Ce type, je te le ferai cocu jusqu'à l'os ! Cocu au point qu'il n'arrivera plus à bander, ou qu'il bandera mou, ou qu'il éja-culera trop tôt ou pas du tout et deviendra stérile. Il sillonnera les rues à la recherche d'une adresse de médecin militaire à la retraite, se fera entuber et une seule piqûre le rendra incapable de dresser la tête. Après je m'arrangerai pour être dans les petits papiers de sa fille : je l'emmènerai en boîte, au karaoké, à l'hôtel, au restaurant… Elle rentrera chez elle, éblouie par tout ce que l'argent peut payer, elle suffoquera en voyant son géniteur et demandera à Zhu Shang : « Maman, pourquoi m'as-tu donné ça pour père ? »

Arrivé à la hauteur de Zhu Shang, le chef de classe a tapé sur la table avec l'index pour qu'elle remarque son existence et lui a tendu *Histoire de l'art occidental.*

– Je te le rends. Merci beaucoup, c'est passionnant. Les livres bien reliés sont rares de nos jours. Les Éditions Sanlian sont vraiment les meilleures. En plus leurs livres ne sont pas chers ! Où l'as-tu trouvé ?

– À la librairie Sanwei.

– Où est-ce ? J'aimerais y faire un tour mais je connais mal l'ouest de la ville.

– Tout droit après Tiananmen.

– Ah, là ! là ! Je ne sais pas m'orienter, tu ne veux pas m'y emmener demain après les cours ? Entre condisciples, il faut s'aider. Qu'en penses-tu ? Après je t'inviterai à dîner du côté de Xidan.

– J'ai oublié comment on y va.

– Vraiment ? Et bien tant pis. Quel tableau as-tu préféré ? Moi c'est la fresque de la chapelle Sixtine par Michel-Ange. C'est grand, c'est profond, c'est puissant. Aucun Chinois ne saura jamais peindre comme ça. Nous n'avons rien produit de viril depuis les peintures rupestres de la haute Antiquité. Michel-Ange était fantastique.

Une discrète satisfaction s'affichait sur son visage, il en avait plein la bouche, de son Michel-Ange.

J'ai décollé la tête de la table, soulevé mes paupières bouffies de sommeil et lui ai demandé bien fort :

— Hé, tu sais ce que Michel-Ange dégageait ?

— Du génie ! C'était un authentique génie que le vulgaire ne saurait déprécier.

— Erreur, un fumet. Il ne se lavait jamais. Il était persuadé que les bains nuisaient à la vigueur et s'arrosait de parfum. À force, l'odeur de ses aisselles, de ses pieds, de sa sueur et de toutes ces eaux de toilette ont fini par se fondre en un tout, il puait.

Zhu Shang a ri mais sans commenter.

En dépit du tumulte, notre petit groupe ne passait pas inaperçu.

— Vulgaire et stupide ! a dégluti le chef de classe.

Il ne me faisait pas peur. Mon père venait de bénéficier d'une promotion, deux échelons au-dessus du sien. Quant à celui de Liu Jingwei, encore plus haut placé, il était en excellents termes avec sa mère et, le père de Xiao s'occupant au département filatures de mannequins belles comme des fleurs ou des jades, il avait mis son ex-bonne amie en garde. « Lui ? » avait-elle répondu en tordant le nez, tel l'empereur qui refusait de croire que son grand eunuque puisse être un danger.

J'aimais que Zhu Shang s'esclaffe. Cela me donnait envie de la prendre dans mes bras pour que sa gaîté pénètre mon sein.

— Dis donc, Xiao, toi qui sais tout, j'ai un truc un peu compliqué à te demander : pourquoi Beethoven ne jouait-il jamais avec ce doigt-là ?

J'ai tendu l'index droit.

Un chef se doit de garder son sang-froid. Il se doutait que j'étais en train de me payer sa tête et il ignorait la réponse. Alors il a ri, gêné, et a regagné sa place.

Mais j'ai le cuir trop dur, depuis trop longtemps et trop profondément pour lâcher facilement.

– Tu ne devines pas ? Parce que c'est le mien !

– Zhu Shang, ai-je chuchoté. Notre chef de classe pue lui aussi, et en plus c'est un cachottier. Depuis six mois deux questions me tourmentent : comment fait-on pour monter les grues sur les chantiers ? Et pourquoi sa raie est-elle toujours impeccable ? J'ai trouvé hier la réponse à la seconde ! Il y a un truc qu'on appelle de la mousse, tu en mets sur tes cheveux, tu les peignes, et tes mèches ne bougent plus.

35. *Bréviaire des jeunes mariés*

La veille, Émeraude était passée me voir. Elle avait une nouvelle coiffure, sa frange ondulait sagement sur son front.

– C'est joli, avais-je dit.

Mais au toucher, ses cheveux étaient durs.

– J'ai mis de la mousse.

Je l'avais trouvée chez moi et avais protesté : elle avait la clef mais j'aurais préféré qu'elle s'en serve le moins possible.

– Pourquoi ? Tu as peur que j'arrive pendant que tu fais l'amour avec une fille ? Avec Zhu Shang ? Ne me regarde pas comme ça, à moins de la droguer tu ne la toucheras jamais : c'est le genre à garder sa virginité pour son futur époux. Mais, au cas où, je m'assiérai dans un coin et attendrai tranquillement.

– Qu'est-ce qui t'arrive? Tu es drôlement remontée. Un beau garçon te fait languir? Je n'ai pas grand-chose à craindre puisque je me garde pur comme le jade pour toi, mais si mes parents te trouvent ici, ta réputation en prendra un coup et on m'accusera de traîner avec une fille de mauvaise vie.

– Je me cacherais! Mais quand ta mère me regarde, j'ai l'impression d'être la dernière des dernières!

– Si tu n'avais pas commencé… Il ne faut pas lui en vouloir, elle te suspecte de m'avoir ravi toute innocence – en quoi elle a raison. Comment as-tu su que c'était moi?

– Tu es tellement débauché que le fait d'introduire la clef dans une serrure suffit à t'exciter: tu sifflotes exactement comme si tu t'apprêtais à un autre type de pénétration.

– Nous n'avons qu'une âme pour deux, camarade!

De la main je l'ai immobilisée, elle a ri puis est tombée toute molle dans mes bras. En sa compagnie je pouvais être moi-même. Pas besoin de dissimuler, inutile de faire semblant. Notre relation était aussi naturelle que le vent qui souffle ou la pluie qui tombe, aussi décontractée qu'elle peut l'être entre deux personnes qui fument les mêmes cigarettes, boivent la même marque de bière et ont au bout de trois bouteilles les idées pareillement embrouillées, une identique confusion des sentiments.

– Tes cheveux ont poussé?

Je pense souvent à Émeraude. Quand je suis fatigué, quand je m'ennuie, j'imagine qu'elle apparaît à mon côté. Je pose la tête sur mon épaule, je la serre dans mes bras, je m'introduis en elle, je raconte des bêtises, je parle à tort et à travers, j'enchaîne obscénités et offenses au bon goût…

J'ai enfoui ma tête dans son cou, sa crinière était lisse et parfumée. C'était prodigieux : il suffisait que je laisse mes doigts glisser le long de ses cheveux, que je hume leur parfum qu'aucun shampooing n'aurait su déloger, et mon sexe se raidissait. Je ne suis pourtant pas trop sensible, bien moins que notre conseiller d'éducation : j'ai eu plusieurs fois la chance de pisser à côté de lui. Au-dessus des urinoirs, une fenêtre à hauteur d'épaules permettait de surveiller les allées et venues des filles. Un jour, je m'en souviens fort bien, nous sommes entrés au même moment et avons avec dignité défait d'un même mouvement nos braguettes. J'en ai profité pour jeter un œil au pendentif en jade : « Comme on grave la pierre, comme on polit le jade ». Avec un parfait synchronisme nous avons entamé puis achevé notre besogne et à l'instant où nous secouions nos pénis Zhu Shang est passée. Pour ma part j'ai réussi à aller au bout de ce que j'avais entrepris, mais lui s'est mis à bander sur-le-champ ! Solennellement il a toussé, a boutonné tant bien que mal son pantalon sur son engin rigide et est sorti sans m'adresser un regard.

— En fait je viens de les faire couper, ils avaient des fourches. Depuis combien de temps ne m'as-tu pas regardée, petit con ? Quand m'as-tu prise dans tes bras pour la dernière fois ? Je t'ai manqué ?

— Bien sûr.

— C'est intéressant de draguer ?

— Ce n'est pas moi qui drague, c'est Zhang Guodong. Je l'assiste, j'ai même accepté de changer de place avec lui si elle répond à ses sentiments, mais pour le moment il prétend qu'il n'y a pas grand-chose à se mettre sous la dent.

— Il n'y a pas goûté ! Tu l'aides vraiment ou tu attends qu'il ait fait le boulot pour baisser ton froc ?

– J'aime bien ce qui est sans saveur.

– Et en mâchant du savon, tu as pensé à moi?

– Oui.

– Où ça? Et lui, il a pensé à moi?

Elle m'a mordu le lobe de l'oreille puis a continué de m'embrasser, plus bas.

– Plus que tout! ai-je articulé.

Je me suis rappelé la première fois, un an plus tôt. Il faisait le même temps: après la pluie le ciel s'éclaircissait, l'air avait un parfum de terre. Nous étions tous deux assis sur ce lit, sur la couette que maman avait fait sécher l'avant-veille et qui sentait le soleil. Émeraude m'a demandé si je lui avais manqué, puis elle m'a embrassé, en commençant par l'oreille. Ensuite elle est descendue: la mâchoire, le cou, la poitrine, la cuisse et enfin la verge. Avec elle, et avec elle uniquement, je cessais de réfléchir. Le sexe s'octroyait les pleins pouvoirs. Nu comme un ver, quand j'avais faim je mangeais, quand j'avais soif je buvais. Le sang avait délaissé le cerveau pour irriguer ma queue qui se dressait comme pour m'intimer de la serrer fort. Alors j'ai pris Émeraude dans mes bras et «elle», de plus en plus grosse, s'interrogeait: comment faire?

– Comment faire? ai-je demandé à Émeraude.

Sans un mot, sa main m'a guidé, expliqué combien il y avait de trous, l'usage de chacun et introduit dans le bon. Qu'est-ce qu'il était content, mon engin dans le trou d'Émeraude! J'ai chaud, a-t-il dit.

– Je n'en peux plus, ai-je avoué à Émeraude, qu'est-ce qu'on fait maintenant?

– Si tu n'en peux plus, n'essaie pas de te retenir. Pour une première fois c'est déjà long, tu peux te retirer.

En soupirant, je suis sorti. Elle m'a tapoté l'épaule pour me réconforter :

– C'était très bien, tu es fatigué ?

Émeraude disait qu'il y avait chez moi un truc qui n'était pas comme les autres. Elle n'avait pas la patience de le comprendre mais elle avait celle de l'embrasser. Ma queue gonflée, ce jour-là, m'avait fait penser aux graines gorgées d'eau sur le point de germer et rappelé ce qui s'était passé dans mon corps quand enfant j'avais vu dans un film un Tibétain fouetter son esclave. Elle était tellement enflée qu'on aurait dit une tête, un lendemain de beuverie lorsqu'on n'a plus goût à rien, ou ma lèvre boursouflée, quand pour la première fois j'avais chipé le rasoir de Papa pour la débarrasser de son duvet.

Comme lors de notre premier essai, les formes pleines d'Émeraude m'ont évoqué un sentier en train de serpenter entre les collines.

– Allonge-toi, ne dis rien, tu es très belle.

J'avais parfaitement conscience de ce qui me revenait de droit et de ce qu'il fallait demander, mais de tout ceci j'ignorais le sens et la finalité. Aussi me contentais-je de galoper allègrement, sans marquer de pause, sur son chemin de campagne. Par la fenêtre les immeubles faisaient une sorte de forêt. Il suffisait de courir sans s'arrêter pour que le corps, devenu transparent, éclaire la route. Pourquoi courais-je ? Parce que j'avais gonflé. Pourquoi gonflais-je ? Parce que je plaisais. Pourquoi plaisais-je ? Parce que j'avais quelque chose. Quelque chose de vraiment différent ? Balivernes ! Qu'arriverait-il si je courais jusqu'au bout ?

J'ai repensé au tour qu'on m'avait joué quelque temps plus tôt. Lorsque j'avais regagné ma place, dégoulinant de sueur après une partie de basket, j'avais découvert sur ma table un paquet joliment emballé. Quelque amoureuse platonique, m'étais-je dit, secrètement réjoui. J'ai déchiré le papier avec des petits ours jaunes sur fond bleu, suis tombé sur une autre couche, rouge avec des roses jaunes, puis encore une autre, verte avec des peupliers. Enfin, sous la quatrième, j'ai découvert une boîte en carton. Retenant mon souffle je l'ai ouverte bien précautionneusement et en ai extrait une feuille pliée en forme de cœur qui ne portait une fois déployée qu'un mot : « Connard. »

Zhang Guodong a jeté un œil, puis éclaté de rire en remarquant que l'écriture ressemblait à celle du chef de classe.

Et si le chemin qui en cet instant s'ouvrait à mon corps, et si Zhu Shang que mon cœur ne parvenait à oublier, étaient aussi des boîtes en carton sous plusieurs couches de papier fleuri ?

Le sentier tanguait de moins en moins discrètement.

– Fais moins de bruit.

J'ai coulé un œil vers le balcon du cinquième où séchait une petite culotte.

– Oh… Ah… Tes parents ne vont pas se pointer à l'heure qu'il est. Qui veux-tu qui nous entende ? Les voisins ? Ils croiront que tu asticotes les chats. Oh… Ah…

– Chut !

Sur le balcon, la petite culotte blanche à fleurs roses se balançait dans le vent.

– Oh… Ah… D'accord, mais dans ce cas laisse-moi t'embrasser.

Elle a collé à mon cou deux lèvres puissantes.

– Tu me fais mal !

– Peut-être, mais je souffre encore plus !

– Aïe !

– Demain, tu auras une marque aussi rouge qu'une rose fanée, cela s'appelle une «griffe de printemps» dans les livres. Tu l'emporteras au lycée et si la personne avec qui tu partages ta table s'intéresse vraiment à toi (et fait travailler ses méninges) elle saura tout.

Il suffisait de courir, mais j'étais fatigué et sous mes pieds le sentier se faisait périlleux. J'ai finalement senti que cela n'allait plus, je ne pouvais plus galoper. Pour aller où, d'ailleurs ?

– Tu as vraiment un don, prends soin de toi, a-t-elle comme la première fois complimenté ma petite queue. Et comme la première fois aussi, elle l'a ensuite réprimandée : Te voilà bien sage tout à coup. Tu veux que je te chante une chanson cochonne : *Debout ! Nous ne voulons plus être esclaves*[1] *!* Tu sais, dans un magasin j'ai vu un réveil que je vais finir par t'acheter : il parle. Quand c'est l'heure il dit : Debout ! Debout ! Il faut persévérer ! Qiu Shui, je t'interdis de dormir, ce n'est pas parce que tu es jeune et fort que tu ne dois pas te préoccuper de technique. Tu as lu le *Bréviaire des jeunes mariés* ?

– À quoi bon ? Je le connais par cœur et pourrais l'écrire moi-même : quand vous avez fini, continuez de vous caresser, il ne faut pas s'endormir. J'ai raison, non ? Mais est-ce que tu réalises à quel point c'est éreintant pour un puceau ? Et il faut encore méditer sur les héros morts pour la patrie, réfléchir à l'hydroxyde de sodium que nous avons étudié aujourd'hui et aux équations à deux inconnues. En conséquence de quoi, j'ai sommeil.

---

1. Premier vers de la *Marche des volontaires*, l'hymne national chinois.

Émeraude a pris le sac qui l'accompagnait partout et s'est dirigée vers la salle d'eau. Il contenait des mouchoirs en papier, un flacon de lait démaquillant, une bouteille d'Oil of Olaz et de la mousse. Elle pouvait secouer la tête tant qu'elle voulait, sa frange tomberait toujours avec légèreté sur son front, impeccable.

– Tu devrais pisser même si tu n'en as pas envie. C'est meilleur pour la santé, je l'ai lu dans le *Bréviaire des jeunes mariés*.

Sans répondre je me suis levé et ai entrepris de retaper le lit. Il m'importait surtout de récupérer les longs cheveux qui traînaient sur la couette et l'oreiller. J'en ai fait une boulette que j'ai jetée à la poubelle.

Depuis que, surpris par une averse qui avait détrempé mon paquet de Hilton, j'avais un jour oublié de retirer les bribes de tabac de ma poche et que ma mère était tombée dessus, j'étais d'une prudence extrême – au point de laver mes caleçons moi-même en cas de pollution nocturne, ce qui alimentait d'innombrables conciliabules dans le lit conjugal de mes parents. Mon développement physiologique était-il normal ?

36. Deux bouteilles de Licorne

Radieuse lumière du printemps. Soleil éclatant, brise paresseuse. Épandus dans le ciel par le vent, les chatons des saules jouaient à suivre les piétons. Les fleurs étaient fanées, les premières feuilles d'une réjouissante tendresse. Les filles les plus coquettes, ou les moins frileuses, avaient sorti leurs jupes et chemisiers de gaze translucide. À contre-jour on voyait leur corps bouger et dans leur dos, l'ombre foncée des bretelles du soutien-gorge.

Recroquevillé sur mon siège à côté de la fenêtre, je me sentais indolent. À force de contempler ce printemps qui s'agitait et les chatons qui volaient, quelques phrases d'un poème de Feng Yansi me sont revenues : « Au cœur du printemps une sente que bordent les saules, où le cœur a ses raisons elle va. Indicible tristesse, et ma pensée chaton de saule, que pousse, pousse le vent vers toi, ô mon amour. »

Curieusement, je rêvais peu de Zhu Shang. Elle ne m'apparaissait jamais que partiellement : un regard, une expression, une mèche de cheveux ou une main blanche tendue dans un songe bleu comme l'aurore quand les ténèbres rencontrent le jour. Des rêves muets, me semble-t-il, ce qui était normal puisque dans la vraie vie nous avions rarement de conversation sérieuse. Si mouvement il y avait, c'était la marche : du moment qu'elle était là, quelques mètres sur une berge arborée suffisaient à mon bonheur… Le lieu « où le cœur a ses raisons » est celui où il s'émeut. Ma main n'avait pas besoin de toucher la sienne, ni mes yeux de rencontrer les siens, quelques pas lents effectués en sa compagnie me comblaient. Certaines pensées sont difficiles à démêler, à définir, comme ces chatons baignant dans le soleil printanier. Mais en fait, nul besoin de les exprimer ni de les développer grâce aux chatons ! Ils atterriraient auprès d'elle chargés d'une âme à leur image pour jeter le trouble dans la sienne, y mettre le même désordre, y semer la même confusion.

Curieusement, dans la réalité, je n'avais pas non plus idée de qui elle était vraiment. Je ne savais comment l'approcher. Elle était toute la journée à côté de moi, elle était de chair, elle sentait bon, mais elle semblait encore plus irréelle que dans mes rêves. J'ignore ce qui me tenaillait, mais en sa présence je n'étais plus moi-même. Je me méprisais. Jamais je n'aurais osé la brusquer. Rêver? Je n'y arrivais pas. Comme disait Zhang Guodong, il aurait fallu «inventer un moyen de la serrer sur son cœur sans forcer, rien que pour voir la réaction des masses». Mais comment faire? Autant ajouter des bras à la Vénus de Milo: ils détonneraient. J'aurais aimé lui passer un coup de fil par un soir de printemps où le vent n'aurait pas été trop violent et l'inviter à une promenade, mais aucun prétexte ne me venait à l'esprit, mes lèvres étaient scellées, mon estomac digérait mes paroles.

Les cours finis, j'ai décidé de rentrer directement à la maison. Lorsque poussant nos vélos nous avons franchi le portail, une Toyota argentée (d'après Zhang Guodong, couleur peau de rat) était garée le long du trottoir. À peine Zhu Shang avait-elle fait son apparition que deux hommes en complet veston descendaient pour la héler. Zhang Guodong, Liu Jingwei et moi avons ralenti. L'air contrarié, elle a échangé quelques phrases avec eux. Même mal lunée, je ne l'avais jamais vue afficher un tel déplaisir.

Je me suis arrêté. Zhang m'a confié ensuite qu'il n'avait jamais lu une telle rage dans mon regard. Les deux types étaient très élégants et leurs cravates rouges à fleurs bleues ne venaient pas d'un étal de rue. Zhang et Liu, les deux garçons les plus virils que je connaissais, avaient l'air à côté d'eux aussi tendres que des pommes vertes.

Face à une Zhu Shang qui secouait la tête, la main obstinément enfoncée dans la poche de son jean, ils arboraient des figures affables, souriantes.

– Non, je veux rentrer à la maison.

L'un des deux l'a prise par le bras.

– Mais aucun problème. On dîne, on chante deux ou trois chansons et on te raccompagne. Il fait tellement beau, cela fait longtemps que nous n'avons rien fait ensemble.

De nouveau elle a secoué la tête.

– Non, je veux rentrer à la maison.

– Tu as encore des devoirs ? C'est bien toi, ça ! Écoute, on va faire comme autrefois, on t'aide et après on y va, d'accord ?

Il la tenait toujours par le bras.

Renégation de la tête.

– Non, je veux rentrer à la maison.

Quand je l'ai entendue refuser pour la troisième fois, j'ai laissé tomber mon vélo et le plus calmement possible articulé :

– Lâche-la, tu vois bien qu'elle n'a pas envie.

– Tu es qui, toi ?

– Un de ses camarades de classe.

– Vraiment ? a demandé à Zhu Shang celui qui la tenait.

Elle a hoché la tête.

– Nous vieillissons, la nouvelle génération monte au créneau, ont-ils commenté en échangeant un sourire.

– Cela suffit. Enlève ta main.

– Sinon ? Tu t'es rasé pour la première fois ce matin ?

Spontanément j'ai enfoncé la main dans la poche qui contenait mon couteau à cran d'arrêt.

C'était une lame rapportée des années plus tôt du Yunnan. Depuis qu'un disciple de Kong Jianguo avait fait la peau d'une petite frappe et dû se mettre au vert, ses copains venaient assez souvent crier vengeance à la porte du lycée avec des fourches et des chaînes de vélo pour que je me sente contraint de prendre certaines précautions et prie le vieux voyou de me fournir une arme au cas où ils me tomberaient dessus. Il m'avait passé celle-ci, dont le métal était banal à son goût, mais tellement brillant qu'à la lumière du soleil il faisait peur. En plus, le ressort était excellent, très discret, si bien que l'astuce consistait à le déplier d'un coup pour intimider l'adversaire.

Pour l'heure, mon but n'était pas d'effrayer.

La marchande de boissons installée à la porte de l'école surveillait la scène d'un œil amusé mais inquiet. J'ai marché jusqu'à son étal et me suis emparé de deux bouteilles de Licorne. Puis j'ai fracassé celle que je tenais de la main gauche sur mon crâne, la limonade sucrée et le sang mouillant mes cheveux. La seconde a atterri sur la tête du type avant qu'il n'ait eu le temps de reprendre ses esprits. Le sang s'est mis à couler encore plus d'abondance dans ses mèches soigneusement apprêtées, les doigts qui serraient le bras de Zhu Shang se sont lentement relâchés, mollement il est tombé au sol, sa cravate rouge à fleurs bleues léchant le sol comme une langue de pendu.

Avec les deux goulots qui me restaient en main je me suis tourné vers son acolyte. Leurs crocs de verre directement pointés vers sa face pâle sautillaient dans le soleil. Liu Jingwei et Zhang Guodong avaient plongé la main dans leur sac pour y chercher une arme.

— Emmène ton copain à l'hôpital. Celui de Chaoyang est tout près, ai-je dit avant de jeter mes restes de bouteille par terre et de régler à la vendeuse les deux yuans que je lui devais.

Puis j'ai ramassé mon vélo, il était temps de rentrer. Mais Zhu Shang est accourue et m'a pris par le bras,

Très légèrement elle s'appuyait sur moi, me donnant l'impression d'être un homme sur qui on peut se reposer.

— Toi aussi, tu devrais voir un médecin.

Sa main avait frôlé ma chemise et senti dessous les muscles durs comme du roc, me dirait-elle plus tard.

– Pas la peine. Allons-y.

Son visage était dénué de toute expression, mais elle sentait bon. Je me suis brusquement dit qu'il n'existait pas plus grand bonheur au monde, pour revivre cette sensation j'étais prêt à mourir sur-le-champ.

Elle est montée avec moi au troisième mais s'est arrêtée devant ma porte, coulant un œil vers la fenêtre où le soleil qui s'apprêtait à tomber sur les montagnes allumait le ciel de couleurs éclatantes. Les gens rentraient du travail. L'air impénétrable, à la main le quotidien du soir et les légumes achetés au passage, ils regagnaient leur demeure sous l'œil vigilant de matrones au brassard rouge, impatientes de voir survenir un élément socialement inadapté.

– Vraiment, tu devrais consulter un médecin.

– Inutile !

– Je te remercie beaucoup.

– Je t'en prie.

– Bon, et bien je vais y aller.

– Tu ne veux pas entrer un instant ?

J'ai nettement perçu une hésitation dans ses pensées, mais on commençait à entendre des bruits de pas dans les couloirs, les uns après les autres les adultes arrivaient.

– Une autre fois, a-t-elle dit. Aujourd'hui je me sens un peu lasse. Je ne sais pas.

Dans la chambre, j'ai brusquement eu l'impression de plonger dans les ténèbres. Je suis allé jusqu'au bureau et me suis servi un verre d'eau chaude que j'ai dégluti en faisant tellement de bruit que j'ai failli sursauter. Dès que les rideaux ont été fermés, l'harmonie s'est installée : dans mon esprit comme dans la réalité il faisait sombre. J'ai alors pris conscience d'un bruit régulier, d'une exaspérante monotonie, et me suis affalé dans le fauteuil avec un épouvantable mal de crâne. Les veines battaient sous ma peau, c'était comme lorsque j'étais petit et que je prenais un bâton pour cogner sur la palissade du jardin public : si on faisait bien attention, on pouvait entendre deux mots, différents pour chacun d'entre nous — de la même manière que la stridulation des cigales en été peut signifier « je sais » ou « j'ai chaud ». Dans mes oreilles les coups étaient de plus en plus forts, leur tempo de plus en plus soutenu, « Zhu Shang, Zhu Shang, Zhu Shang », criaient-ils. Je n'en pouvais plus, ma tête me faisait horriblement souffrir, le bruit venait de ma cervelle, comme si mon crâne était en train de s'ouvrir, que les interstices entre les os se frottaient les uns aux autres : « Zhu Shang, Zhu Shang, Zhu Shang. »

37. Soutif

Il commençait à faire chaud. C'est le climat de Pékin. Après un hiver pas forcément froid mais long, un beau jour on ouvre la porte et on s'aperçoit que les fleurs ont rougi, les saules verdi : c'est le printemps. Puis viennent le vent, le sable et les températures montent. Le printemps de Pékin est si court qu'on dirait le réveil d'un ours : il bâille et c'est l'été. Pourtant, comme les fleurs à peine fanées les filles ont enfilé leurs robes. Rien ne semble manquer à notre univers.

Nous avions encore cours, de littérature ce jour-là.

Éreinté, je m'étais écroulé sur la table et les yeux mi-clos écoutais en somnolant. La partie de mah-jong avait été enragée, la veille. Un ancien voyou qui avait fait fortune dans le commerce des sous-vêtements nous avait invités à le retrouver dans son nid. Et que pouvions-nous faire, ensemble ? Sinon manger et jouer au mah-jong.

— Soutif. Explique-moi pourquoi tu t'obstines à faire des études, Qiu Shui ?

Depuis qu'il vendait de la lingerie, toutes les tuiles « deux cercles » étaient pour lui des « soutifs », il prétendait qu'elles lui portaient bonheur et ne s'en défaussait que s'il y était contraint. Du jour où il en avait acheté une en jade dans la rue pour la porter en médaillon, il avait fait fortune. La moitié des *Victoria's secrets* sortaient de ses usines. En dépit d'une vue parfaite, il arborait une paire de lunettes rondes, en forme disait-il de soutien-gorge, et toujours un « deux cercles » de mah-jong en pendentif, une tuile ancienne sertie d'émeraude. Sa demeure était constituée de deux corps de bâtiment reliés par une galerie qui, de loin, ressemblaient à des soutifs, et même la petite pièce d'eau à l'entrée était à l'imitation du lac dit « des yeux » aux Collines parfumées. Sa fille, baptisée Victoria en anglais, n'avait jamais eu qu'une ambition : elle serait médecin, spécialisée dans les maladies du sein.

— Je suis. Soutif. Laissez Qiu Shui tranquille, il n'y a que lui qui étudie sérieusement, il faut le soutenir.

— Trois bambous.

— Dis donc, tu ne chercherais pas à me brouter la tige (deux bambous) ? Tiens. Qiu Shui, pour la bouffe ou les nanas, si un jour tu as besoin d'aide, tu nous préviens.

— Un caractère. Arrête de te prendre pour le centre du monde, tu t'imagines qu'il a besoin de toi pour draguer ?

– Il paraît qu'au lycée, tu es assis à côté de la nouvelle Miss Monde. Tu veux être prix Nobel plus tard ? Ce n'est pas lassant, parfois ? m'a demandé une fille qui nous regardait jouer en me guignant du coin de l'œil.

– Vent du Sud. Vous feriez mieux de vous concentrer, vous parlez tellement que je vais tous vous plumer.

– Menstrues (Dragon rouge). Sa mère serait cette femme dont Kong Jianguo parle tout le temps.

– Je suis. Menstrues. Qiu Shui refuse de se réformer.

– Sept cercles. Le vieux voyou a toujours dit qu'on ne le ramènerait pas dans le droit chemin.

– Chow, six cercles. C'est pas bientôt fini ?

– Trois caractères. Je te file un Chow et tu te plains !

Les types avaient amené des filles, lesquelles s'étaient assises derrière eux et les réchauffaient doucement avec leur poitrine. Ce qui était sacrément bizarre, c'est que dès qu'arrivait le tour du négociant en lingerie, il s'exclamait : « Je pioche », mais qu'avant de tendre la main vers les dominos, il pinçait celle de sa dulcinée et tirait à tous les coups la tuile désirée.

– On arrête bientôt ? Dans les grandes occasions on ne dépasse jamais les douze murs et nous voilà déjà à six. Dis-moi, la belle, tu ne voudrais pas me rendre un service ? Lâche cinq minutes ton marchand de soutiens-gorge, prends du fric et va nous acheter une caisse de bière. Ta main est trop puissante. Merci, merci. S'il continue à te caresser les doigts avant de caresser la chance, on n'aura plus qu'à faire semblant d'avoir besoin de pisser pour aller se tripoter…

Elle est revenue avec une bouteille de bière blanche par personne, que nous avons bue au goulot. Les deux autres se sont peu à peu refaits, moi je continuais de perdre.

– Qiu Shui, on dirait que tu es trop heureux en amour, ces temps-ci. Sinon tu n'aurais pas une telle déveine au jeu! Alors, c'est agréable? Tu te l'es faite? Elle a saigné?

– Ça suffit. Je n'ai jamais eu la main. Vous ne la connaissez pas, et vous ne me connaissez pas non plus. À mon âge, on se branle mais on reste puceau.

– Une rosière éternelle! Comme elles! a dit le négociant en montrant les filles du doigt.

– Toi, ce soir on va te rendre ta virginité et ce sera pour toujours, ont-elles répliqué d'une seule voix et d'un air féroce.

Après trois litres de bière, la tête avait tendance à me tourner. Les autres commentaient les derniers scandales. J'étais vraiment un moins-que-rien. Je ne tenais pas l'alcool et j'étais nul avec les femmes, qu'est-ce qu'il me restait? Je ne faisais pas honneur à l'enseignement de Kong Jianguo.

Quand je suis rentré à la maison, j'en étais à six bouteilles et ma boîte crânienne avait doublé de volume.

L'homme a une mèche dans la colonne vertébrale. Il suffit de faire descendre un verre d'erguotou jusqu'en son milieu, là où se trouve notre âme véritable, pour l'allumer. La bière est plus douce, il faut plusieurs litres, beaucoup de temps et jamais la flamme n'est aussi forte, sa lumière tremble comme celle d'une lanterne cassée. Le monde à la lueur d'une lampe à huile diffère à la fois du plein jour et de l'obscurité. Il est plus beau, plus vrai.

Le ciel commençait à légèrement blanchir, accrochée au faîte des arbres la lune semblait une galette dans laquelle on aurait mordu.

– Bientôt cinq heures.

À la faveur de cette vague clarté, du pied de l'immeuble, confusément, il m'a semblé apercevoir la petite culotte blanche à fleurs roses de Zhu Shang en train de se balancer sur son balcon.

– Personne ne m'a jamais fait peur et je ne crois en rien. Mais s'il y a une chose dont je suis sûr, c'est qu'un jour je serai riche à millions ! Est-il vrai qu'un homme ne doit jamais aimer ? Qu'après avoir mis une fille dans son lit il ne faut plus rien sentir pour elle ? Que c'est la seule manière de goûter le sommeil et la nourriture, de parler sans crainte et d'aller de l'avant ? D'être un mec qu'on respecte, quoi ? C'est ça qui plaît aux filles ? Qu'on les saute et c'est tout ? Elles n'aimeraient que ceux qui sont incapables de tout leur donner ? Bizarre, bizarre. D'autant plus qu'on prétend que nous ne pouvons décider de ce que notre cœur va nous dicter ? Qui choisit, merde ? Qui gère ? D'après quels critères ? Qu'est-ce qui fait que je t'aime ? Pourquoi ? Pourquoi ?

J'avais envie de hurler, de réveiller avec mes vociférations le monde entier – y compris les habitants de l'immeuble, les collègues de mes parents, mes camarades de lycée, mes professeurs et jusqu'à la mère de Zhu Shang, l'ex-amie de Kong Jianguo – tous ceux qui dormaient, enfin, pour qu'ils sachent que je pleurais à fendre l'âme et que l'amour me déchirait les entrailles.

Pourquoi n'étions-nous pas un millénaire plus tôt ? À l'époque où le boucher, s'il avait de gros bras, pouvait brandir son coutelas à égorger les cochons comme un chef de guerre pour couper les têtes. Où il suffisait d'avoir du bagout pour aller de royaume en royaume en prêchant la vérité. Où si votre engin était impressionnant vous bloquiez les roues des charrettes et attendiez que l'impératrice vous invite au palais quand la rumeur lui serait parvenue. Ne serions-nous que cent ans plus tôt, je pourrais enlever Zhu Shang et l'emmener dans la montagne. C'était bien autrefois, on se battait, on violait et c'était la même chose : une question de vie ou de mort. Maintenant tout était interdit par la loi.

Mais le présent est le présent. Dans la rue il y a des taxis, les réverbères s'allument et s'éteignent à heures fixes, que nous reste-t-il ?

– Cette fois j'y crois vraiment, ça ne suffit pas ? Ma voix brusquement s'était brisée, un murmure : Si en cette vie il doit m'être donné d'épouser Zhu Shang, faites que chez elle la lumière s'allume ! Si elle s'allume je croirai ! Faites que la lumière s'allume ! Lumière ! Allumez la lumière !

La lampe s'est allumée, sans la moindre raison allumée. Je n'en étais qu'à ma troisième incantation et elle s'est allumée.

J'ai regagné ma chambre au petit trot.

38. Des pupilles doubles

La prof principale était malade. Officiellement nous l'avions poussée à bout et étions responsables de calculs biliaires dont elle devait se faire opérer. Zhang Guodong et moi les attribuions pour notre part à l'oppressante mélancolie qui résultait du contraste entre la vigueur de son talent poétique et la médiocrité de sa puissance d'expression. Elle aurait dû les garder d'ailleurs : qui sait si ces calculs n'avaient pas de pouvoirs magiques et réduits en poudre ne guériraient pas l'anxiété ? Je les aurais plutôt mis dans une bouteille d'encre : il suffirait d'y tremper la plume pour écrire un *Adieu au mont de la Mère céleste après une excursion en rêve*[1].

Son remplaçant était un homme, une grosse tête comme le prof de maths, qui me faisait penser au « Pavillon des nuages baladeurs » en face de l'école. Une soi-disant boutique d'antiquités : pièces en bronze gravées d'un moineau des Han de l'Ouest, monnaie couteau de Wang Mang et des Han de l'Est, bracelets de femme en cloisonné bleu, anneaux en plaqué or, sceaux en méchante pierre de Qingtian, papier Xuan à quatre-vingts fens la feuille, chats et chiens en céramique, bambous à la manière de Zheng Banqiao, cartes de vœux et de Saint-Valentin... Comme la grosse tête de notre professeur intérimaire, le local était polyvalent : développement de photos, cabine téléphonique... Son patron était un vieillard sec et barbu à qui Zhang trouvait des allures d'immortel et dont Liu Jingwei prétendait que c'était un con. Il aimait bien Zhang Guodong, au point de lui avoir fait un jour discrètement cadeau d'un anneau en jade de l'époque Ming et dégageait un vrai parfum d'ancienneté en dépit de sa grossièreté. Il lui suffirait de l'enfiler sur son pénis, plus tard quand il ferait la bête à deux dos, pour avoir des orgasmes multiples, avait-il expliqué en insistant bien sur le « multiples ». Qu'est-ce que c'est, la bête à deux dos ? s'était inquiété mon copain. À quoi ça sert, des orgasmes multiples ? Plus tard il tournerait un film sur les gens comme l'antiquaire du Pavillon, une espèce très commune dans notre capitale, et l'intitulerait *Le Sédiment de la culture pékinoise*.

1. Du grand poète Tang Li Bai (701-762).

Le remplaçant soutenait sa lourde tête. Il était rompu à l'art traditionnel des lettrés chinois : déblatérer à tort et à travers en geignant. En venait-on à parler des intellectuels, par exemple, il fallait qu'il nous narre les avanies qu'il avait subies en tant que droitier, expliquant qu'il avait envisagé de se suicider mais qu'après avoir plongé dans la rivière et bu une bonne tasse, il avait vu les choses autrement et était remonté sur la berge. Parlions-nous du *Retour à Yan'an* de He Jingzhi, autre exemple, nous en venions obligatoirement au voyage qu'il avait lui-même effectué là-bas du temps de sa jeunesse (principalement pour éviter un mariage). Parlions-nous de Gong Zi Zhong Er, il ne manquait pas de nous rappeler qu'il avait des côtes comme une planche d'un seul tenant, sans chair au milieu, et des pupilles doubles. Cela devait être effrayant, un type avec quatre yeux ! Les filles du premier rang étaient fascinées, elles se prenaient la figure entre les mains, leurs tempes rougissaient, à coup sûr il allait nous sortir que le duc chérissait ses côtes comme elles leurs seins et les caressait souvent. Qu'un jour, au cours de quelque débandade, un noble avait profité de ce qu'il faisait sa toilette pour y jeter un œil… Que sur le moment il n'avait rien dit, se contentant de ronger son frein en silence, mais qu'une fois monté sur le trône de Jin il avait inventé un prétexte pour l'éliminer.

Persécuté et battu pendant la Révolution culturelle, notre pauvre prof en avait gardé un problème aux reins qui l'obligeait à faire cours de son siège, du moins tant qu'il ne s'excitait pas et ne bondissait pas sur ses jambes pour jeter l'éponge par terre !

« Nous allons aujourd'hui parler du *Retour à Yan'an* de He

Jingzhi et de *Wang Gui et Li Xiangxiang*[1] de Li Ji. J'ai toujours éprouvé une étrange attirance pour cette vaste plaine de la Chine centrale, et l'an dernier, enfin, j'ai eu l'occasion d'y aller. C'est vraiment comme dans les films : sur la route en lœss, le paysan mène sa charrette tirée par un âne, une jambe sur le brancard, l'autre en train de balancer dans le vide, tandis que sa femme, en veste rouge et pantalon vert, allaite à l'arrière leur bébé qui tète avec détermination... À première vue, il paraît difficile de différencier les habitants du Shaanxi de ceux du Shanxi, mais j'ai un truc : les premiers attachent leur mouchoir derrière, les seconds, devant.

Par la fenêtre le vent poussait les premières chaleurs, les feuilles des arbres, comme gorgées de pluie printanière, semblaient dans le soleil d'un vert crémeux. La bouche du professeur bougeait, bougeait, on aurait dit qu'il s'agissait de satisfaire un besoin physiologique. Ses lèvres étaient rouges et pulpeuses, il en prenait sûrement grand soin. Ses petites lunettes aux verres épais dessinaient à contre-jour deux cercles, deux ronds : un «soutif», me suis-je dit. J'étais tellement abruti que même si je percevais distinctement chaque mot qu'il articulait, ils n'en faisaient plus qu'un lorsqu'ils tombaient dans mon oreille : «dormir». Mes yeux sur le point de se clore ne voyaient que Zhu Shang, son jean bleu foncé et son corsage rose pâle. S'était-elle lavé les cheveux hier soir ou ce matin ? Ils bouffaient sur ses épaules au-dessus du ruban de coton qui tenait son catogan.

C'est comme si elle faisait la sieste avec moi, me suis-je dit au moment de fermer les paupières.

---

1. Long poème datant de 1945 qui relate les vicissitudes endurées par un couple de paysans pendant la Seconde Guerre civile (1927-1937).

La cloche m'a forcé à les rouvrir, c'était la récréation, le chaos le plus complet régnait dans la classe.

Comme d'habitude les rares élèves passionnés par l'étude sont restés les fesses collées à leur chaise pour relire leurs notes : « Dans le Shaanxi, derrière ; dans le Shanxi, devant. »

Un garçon aux narines noires souriait d'un air bête à sa voisine aux jolis yeux :

– Il y a un arrivage de jeans délavés pas trop mal coupés sur le marché, ça te dirait d'y jeter un œil ?

Une bande de petits cons s'amusait à tourner autour des tables en s'envoyant de grandes claques censées illustrer leur amitié : encore une heure de passée, ça fait du bien, non ?

D'autres s'étaient réfugiés dans un coin et riaient d'un air grivois, probablement en train de caser le surgé dans les dernières blagues à la mode. Quel crime avait-il commis au cours de son existence antérieure pour finir aujourd'hui dans les discours de gosses pour qui la géométrie, Platon et la *Chair comme tapis de prière* n'avaient plus de secret ?

– Fatigué ?

Zhu Shang me souriait, je me suis efforcé de garder les yeux ouverts.

– J'ai faim.

– Plus qu'un cours et c'est le déjeuner.

– Cette bouffe pour cochons !

– Tu t'insultes toi-même…

– Humainement, ce n'est pas comestible. Peut-être que les porcs s'en régaleraient puisqu'ils mangent n'importe quoi.

J'ai été pris d'une envie subite : l'inviter au restaurant et boire quelques verres en sa compagnie. Mais j'ai ravalé les mots qui me montaient aux lèvres en ayant l'impression d'avoir dans la bouche un crachat que je serais condamné à garder jusqu'à ce que son sel soit assez fade pour être avalé. Pour qui te prends-tu, pauvre andouille ? me suis-je silencieusement dit.

— Si tu es assez attentif, peut-être le cours de maths te coupera-t-il l'appétit, tu n'auras plus faim.

— Tu crois que Christophe Colomb aurait découvert l'Amérique s'il avait été prof de maths ? Comment veux-tu que je me concentre ? Ça coupe toute envie ! Pas seulement l'appétit, je risquerais de ne plus faire de rêves érotiques !

— Grossier personnage !

— Parfaitement. Tu n'as pas rêvé, la nuit dernière ? Ne te méprends pas, je ne parle pas de ce genre de rêves, dans les livres ils prétendent que les filles n'en font pas. N'importe quoi, du moment que ce soit sur les coups de cinq heures du matin ?

— Non, je n'ai pas très bien dormi et je n'ai pas rêvé. Mais attends, c'est vrai, à cette heure-là les chats ont encore fait du ramdam. Le ciel commençait juste à s'éclaircir. Il y avait un gros matou sur mon balcon, avec ses yeux verts et sa tête bouffie on aurait dit qu'il me souriait. J'ai eu si peur que j'ai allumé la lumière !

— Et ensuite ?

— Le chat est parti.

— Je… J'ai vraiment faim.

— Écoute : j'ai apporté une boîte pour mon déjeuner, tu la manges et moi je rentre à la maison. J'ai oublié mon livre de politique, de toute façon il faut que je retourne le chercher. Voilà, c'est réglé.

— Merci beaucoup ! Quel est le menu ?

— Crabe sauté et restes d'hier soir.

— Comment faire si je n'arrive pas à avaler ?

– Tu feras un effort ! Autrement partage avec Zhang Guodong, vous êtes aussi maigres l'un que l'autre, ça fait mal de vous voir.

– Nous faisons pitié à ce point ? Lequel plains-tu le plus ?

– Aucun des deux. Mais c'est mon tour de tenir le journal de classe et je voulais vous demander de l'aide. Ce qu'on trouve dans les livres est soit trop long soit illisible. Prends ça comme un pot-de-vin !

– Richesse du militaire, misère du lettré. L'intellectuel qui mange à sa faim pense aux filles avant de songer à écrire. Ne serait-ce point le but véritable de ton invitation ?

– Grossier personnage.

Quand la cloche a de nouveau sonné, les petits mâles du premier rang se sont rués dehors et comme des flèches ont foncé, direction la cantine, à la main une boîte à déjeuner plus grosse que leur crâne. On aurait dit des soldats déterminés à accomplir leur devoir coûte que coûte, en train de courir avec des grenades vers le fortin ennemi.

39. Essai sur le printemps

Le ciel s'était couvert, l'envie m'a brusquement pris de sécher le cours de politique et j'ai regagné ma chambre.

Elle était petite, une fois meublée – un lit, une table et une chaise – il n'y avait de place pour les livres que sur le matelas.

À droite de la table la fenêtre s'ouvrait sur le paysage des quatre saisons, par elle je voyais les fleurs s'épanouir et faner, la lune croître et décroître. À gauche se trouvait la porte : j'entrais, je mettais le verrou et le monde restait enfermé à l'extérieur.

J'allumais, je buvais une gorgée de thé et un autre univers s'animait. Cao Cao [1] parlait de tuer quelqu'un pour s'approprier ses biens, plaisantait à propos de la vie et de la mort ou évoquait cette jeune mariée qu'en compagnie de son rival Yuan Shao il avait espionnée et violée. Somerset Maugham m'enseignait ses principes : essentiellement qu'il ne fallait jamais inviter chez soi ni peintre ni poète, quand ils ont le ventre plein ces gens se sentent obligés de séduire ta femme. Liu Yong, un poète Song, le chéri de ces dames, fredonnait son *Tintement de la pluie*, D.H. Lawrence répétait à l'envi que l'existence est un pèlerinage d'une intolérable cruauté et Du Mu, le poète Tang, soupirait sur la tristesse qu'il y a d'être séparé de ce qu'on aime. Quant à Mark Twain, incapable de grandir, il m'apprenait toutes sortes de jeux.

— Certaines questions sont trop compliquées. Pourquoi, par exemple, quitte-t-on sa maman pour aller à l'école ? Pourquoi plus tard, devrai-je confier le soin de mon bonheur à une femme ? Pourquoi suis-je tombé amoureux ? Ma chambre est si petite, y a-t-il la place pour deux personnes ? Mais son univers est si vaste, est-ce qu'il lui plairait ?

J'étais assis à mon bureau, un mur entre le monde et moi, une lampe entre le mur et moi, un livre entre la lampe et moi, l'ombre vague de Zhu Shang entre le livre et moi.

Juste à côté se trouvait le téléphone, il aurait suffi de composer les sept chiffres d'un numéro pour tordre le cou à mon amoureuse nostalgie et régler le problème. Peu à peu le ciel s'était obscurci, à la fenêtre brillait un beau clair de lune.

---

1. Cao Cao (155-220) : chef militaire et poète, héros de l'*Histoire des Trois Royaumes*.

Avec le recul du temps, il semble que si licencieuses fussent-elles, mes pensées étaient encore pures et limpides, comme en témoigne la répugnante mièvrerie du journal que je tenais. J'aurais plus tard l'occasion de lire la prose de certains gaillards du Nord-Est célèbres pour leurs écrits adolescents. Des gens qui se lavaient en hiver toutes les trois semaines et en été tous les quinze jours. Leurs aisselles puaient, leurs narines étaient envahies de poils épais, mais lorsqu'ils ouvraient la bouche, c'était pour susurrer : « Du ciel pourpre tombe une bruine rose, j'ai chuté de la barre fixe, ai regardé les étoiles et t'ai vue. Comme une eau de printemps contenue par sa digue qui dès qu'on ouvre les vannes se déverse, comme le climat réprimé tout l'hiver qui d'un coup se réchauffe et tourne printemps : rincés, la placidité et les rêves poussiéreux des jours anciens se meurent, à la hâte on compulse le grand catalogue de la nature, l'air se fait humide, les oiseaux chantent, les hirondelles reviennent, la pluie tombe, les saules verdissent et les fleurs se colorent. Tel le garçon chez qui la passion s'éveille et les cris d'amour, tapis au fond de son cœur, qu'il te dédie. D'un coup il hurle, puis il rit puis il pleure, il embrasse, il éructe, se déchaîne et exalte. Pour toi les portes de l'idylle sont ouvertes. » Je me suis dit que si l'écriture avait été dès le lycée ma principale activité, j'aurais probablement pondu des textes de la même eau.

Mon journal ressemblait plutôt à ceci :

« La rue derrière le palais impérial doit être d'une déchirante beauté sous ce clair de lune. Le pavillon d'angle à vous briser le cœur, à vous faire fondre en larmes. »

« Petite demoiselle, ma minuscule demoiselle. Je dors sur une délicate demoiselle aux pétales roses. Petite demoiselle, pâle comme un chrysanthème, viendras-tu marcher à mes côtés ? »

« Le crabe de ton déjeuner était délicieux, ce midi. Je l'ai mangé lentement, entièrement, sournoisement, au point de me couper toute envie d'aller entendre que "la contradiction fondamentale du système capitaliste est le fossé qui se creuse jour après jour entre accroissement de la production et diminution du pouvoir d'achat des travailleurs". »

« Petite jeune fille, ô demoiselle, ma petite demoiselle pure et claire comme le jade et la glace, je voulais te dire : merci. »

J'ai pris le téléphone, composé un numéro, à l'autre bout une voix féminine a répondu.

– Allô.

– Est-ce que Zhu Shang est là, s'il vous plaît ?

– C'est moi.

– C'est Qiu Shui. Excuse-moi de te déranger, je voulais te demander quels ont été les passages importants du cours de politique, cet après-midi.

– Un instant, j'attrape le livre. Bon. Page quinze le deuxième paragraphe, page seize le premier, page dix-sept le deuxième et le troisième.

– Merci. Et encore désolé.

J'ai raccroché à toute vitesse. Puis me suis emparé d'une feuille et ai rédigé quelques lignes pour le journal de classe.

« Comme »

Comme s'il y avait un mot
Qui lorsqu'on le dit perdrait son sens
Comme le bruit d'une montagne qui tombe
Les nuages qui courent dans la paume
Comme un vide

La digue qui oublie que le fleuve coule
Comme une pierre plongée dans l'eau
Une phrase au fond du cœur
Comme une existence
Où je ne pourrais sentir qu'en solitude
Comme les ans le long des tempes
Le treillis de neige sur une engelure.

Le désordre de mes rêves m'a ramené dans la salle de classe. Par les fenêtres le soleil dardait. Je voyais bouger les lèvres du professeur de mathématiques, je voyais ses postillons mais je n'entendais rien, la pièce était plongée dans le silence. Je lisais les veines à l'intérieur des crânes et dans ces veines les pensées, mais sans démêler les vicieuses des hypocrites.

Zhu Shang n'était pas assise à côté de moi mais devant. Ses cheveux dénoués avaient dans la clarté des éclats d'émeraude, le ruban de soie rouge à pois blancs qui les avait attachés gisait sur la table. Si elle se dressait pour tendre l'oreille, ses cheveux effleuraient de leurs pointes ma trousse, si elle se penchait pour prendre des notes, ils couvraient ses épaules.

J'ai poussé ma trousse pour mettre à sa place les cinq doigts tendus de ma main gauche et, comme d'aucuns espèrent la goutte d'eau sacrée qui tombera de la paume de Guan Yin [1] le long d'une branche de saule, ou le sourire de Sakyamuni quand il interrompra la lecture des soutras pour cueillir une fleur, ou l'œillade d'adieu d'une Cui Yingying, l'héroïne de *La Chambre de l'ouest*, j'ai attendu.

Jamais je n'aurais imaginé l'intensité avec laquelle j'ai réagi :

1. Guan Yin ou Avalokitésvara, le Bouddha de la compassion.

une auréole de toutes les couleurs de l'arc-en-ciel a jailli de sa chevelure, il y a eu une lumière et un choc électrique tels que mes doigts se sont mis à trembler sans pouvoir s'arrêter.

Comme l'illumination quand enfin on comprend un classique, ce mélange de bonheur et de douleur n'a duré qu'un battement de paupière. Une espèce de glu jaunâtre s'est mise à dégouliner de mes phalanges, cela faisait la même impression qu'un discours lu à toute vitesse en bafouillant d'émotion.

À mon réveil mes compagnons de lit – Li Bai, Liu Yong, Du Mu… – me fixaient d'un œil venimeux. Après le millénaire passé à macérer dans le formol, leurs faces pâles avaient l'air vides et dénuées de sens.

40. Il gaulait les jujubes

Onze heures du soir, au dortoir. Je gisais dans mon lit sur le ventre, aussi immobile qu'un cadavre. Une demi-heure plus tôt, à l'extinction des feux, mes coturnes étaient rentrés à la queue leu leu de l'étude, brûlant d'ouvrir la gueule qu'ils avaient dû tenir fermée toute la soirée.

– Qu'est-ce qui t'arrive, Qiu Shui? Qu'est-ce que tu fiches dans cette position alors qu'il n'y a pas de fille dans ton lit?

– Tu ne comprends pas? Cela s'appelle répéter, méditer, entretenir son énergie. Un truc de nonne taoïste pour rétablir l'équilibre entre le yin et le yang: quand elles ont résisté aux cent femmes ou dépassé les cent hommes elles enfourchent leur balai et montent au ciel!

– Exactement! Il entretient son énergie! Puis par une nuit de lune noire et de vent il prendra une échelle…

Ces petits cons profitaient de ce que je ne protestais ni ne disais mot pour se lâcher.

– L'échelle est un outil traditionnel! On en trouve plein dans les romans français du XVIIIe ou du XIXe siècle. Le mec la gravit, la fille ouvre sa fenêtre et hop! ils roulent sur la couche juste en dessous…

– Au XXe une échelle reste une échelle! Les filles dorment à l'étage au-dessus, il suffirait de monter et qu'elles nous laissent entrer…

– Vous savez pourquoi il ne dit rien? Il est en train de réfléchir. C'est un peu compliqué, tout ça pour lui.

Il suffit que la lampe soit éteinte pour que mes condisciples n'aient plus aucune vergogne.

– Le jour où la fille qui était en dessous lui a demandé de l'enfoncer un peu plus, il a fait une sale tête: Je ne peux pas aller plus loin, a-t-il dû avouer.

– Ça, c'est vache! Drôlement vache! C'est très, très mal.

– Mais on s'en fiche de la longueur avec Qiu Shui! Ce qui compte c'est la puissance, le diamètre et l'endurance!

– Vous racontez n'importe quoi, Qiu Shui est le premier fusil du lycée, mais personne ne le sait. Qui oserait approcher, quand il se dresse dédaigneux et gonflé devant l'urinoir? Les autres doivent se coller à la cuvette! Vous en connaissez un qui la lève mieux?

– Le surgé!

– Exact! Exact! Au fait, j'en ai une nouvelle!

– Raconte!

– Comme chacun sait, nous fréquentons un établissement d'excellence. On y est un peu plus riche qu'ailleurs, mais comment dépenser cet argent? Pour soi, d'abord: si tu es malade tu vas voir un médecin occidental, en bonne santé un médecin chinois. Mais on peut aussi le dépenser pour les filles, en conséquence de quoi il est de plus en plus difficile d'être admis chez nous. Qiu Shui étant loin d'être bête, avant l'examen d'entrée il a eu la perspicacité de se renseigner : quels seraient les vrais écueils ? Il est d'abord allé voir papy Wang, le concierge, qui lui a expliqué que pour être admis il fallait avant tout être bien monté. « Regarde-moi, a-t-il dit, j'ai presque soixante-dix ans et je suis tassé, mais si de petits voyous se pointent à la porte je me détends d'un coup pour leur flanquer une raclée. Jamais je n'ai eu besoin de gourdin ni de matraque électrique ! » Qiu Shui a ri d'un air dédaigneux : « Peuh ! Moi, même quand je ne bande pas, je ne mets pas de ceinture, c'est ma queue qui tient le pantalon ! » Papy Wang a soupiré et l'a laissé passer, lui conseillant d'aller rendre visite au surgé. Notre ami continue sa tournée, tout content : alors ce n'est pas plus compliqué que cela, un lycée d'excellence. Mais il lui a suffi d'entrer dans la cour pour tourner les talons, abasourdi. Il est parti au galop sans demander son reste ! Pourquoi ? Le conseiller gaulait les jujubes allongé sur le dos !

– C'est bizarre, qu'est-ce qu'il a ? Je lui trouve l'air nauséeux. Nous sommes trop grossiers pour lui ou il a un Mencius dans le tiroir ? Viande improprement coupée point ne mangeras, à table improprement dressée point ne t'assiéras. Ce qui n'est pas conforme au rite n'entendras, de ce qui n'est pas conforme au rite ne parleras [1]…

– Tu m'as l'air sérieusement mal en point. Laisse-moi t'enseigner un remède. Un truc que chantaient les putains au siècle

1. D'après les *Entretiens* de Confucius.

dernier : « Des graines de pastèque, trente décortiquerai ; de papier rouge et de brocart bien les emballerai. Puis de porter à mon âme, la servante je chargerai : dis-lui, mes lèvres ont fait cela. Rouge c'est mon fard, humide ma salive. Le tout il mangera, et vite il guérira. » Tiens ! Cadeau : un paquet de pois du Japon.

– Allez-vous faire foutre !

– Par qui ? Qui t'a mis dans ce triste état ? Le ciel serait-il guéri de sa cécité ? Aujourd'hui enfin tu as ta juste rétribution ?

– Sincèrement, depuis quelques jours il travaille trop, à croire qu'il essaie de se tuer de fatigue. Qu'est-ce qui t'est arrivé pour que tu deviennes aussi lourd ? On t'a trompé ? C'est pour transmuer la tristesse en force que tu te jettes dans l'étude ? Si tu veux mon avis, tu ferais mieux de ne pas rester à macérer dans ton coin : sors, débauche-toi ! Renoue avec la vie et drague ! Prends une fille dans tes bras et raconte-lui des salades. Émeraude est vraiment chouette. Tu ne connais pas ta chance à force de nager dans le bonheur. Songe à tous ceux qui aimeraient t'assommer ! Allez, un peu de dévergondage. C'est garanti, garanti ! Comme disait Kang le bourreau, qui avait sacrément raison [1]. Tu te rends compte s'il était intelligent, le type qui a dessiné l'emblème Yin-Yang ! Un yin, un yang, un homme et une femme imbriqués l'un dans l'autre, ce qu'il y a en trop d'un côté est exactement ce qui manque en face. De mon point de vue, il y a toujours un trou béant dans le cœur de l'homme et tu auras beau t'escrimer – taper dans un ballon, jouer au mah-jong, visionner des films porno

---

1. Allusion à un personnage d'une nouvelle de Lu Xun, un des « pères » de la littérature moderne.

ou te tripoter –, rien n'y fera, au mieux tu en combleras la moitié. C'est comme l'emblème Yin-Yang : l'homme ne trouve ce qui lui manque que dans les bras d'une fille, il n'y a que là qu'il soit complet, qu'il soit heureux et vrai. Allez ! Emballe ! Puisque c'est garanti !

– Allez-vous faire foutre ! Si vous la fermiez, personne ne vous prendrait pour des muets, et tant que vous ne courrez pas le cul à l'air, on ne vous confondra pas avec des eunuques.

Sur quoi j'ai déguerpi.

41. L'affaire de l'aphrodisiaque

Froid, chaud, averse et embellie : après plusieurs jours de cette alternance, la canicule s'est déchaînée. D'un vert crémeux le matin, les feuilles s'étaient à midi ratatinées, les piétons ont sorti leurs parapluies pour se protéger du feu du ciel.

– Si on allait boire une bière ? a proposé Zhang Guodong.

– Bonne idée.

Près de l'école se trouvait une gargote fort proprement tenue en dépit de sa modeste taille. Il y avait des nappes sur les tables, une tasse de thé au jasmin offerte à chacun, un menu calligraphié à l'encre noire sur des bandes de papier rouge accrochées au mur. Il y avait aussi deux sentences parallèles, en gros caractères, que j'aimais beaucoup : « Hume, de cheval tu descendras » et « Point saoul, ne t'en retourneras ».

Nous avons commandé quelques plats, j'ai jeté la tête en arrière et vidé mon verre d'un trait.

– Ça n'a pas l'air d'être la grande forme, a remarqué Zhang Guodong après avoir lampé une gorgée.

– Ça ira. Où en sont tes affaires ?

– Quelles affaires ?

– Avec Zhu Shang. J'attends toujours de savoir si je dois changer de place.

– Je l'ai invitée à voir un film au théâtre de Chaoyang, elle n'est pas venue. Je l'ai invitée à manger des azeroles au sucre à Hujialou, elle n'a pas daigné accepter. Un jour de pluie (un bel orage avec éclairs et coups de tonnerre) nous attendions ensemble que ça se calme sous l'auvent du laboratoire quand j'ai pris mon courage à deux mains et lui ai dit qu'elle me plaisait.

– Qu'est-ce qu'elle a répondu ?

– Elle a dit : Ah bon ?

– Et après ?

– Après c'est tout. On dirait qu'il y a entre nous une couche de papier que je n'oserai jamais percer. Je ne saurais pas, de toute façon.

– Insiste. Mais il faut que ça vienne de toi, je ne peux plus t'aider. Au moine qui cherche l'illumination, le maître dit qu'il doit comprendre seul, sinon même s'il monte au ciel cela ne changera rien.

– Dans certains cas, il est inutile de chercher à comprendre, pour la bonne raison qu'il n'y a rien à comprendre. Quand je vous vois en train de rire et de plaisanter, je me dis que ce n'est vraiment pas la peine que tu lui écrives des lettres d'amour en mon nom. Tu ferais mieux de les signer ! Mais dis-moi : sincèrement, elle te plaît, oui ou non ?

– Elle me plaît.

– Et moi je pense que tu lui plais.

– Tu parles ! D'ailleurs, y aurait-il un petit quelque chose,

en quoi cela m'avancerait-il ? Comme dit la prof de littérature : « Si mon regard fait bondir ton cœur, je le détour-
nerai de toi ; si ma rame fait se lever les vagues, de ton rivage
j'éloignerai ma barge. » Je ne suis pas comme toi, je n'ai rien
d'extraordinaire.

J'ai avalé une nouvelle gorgée de bière.

– De mon point de vue on lui a tellement fait la cour
qu'elle est blasée. Elle ne réagit pas, il n'y a pas le moindre
feed-back.

Après ce « Ah bon ? » sèchement formulé, il s'est lancé dans
l'élaboration des aphrodisiaques. Pas pour rendre le yang plus
vigoureux, non, pour lutter contre la froideur. En grand secret,
il m'a confié qu'il y avait, en gros, deux catégories d'ingrédients :
ceux d'origine végétale et ceux d'origine animale. Parmi les
premiers : la cistanche saline, l'épimède, le ginseng, les graines
de schizandrae, la cuscute, le polygala et la cnide. Et parmi les
seconds : toutes les sortes de pénis, mais aussi le sang des règles
des vierges et la pisse de puceau. Jamais je n'ai rien avalé d'aussi
mauvais que la crème glacée qu'il m'a fait goûter. De mon point
de vue, sa théorie sur les excitants ne présentait aucun intérêt.
Plus tard, néanmoins, en connexion avec deux autres faits,
elle jouera un rôle majeur. Le premier de ces faits sera l'avè-
nement d'Internet. Encore étudiant à Qinghua, il condensera
ses recherches en une dizaine de pages et convaincra un collègue
informé des techniques modernes de les mettre en vente sur la
toile sous le titre alléchant d'*Encyclopédie des aphrodisiaques de la
Chine ancienne*. Cinquante recettes répertoriées, dira la notice.
Prix : quinze yuans. Il est formellement interdit d'acquérir ce
produit pour en faire un usage illicite. Le site et ses auteurs
déclinent toute responsabilité en cas d'utilisation contraire à la

loi. Ensuite, un jeune condisciple du département de chimie achètera le précis et ajoutera de l'éther à une recette pour provoquer une courte perte de conscience. Il conditionnera cette formule améliorée sous forme d'aérosol et en vaporisera certaine chambre par un beau week-end des vacances d'hiver. Trois éléments contribueront sans doute à son échec : premièrement, il n'aura pas assez potassé sa chimie analytique, la dose d'éther sera trop faible. Deuxièmement, les herbes chinoises sont difficiles à peser avec précision, la proportion d'aphrodisiaque sera insuffisante. Troisièmement, il sera trop pressé, ni l'une ni l'autre n'auront le temps de produire leur effet. D'après les matrones, les filles auront la tête qui tourne mais ne s'évanouiront pas. Les joues en feu, débordantes d'énergie, elles ne se rueront pas sur lui pour lui arracher ses vêtements mais pour lui balancer des claques et au lieu de lui donner du « Mon amour » elles crieront « Au voyou » ! Le temps que les gardes accourent, il n'aura plus de visage, mais quatre côtes cassées et elles lui auront rentré les couilles à coups de pied. S'ils n'étaient pas arrivés à temps, elles l'auraient tué. Ce sera la fameuse affaire de l'aphrodisiaque à l'éther de Qinghua du milieu des années quatre-vingt-dix. Résultat : l'étudiant sera renvoyé, et Zhang Guodong aussi. Son crime : avoir débauché un élève plus jeune en lui fournissant le moyen de commettre son forfait. Déclaré éminence sinistre dans les coulisses, il aura beau imprimer l'avertissement pour les dirigeants : « Il est formellement interdit, etc. », rien n'y fera. « Vous nous prenez pour des imbéciles ? » lui répondra-t-on. Mais c'est une autre histoire.

— Qu'est-ce que tu lui trouves, à Zhu Shang ? me demandait-il pour le moment.

— Je ne suis même pas sûr qu'elle soit jolie, ai-je répondu.

– Comment ça?

Je n'avais pas les mots pour répondre.

– Tu as vu le paquet-cadeau sur le lit de Sang Baojiang? a-t-il dit alors.

– Oui. C'est bizarre. Drôlement bien emballé, avec des couches et des couches de papier. Mais c'est beau. Je ne pensais pas qu'il puisse être aussi minutieux.

– C'est pour qui, à ton avis?

D'un même mouvement, nous avons trempé nos baguettes dans la bière pour écrire un nom sur la table. Les traits à l'alcool étaient nets, nous avions tous deux tracé un «Zhu».

– Tu sais d'où vient l'argent?

J'ai secoué la tête.

– Tu te souviens de ces revues cochonnes que tu lui as données?

– Oui, je sais qu'il a monté un petit commerce et que les affaires sont florissantes.

– Je lui ai tiré les oreilles l'autre jour: à force que les mômes des petites classes les regardent dans leurs dortoirs, il n'y a plus de couleur à l'endroit des poils et ils ont même fini par trouer le papier.

– Comme les dalles de pierre du temple de Shaolin, là où les moines font leurs exercices. D'après moi ça sent le roussi.

– D'après moi aussi. Mais il prétend que désormais, il va les envoyer lire aux toilettes et qu'ils n'y auront plus droit dans les chambres. En plus...

– En plus quoi?

– Il dit qu'il voudrait reprendre sa place.

– Comment une telle idée a-t-elle pu lui venir?

– Peut-être qu'il a enfin l'âge, comme pour aller pisser.

– Ou alors c'est la chaleur qui lui pèse.

– Il ne faisait pas si chaud que ça, hier. Tu as séché mais Zhu Shang portait un petit haut blanc à fleurs noires à moitié transparent. En plus elle n'avait pas de soutien-gorge et comme ses emmanchures bâillaient, de profil c'était clair : les montagnes sont les montagnes, et les eaux sont les eaux.

Il a piqué sa baguette dans une oreille de cochon sautée à la sauce rouge.

– Et alors, c'est comme dans les livres ? Des blanches colombes ou des petits lapins aux yeux rouges avec qui échanger des œillades ?

– Tu ne les as pas encore vus depuis le temps que tu es assis à côté d'elle ? Bon, la prochaine fois je te passe un coup de fil et tu déboules. Mais ce n'est pas aussi terrible que dans les romans. Elle est plutôt basanée. Sang Baojiang a pourtant fait l'aller-retour dix fois sous divers prétextes et le chef de classe s'est lui aussi fendu d'un certain nombre de patrouilles. Ils avaient la figure rouge et gonflée.

– Ensuite ?

– Je n'aime pas qu'on mate les filles. Je lui ai fait passer un petit mot : « Tu as oublié de mettre une chemise ? » et au cours suivant elle était habillée correctement. À tous les coups le soutif était dans son sac et elle l'a enfilé pendant la pause.

– Pas étonnant que Sang Baojiang ait envie de changer de place avec moi !

– Changeons de sujet, ce type me débecte. Bon, c'est l'heure, en cours !

Il a réglé l'addition, la journée n'était pas finie, nous avions encore maths.

Des années et des années plus tard, j'ai demandé à Zhu Shang ce que contenait le petit paquet de Sang. Il était vraiment bien emballé : cinq couches de papier de couleurs différentes, et à l'intérieur de petits bonshommes en caoutchouc bleu. Par couples, hein, et dans toutes les positions ? Elle ne connaissait que moi pour être aussi dépravé, on se demandait à quoi servaient mes lectures. Non, soit assis, soit debout, ces petits bonshommes étaient très corrects. La seule chose, c'est qu'ils n'avaient pas d'yeux.

42. Cuisses corrompues et fesses capitalistes

L'après-midi était caniculaire. Les haut-parleurs ont soudain convoqué les élèves de première à une réunion dans le réfectoire.

— Et encore une séance de cinéma raté !

— C'est bien notre veine, avec tous les devoirs qu'on a aujourd'hui !

— Pour ce pantalon que tu dois m'aider à choisir, on remet à demain ?

…

Le conseiller d'éducation a attendu que tout le monde soit assis pour monter, l'air juste et sévère, à la tribune.

— Qu'est-ce qui se passe ?

Tout bas on commençait à débattre.

— Les profs racontent que Sang Baojiang s'est fait pincer.

— À quoi ?

— À louer des bouquins porno.

— Des bouquins porno ? Ils sont bien ?

– Évidemment puisque ça parle de cul ! Mais je ne les ai pas lus.

– Comment est-ce qu'ils l'ont eu ?

– C'est le surgé. Il faisait un tour dans les dortoirs quand il a eu envie de chier, et le type à côté, qui était plongé dans sa lecture, a dû faire trop de bruit. Ou alors il a posé le livre sur la cloison pour rattacher son pantalon et l'autre l'a vu. Je ne sais pas très bien.

– Qu'est-ce qu'il faisait comme bruit ?

– Je n'étais pas sur place, tu demanderas au surgé.

– Pourquoi est-ce qu'on enlève son pantalon pour lire des trucs cochons ?

– Demande à ton père.

…

– Le plein été touche à sa fin, un petit vent nous apporte de la fraîcheur.

Le conseiller s'était raclé la gorge, au moment de prononcer le mot « fraîcheur » il a levé la main comme pour flanquer une claque à tous les membres de l'assemblée. Même de ma place, dans le fond, je pouvais voir le médaillon de jade qui pendait à sa ceinture.

– Camarades ! Dans notre établissement vient de se produire quelque chose de terrible. Ne riez pas, l'événement est si sérieux qu'il aurait pu justifier une présence policière dans la salle. Sous la guidance des dirigeants des divers échelons, et grâce au soutien du corps professoral et des délégués étudiants, le bureau à l'éducation vient de remporter un grand succès ! Un individu louait contre espèces sonnantes de la littérature pornographique aux élèves des autres années. Quelle vilenie ! Non seulement il en faisait lui-même usage, mais en plus il corrompait les autres en s'enrichissant à leurs dépens ! Le principal coupable doit être renvoyé, quant aux autres, tout dépendra de leur attitude mais les sanctions sont inévitables. Il vous reste trois tâches à accomplir : un, admettre votre faute et dénoncer ceux qui ont lu cette littérature – soit rédiger votre autocritique en expliquant de manière claire ce qui s'est passé et ce que personnellement vous en savez ; deux, venir de vous-mêmes déposer toute littérature ou vidéo dans mon bureau. Si nous découvrons quelque chose que vous n'avez pas livré, la punition sera sévère. À quel point ? Assez pour vous le faire regretter. Trois : il faut absolument élucider la provenance de cette littérature pornographique. Ce n'est pas une affaire isolée, ces cuisses corrompues et ces fesses capitalistes ne sont pas tombées des nues, sans raison ni origine, sur notre terrain de sport. Concrètement : qui est-ce ? Nous sommes en possession d'indices, mais nous préférerions que certaines personnes viennent spontanément nous les confirmer...

43. Tu vas sentir ta douleur

Je suis rentré chez moi au pas de course, ai mis le verrou et me suis laissé tomber sur le lit. Ma mère avait lavé la couverture quelques jours plus tôt, elle sentait bon le soleil.

– Comment cela a-t-il commencé ?

J'ai levé les yeux et, après quelques efforts pour trouver le bon angle, entre les tours des immeubles j'ai détecté un morceau d'horizon. Le soleil était en train de sombrer : pourquoi est-il si gros au lever et au coucher ? Il était rouge, il était rond, telle une blessure qui jamais ne cicatriserait.

Quelqu'un a frappé.

C'était Sang Baojiang.

– Le surgé sait que c'est toi qui m'as passé les revues. Moi je n'ai rien dit, c'est le chef de classe. Quel salaud, celui-là, il m'a aussi dénoncé quand j'ai tiré le gros lot à la tombola.

– Ah.

– Pour savoir si c'était bien toi, il m'a gardé enfermé et m'a cuisiné quatre heures d'affilée sans me donner à boire.

– Ah.

– J'ai dit que je ne me souvenais pas et que j'avais besoin de temps. C'était trop vieux. S'il ne me croyait pas, il n'avait qu'à regarder les photos : on ne voit même plus les poils.

– Ah.

– Alors il m'a dit de bien réfléchir. Le témoignage du chef de classe ne peut être que confirmatif. Si c'est toi qui me les as données, c'est toi le principal responsable. Si je les ai trouvées à l'extérieur de l'établissement, c'est moi. Il a ajouté qu'il allait prendre des mesures radicales.

– Je t'ai aussi aidé à acheter un couteau tibétain. Tu aurais pu t'en servir pour lui couper les couilles. Puisque de toute façon je serai le principal responsable.

Je revoyais le conseiller en train de sortir des toilettes après avoir refermé son pantalon sur sa queue gonflée.

– Je t'explique sa logique. Ce n'est pas la mienne, tu me connais, je ne suis pas logique. Lui, il est surveillant général. Je n'ai pas envie de t'impliquer, quoi qu'il en soit je serai puni, à quoi bon être deux à porter le chapeau ?

– Tout dépend, il y a sanction et sanction.

– J'ai essayé de te protéger.

– Quelle grandeur d'âme! À condition bien sûr que rien ne vienne ensuite.

– Ensuite nous allons changer de place.

– Non.

– Juste pour six mois.

– Inutile d'en discuter. C'est non.

– Je ne demande pas grand-chose et tu serais complètement blanchi. Si je dis que je les ai trouvées à l'extérieur et refuse d'en démordre, ni le surgé ni le chef de classe n'y pourront rien.

– Non.

– En fait je ne t'ai pas tout avoué. Je ne voulais pas que tu croies que je cherchais à te faire peur. Il a dit que si je reconnais que les revues t'appartenaient, tu risquais le renvoi. Ni lui ni le chef de classe n'auront un mot en ta faveur. À quoi bon t'entêter, puisque de toute manière si tu refuses tu ne resteras pas à côté de Zhu Shang?

– C'est non. Qu'est-ce que ça t'apporterait?

– Je ne vois pas les choses comme ça. Même si ce n'est pas rationnel j'en ai envie.

– Moi non plus je n'ai pas de bonne raison. Mais c'est non. Si tu as compris tire-toi, si tu n'as pas compris fous le camp.

– Très bien. On va voir. Je sais que du jour de mon arrivée tu m'as méprisé, que vous me méprisez tous, tu vas sentir ta douleur.

44. Un lieu tendre et beau

Je l'ai sentie deux semaines plus tard. Sang Baojiang s'en est tiré avec une sérieuse offense inscrite à son dossier, quant à moi, mon père ayant mis toutes ses relations en branle (et convaincu un professeur de l'Académie centrale des beaux-arts de réaliser une nouvelle sculpture pour la cour), le lycée a consenti à ne pas me punir, à condition toutefois que je quitte l'établissement dans les six mois.

Mon dernier jour venu, les professeurs n'ont pas traîné. J'ai rangé mes affaires et fait un tour dans la cour : la statue, renversée, gisait déjà sur la pelouse.

– J'y vais, ai-je annoncé à Zhang Guodong et Liu Jingwei. Et je me suis retrouvé dans la rue. Il faisait tellement chaud que je me suis offert une glace à deux bâtons, celle qu'on appelle les « canards mandarins » puis suis passé en leur jetant un œil devant les sophoras au pied de l'immeuble et la petite baraque de Kong Jianguo.

Jamais je ne m'étais senti aussi décontracté, c'était comme si un nœud s'apprêtait à se dénouer, bientôt je serais libre. Des années plus tard, mon épouse me proposera de jouer au jeu de la sincérité :

– Tu pars sur une île déserte, tu n'as droit qu'à un livre, lequel ? Une femme a le droit de t'accompagner, laquelle ?

– Il est presque six heures, rétorquerai-je. Si nous allions manger une marmite mongole ?

Mais je serai, paraît-il, obligé de répondre.

– Bon. Alors le *Dictionnaire étymologique des caractères* et ma mère.

– Tu n'as pas fini, tu n'as pas tout dit, claironnait une voix. Je me suis brossé les dents, j'ai changé de pantalon. Puis, après m'être examiné de la tête aux pieds dans le miroir, satisfait, me suis engagé dans l'escalier. Plus je montais et plus je me sentais détendu : en haut des marches était un lieu tendre et beau, étincelant comme les châteaux d'émeraude des légendes.

– Ce n'est plus le vieux chemin entre les immeubles.

Cette vieille sorcière était tellement vieille qu'elle ne pouvait plus vieillir, ses seins si décatis qu'ils lui tombaient sur le nombril. J'aimais mieux le prince : il lui suffirait d'embrasser la belle pour la tirer de ses mille ans de sommeil.

– Tu n'as pas fini, tu n'as pas tout dit ! claironnait la voix.

Arrivé au cinquième j'ai frappé et Zhu Shang est sortie : jupe blanche, débardeur de soie bleue imprimée de chrysanthèmes jaunes, elle avait dénoué ses cheveux qui lui cachaient les épaules.

Troublé, j'ai senti une infinité de choses me revenir : les enseignements de Kong Jianguo, l'histoire du type qui cherche une vierge, la première fois où j'avais pris Émeraude par la taille, le conseiller d'éducation en train de remonter sa fermeture sur sa queue raide…

– Je change d'école demain et je voulais te dire un dernier truc.

J'ai défait mon pantalon et exhibé un pénis ferme, tendre, beau et étincelant comme une imprécation ou une phrase.

Elle m'avouera plus tard que ses lèvres s'étaient mises à trembler. Elle a poussé un cri épouvantable. C'était un autre langage, qui fonctionnait avec une autre grammaire. Comme un enfant qu'un mauvais sort aurait privé de visage. Sur le moment elle a donné l'impression de deviner le sens entre les lignes mais d'ignorer la réponse. Quant à « lui », il clignait de l'œil, au coin duquel une goutte perlait.

Plus tard aussi, elle prétendra que l'image de la poupée de chiffon lui était un instant passée par la tête. Ainsi que les ciseaux grâce auxquels elle l'avait réduite en charpie. Sans plus réfléchir, elle a claqué la porte, s'est appuyée au chambranle et, transformée en fontaine, a laissé les larmes ruisseler.

Au moment précis où elle la refermait, j'ai vu derrière elle, sur le balcon, une petite culotte blanche à fleurs roses en train de se balancer dans le vent.

Réalisation : PAO Éditions du Seuil
Achevé d'imprimer par Normandie Roto Impression s.a.s.
à Lonrai (Orne)
Dépôt légal : avril 2009. N° 500 (090934)
Imprimé en France